젊은 날의 초상

이문열 장편소설

젊은 날의 초상

RHK
알에이치코리아

작가의 말

이제 나는 또 한 권의 책을 비정한 세월과 엄혹한 판관(判官)들이 기다리는 세계로 띄워 보낸다. 작품이 작가의 일부일진대 기왕에 내보낸 책에서도 내 삶의 편린은 점점 박혀 있을 테지만, 이 책처럼 내 삶과 밀착된 것도 드물다. 비록 턱없는 감상과 애정 때문에 극적인 과장과 미화(美化)의 폐해를 입고 있긴 해도 이 갈피갈피에는 무슨 열병처럼 지나온 내 젊은 날들이 영원한 그리움과 회한으로 숨 쉬고 있다. 앞으로 내가 문학적으로는 이보다 얼마나 더 완벽한 글을 쓰게 되든, 그리고 또 어떤 평자(評者)가 어떻게 평을 하든, 내 가장 큰 애착은 항상 이 책 위에 머무를 것이다.

그럼 잘 가거라, 사랑하는 내 정신의 자식, 가열(苛烈)하여 애잔한 내 젊은 날의 초상이여. 이로써 돌아보는 작업은 끝났지만, 그것이 가슴 저려하며 품고 갈 것이 없게 된 내게는 오히려 슬픔이다.

이문열

차 례

1 부

하구
河口

흔히 나이가 그 기준이 되지만, 우리 삶의 어떤 부분을 가리켜 특히 그걸 꽃다운 시절이라든가 하는 식으로 표현하는 수가 있다. 그러나 세상 일이 항상 그렇듯, 꽃답다는 것은 한번 그늘지고 시들기 시작하면 그만큼 더 처참하고 황폐하기 마련이다. 내가 열아홉 나이를 넘긴 강진(江盡)에서의 열 달 남짓이 바로 그러하였다.

강진은 이름처럼 낙동강이 다하여 남해바다와 합쳐지는 곳에 자리 잡은 포구로, 마을 앞을 흐르는 것은 넓은 대로 아직 강의 형태를 하고 있었지만 물은 거기서부터 육십 리 상류까지 이미 소금기를 머금고 있었다. 행정구역으로는 그 무렵 갓 직할시가 된 부산시에 속해 있었는데 대도회의 일부라는 표지는 겨우 잊을 만하면 나타나던 시내버스 정도였다.

내가 그곳에 가게 된 경위나 그때의 내 신세를 생각하면 지금도 약간은 한심하다. 그 열흘 전쯤 나는 어느 낯선 도시의 싸구려 하숙방에서 형에게 길고 간곡한 편지를 썼었다. 이것저것 사업에 실패를 거듭하다 그곳 강진까지 밀려나 조그만 발동선으로 모래 장사를 하고 있던, 세상에서 하나뿐이고 또 내게는 아버지나 크게 다를 바 없는 형이었다.

나는 그 편지에서 우선 목적 없는 내 떠돌이 생활의 쓰라림과 서글픔을 은근하게 과장하고, 속절없이 늘어만 가는 나이에 대한 초조와 불안을 숨김없이 털어놓았다. 열심히 살아가고 있다는 내 믿음과는 달리 정말로 그때 나는 아무것도 아니었다. 벌써부터 어른들처럼 머리를 길게 길러 넘기고 어른들의 옷을 입고 술이며 담배 같은 어른들의 악습과 심지어는 그들의 시시껄렁한 타락까지 흉내 내고는 있었지만 나이로는 여전히 아이도 어른도 아니었으며, 정규의 학교 과정은 밟지 않고 있었으나 또한 책과 지식으로부터 아주 벗어난 상태도 아니어서 학생이랄 수도, 건달이랄 수도 없었다. 당시의 내 속 깊은 걱정 가운데 하나는 이대로 가다가는 어른이 되어도 시대의 평균치 삶조차 누리지 못하게 될지도 모른다는 것이었는데, 나는 그것도 솔직하게 썼다. 그리고 함부로 뛰쳐나온 형의 그늘에 대한 진한 향수를 내비침과 함께, 만약 다시 받아들여만 준다면 지난날의 나로 돌아가, 무분별한 충동으로 턱없이 헝클어놓은 삶을 정리하고, 늦었지만 가능하면 모든 점에서 새로이 시작해 보고 싶다고 간곡하게 보냈다.

답장은 곧 왔다. 벌써 오래전부터 나에게 비난이나 충고하기를 단념한 형은 지극히 담담하게 쓰고 있었다. 내 앞날에 대해서는 더 이상 간섭하고 싶지 않으나 어쨌든 그쯤에서 삶을 한번 정리해 보려고 생각한 것은 잘한 일 같다고. 그러나 지금은 사정이 전만 같지 못해 새로 결정한 일에 대해서 자신은 큰 힘이 되지 못할 것이며, 돌아오는 것은 기꺼이 허락하겠으나 그곳에 오더라도 최소한 내가 필요한 것은 스스로 마련해야 할 것이라고. 그리고 많지 않은 나이로 집을 나가 이 년 가까이 떠돌고 있는 혈육에게 스스로 생각하기에도 너무 지나치게 냉정했다는 생각이 들었던지, 난데없이 나를 업고 백 리 길을 걸었다는 6·25에 대한 감상적인 회상과 함께 내가 이 세상에서는 자신의 유일한 혈육이라는 것을 잠시도 잊은 적이 없었노라고 덧붙이고 있었다.

아아, 그리운 형님…… 편지를 읽고 나는 갑자기 콧마루가 시큰해지며 후회와도 흡사한 느낌에 젖어들었다. 입학한 지 일 년도 못 돼 고등학교에서 쫓겨나기 전만 해도, 그리하여 무분별한 충동 속에 집을 나선 후, 깊은 수렁과도 같은 떠돌이 생활에 재미를 붙이기 전만 해도 나는 정말로 얼마나 사랑받고 기대되던 아우였던가.

거기다가 실은 나도 어지간히 지쳐 있었다. 내가 형에게 편지를 낼 무렵의 일기장을 보면 이런 되다 만 시구가 눈에 띈다.

지상의 모든 방랑자들이

거룩한 안식을 노래하던 저녁도

나는 어둡고 낯선 길 위에서

피로를 슬픔 삼아 울었노라.

형의 답장이 유달리 감격스러웠던 데는 그 피로도 분명 한몫을 하고 있었다.

내가 강진에 도착한 것은 그해 사월 어느 날의 저녁 어스름이 깔리기 시작할 무렵이었다. 그곳의 첫인상을 강렬하게 만든 것은 우선 안개와 갈대였다. 이제 막 넓은 강 수면으로부터 피어오르듯 포구를 자우룩이 덮어오는 저녁 안개는, 그것이 거의 사철 피어올라 아침 햇살에 스러질 때까지 마을을 포근히 감싼다는 것을 아직 모르는데도, 그곳 풍경의 한 중요한 특징이 되리라는 걸 대뜸 느끼게 해 주었다. 마찬가지로 갈대도 이제 겨우 그 무렵의 보리잎새만큼이나 자랐을까 말까였지만, 손바닥만 한 논밭을 제하고는 어디든 한없이 펼쳐진 갈대밭과 지난해 미처 베어내지 못한 그루들의 높은 키는 머지않은 여름의 무성함을 충분히 짐작할 수 있게 했다. 그리하여 그 둘 ── 안개와 갈대는, 뒷날 강진을 떠난 후에도 내가 그곳을 생각할 때마다 언제나 가장 먼저 떠올리게 되는 기억의 배경이 되었다.

그 다음 강진의 인상으로 들어온 것은 그곳의 가난이었다. 선창 쪽으로 통틀어 오십 호 정도의 인가가 몰려 있었는데 대부분은 초가집, 그것도 갈대로 두텁게 이엉을 엮어 유난스레 낮고 음침해 보이는 세 칸 내외의 한일자 집이었다. 도회의 행락객을 위한 술집인 듯 선창가 전망 좋은 곳에 몇 군데 멋 부려 지은 양옥들이 있었지만, 그것들은 오히려 원주민들의 가난을 강조하고 있는 것처럼 이질적으로 느껴졌다.

강진의 또 다른 특징인 소주는 형의 일터인 모래장(모래 파는 곳)에서야 느끼게 되었다. 모래 배에서 모래를 부리는 선원들이나 트럭에 모래를 싣는 상차(上車)꾼들은 물론, 그날 내게 형의 이동식 보초막 같은 사무실을 가리켜 준 중년 남자의 입에서도 독한 소주 냄새가 났다. 그러나 무엇보다도 그곳의 소주를 단적으로 느끼게 한 것은 방금 지독한 욕설을 퍼부으며 맹렬하게 싸우고 있는 두 사람이었다. 하나는 이미 오십 줄에 접어든 듯한 멀쑥한 대머리였고, 하나는 그보다 몇 해 아래로 보이는 거무튀튀한 땅딸보였는데, 그들이 주고받는 욕설에는 그대로 진한 소주 냄새가 배어 있었다.

"그래, 구체적으로 무얼 어떻게 해 볼 생각이냐?"

무언가 잘 맞아떨어지지 않는 계산이라도 하고 있었던지, 한 평도 안 되는 조그만 이동식 사무실에서 두터운 장부에 정신을 쏟고 있던 형은 나를 알아보자 대뜸 그렇게 물었다. 마치 아침나절에 잠시 나들이 갔다 돌아온 아우를 대하는 것같이 덤덤한 목소리였는데, 그런 형의 숨결에도 약한 소주 냄새가 배어 있었다. 형의 뜻 아니한 덤덤함과 곧바로 아픈 곳을 찔러오는 물음에 오히려 당황한 쪽은 나였다.

"검정고시라도 해서…… 우선은 대학엘 가 봐야겠습니다."

"그게 — 가능할까?"

"학교를 그만둔 지는 제법 오래됐지만…… 그래도 생판 건달로만 떠돌아다니지는 않았습니다."

나는 그동안 이리저리 떠돌면서도 시간이 날 때마다 닥치는 대로 읽은 약간의 책을 떠올리며 머뭇머뭇 대답했다.

"내 말은 그런 뜻이 아니고 — 네가 그 일을 해낼 때까지 진득이 배겨낼 수 있겠느냐, 라는 거다."

"이게 마구잡이 삶에서 벗어날 수 있는 마지막 기회 같으니까요. 믿어주십쇼."

"하기야, 그런 말은 더 하고 싶지 않다. 어쨌든 잘 왔다. 다만 네가 무엇을 하든 편안히 그 일에만 전념할 수는 없는 게 안됐다. 보다시피 나는 혼자서 모래 배 부리는 일과 모래장에서 모래 파는 일을 겸하고 있어. 네가 그 일 중의 하나를 맡아줘야겠다. 배 한 척으로는 따로 이 모래장 일을 돌볼 서기를 고용할 형편이 못돼."

그리고 형은 곧바로 자신의 처지를 설명하기 시작했다. 형의 모래 배는 십 톤 남직한 나무배로, 거기서부터 몇십 리 상류인 구포 쪽이나 강 건너편 명지(鳴旨) 쪽에서 강 모래를 퍼오는데, 형이 직접 배를 타고 선원들을 살필 때와 그렇지 않을 때에는 모래의 질이나 양에 차이가 났다. 또 실어온 모래를 파는 데 있어서도, 형이 모래장에 붙어 있는 것과 남에게 맡겨 팔 때에는 매상고나 차에 싣는 물량에서 차이가 컸다. 따라서 형에게는 배를 맡길 선장이나 모래장을 맡길 서기 둘 중의 하나가 필요했지만, 하루 열 트럭 남짓한 모래밖에 팔 수 없는 소규모여서 어느 쪽도 부담이 된다는 설명이었다.

"네가 모래장을 맡아라. 그 일에 필요한 시간을 합쳐 봐야 세 시간이 넘지 않을 거다. 그 나머지로 공부를 하든지 해 봐라."

형의 결론은 그러했다. 대입(大入) 검정고시 가을시험이 다섯 달밖에 남지 않아 마음은 한없이 조급했지만, 그 정도의 시간으로 형에게 큰 도움이 된다면 마다할 수는 없는 일이었다.

형의 제안에 동의한 나는 이튿날부터 모래장의 보초막 같은 사무실에 거처를 정하고 서기 일을 보게 되었다. 일이랬자 하루 예닐곱 번 정도로 찾아드는 모래 운반 트럭 운전사나 원자재를 직접 구매하러 오는 건축업자들을 상대로 모래를 팔고, 그 결과를 수입 - 지출 = 잔액 하는 식의 간단한 장부에 적어넣는 것이었다. 모래는 '루베'란 단위로 팔았는데, 그게 얼마만 한 양인지 그리고 당시의 값은 얼마였는지는 정확히 기억나지 않는다. 입방미터를 그리 불렀던가.

형의 말대로 그 일은 많은 시간이 필요하지는 않았다. 따라서 나는 그 나머지 시간으로, 크게 벗어난 삶의 궤도를 정상으로 되돌리기 위해 고등학교 과정을 홀로 밟기 시작했다. 서투른 어른들 흉내나 북구(北歐)의 음울한 소설 나부랭이와 철학도 문학도 아닌 얼치기 저작물의 현학적인 감상 따위로 맞바꾼, 또래의 아이들은 이미 다 밟았거나 또는 다 밟아갈 정상적인 삶의 과정이었다.

한동안 삶은 쾌적했다. 나는 고용된 자의 억눌린 기분이나 막일 판의 힘들고 거친 노동에 시달림 없이 생활을 해결함과 함께 지난 이 년 동안 은연중에 나를 괴롭혀온 불안과 초조에서도 어느 정도 해방될 수 있었다. 그리고 차차 자리가 잡히자 강진도 막연한 인상에서 익숙해져야 할 어떤 실체로 내게 접근해 왔다.

그때부터 십여 년 전까지만 해도 강진은 나지막한 초가집 여남은 채가 띄엄띄엄 흩어져 있는 쓸쓸한 어촌이었다. 억센 갈대와 소금기 배어 있는 개펄을 개간하여 약간의 논밭을 장만한 경우도 있었지만, 원래의 주민들은 어부라고 하는 편이 옳을 듯했다. 남자들은 대부분 가까운 바다로 나가 연안어업에 종사하거나 거룻배로 강 하류의 숭어와 꼬시래기(망둥어의 일종) 따위를 잡아올렸고, 여자들은 마을 앞 개펄에 무진장으로 깔려 있는 '재첩'이란 알이 잔 조개를 삶은 국물을 양동이에 담아 이고 이른 새벽 부산시의 골목골목을 누비며 팔았다.

그러다가, 마치 상류에서 떠내려온 찌꺼기들이 조금씩 쌓여 하구(河口)에 커다란 삼각주를 만들듯, 이곳저곳에서 흘러든 사람들로 점차 마을이 커지기 시작했다. 초기의 이주민들은 주로 무성한 갈대밭을 은신처로 삼으려는 범죄인들이거나 또는 그 무성한 갈대밭과 가까운 바다를 이용한 밀수꾼들이었다. 그러나 정작 강진에 질적인 변화를 가져온 것은 이미 한계에 이르렀다 할 만큼 비대해진 부산시였다. 그 부산시 한 끄트머리에 편입되어 시내버스가 들어오게 됨으로써, 강진은 갑자기 유원지로 각광을 받게 되었다. 갈대가 무성한 삼각주와 끝없이 펼쳐진 개펄, 바다에 잇대인 대하(大河)의 넓고 고요한 수면, 금방 잡아 올린 생선의 싱싱한 회 맛과 돛배를 전세 내어 강바람을 맞으며 달리는 기분 같은 것들이 도회지 생활에 지친 사람들을 끌어들인 탓이었다.

그들 행락객들이 뿌리는 돈이 점차 많아지자 주민들은 하나둘 배에서 그물을 걷어 없애기 시작하고, 어떤 이는 아예 배에서 내려버렸다. 대신 고깃배를 개조해 선유(船遊)를 위한 전셋배로 바꾸거나, 선창가에 올망졸망 술집을 차렸다.

일부의 주민들은 고깃배를 모랫배로 개조했다. 현대 건축의 중요한 자재로서 나날이 느는 모래의 수요는, 애써 그물을 쳐 고기를 잡느니보다 가까운 상류에서 모래를 퍼오는 쪽을 더 유리하게 만든 까닭이었다. 그래서 그 모랫배의 선원이며, 퍼온 모래를 차에 싣는 상차(上車)꾼들, 그리고 형처럼 그 장사가 수지맞는다는 말을 듣고 끼어든 외지 사람들로 강진의 인구는 또 한 차례 늘어났다 ─ 그것이 도착 첫날의 피상적인 관찰과는 다른 강진의 참모습이었다.

그런 강진의 주민들 중에서 그 무렵 내가 가장 가까이서 볼 수 있었던 것은 바로 모래배의 선원들이었다. 그들은 막소주 한 됫병에 고추장 한 사발만 있으면 언제나 흥겨울 수 있는 사람들이었다. 형편없이 조잡한 낚싯대라도 드리우기 바쁘게 물리는 꼬시래기를 배만 따서 고추장에 찍어 먹으며, 그들은 작은 스테인리스 밥공기로 소주를 나눠 마셨다. 그러고는 이내 거나해져서 상류에서 흘러 내려온 찌꺼기와도 같은 자신들의 내력을 미화하고 과장하며 떠들

어댔다. 흉측한 문신을 내보이며 있었던 것 같지도 않은 야쿠자[力
士] 시절을 그리워하는가 하면, 도꼬다이[특공대 : 밀수품 양륙(揚陸)
반]나 국토재건단 또는 교도소 복역(服役) 경력을 자랑스럽게 떠
벌리기도 했다. 그런 이들 가운데는 당장도 범죄의 냄새를 풍기는
이들이 간혹 있기는 했지만, 대부분은 취해갈수록 자기들의 쓰라
린 영락이 아파와서 끝내는 눈물을 글썽이고 코를 쿨쩍이는 성격
파탄형이었다. 그러면 누군가의 제의로 기분전환을 위한 한차례
의 고성방가가 있고, 또 누군가의 한바탕 난투극이 있은 후에 아
무 데서나 쓰러져 잠이 드는 것이 그들 술판의 일반적인 순서였다.

선원은 아니지만 그때 모래장에서 만난 사람들 가운데서 가장
재미있게 보았던 것은 최광탁과 박용칠이었다. 바로 내가 처음 강
진에 도착하던 날 지독한 욕설을 퍼부으며 싸우던 두 사람으로,
대머리 쪽이 최광탁이었고 땅딸보가 박용칠이었다. 이미 크고 작
은 다섯 척의 모래배를 가지고 동업을 하던 어엿한 선주인 그들을
내가 선원들과 함께 기억하는 데는 이유가 있다. 약간 성공을 했
다는 것을 제외하면, 그들이 살아가는 방식은 전형적인 모래배 선
원들의 그것이었기 때문이다.

최광탁과 박용칠은 다 같이 하루도 거르지 않고 마셔대는 술
꾼이었고, 마셨다 하면 열에 아홉은 폭음이었다. 그래서 그들은
곧 언쟁을 시작하고, 자주는 아니지만 난투를 벌였으며, 난투가
아닐 때는 사무실의 유리창 따위, 값은 크게 나가지 않아도 부서
지는 소리만은 요란한 기물들에 화를 풀기 일쑤였다. 내가 보기

에 그 무렵 마을의 소동은 태반이 그들 탓이었다. 그것도 상대는 언제나 일정하여, 최광탁으로 보면 박용칠이었고, 박용칠로 보면 최광탁이었다.

한때는 그런 그들의 싸움을 이웃이 말려보려고 든 적도 있는 듯도 했지만 내가 모래장에서 일을 보게 되었을 때는 이미 그곳의 일과로 굳어 있었다. 한번 싸움이 시작되고, 그래서 앞뒤 없이 격분한 그들이 선불 맞은 멧돼지처럼 날뛰면 실은 그 누구도 속수무책이었다. 세상의 가장 흉측한 욕설이 다 동원되고, 온갖 끔찍한 저주가 서로의 머리 위에 떨어지고, 심하게는 박용칠의 눈두덩에 멍이 들거나 최광탁의 콧등이 터졌다.

일이 되려고 그런지 그들 두 사람은 모래장사를 동업하는 것 외에도 아낙들이 경영하는 횟집까지 나란히 붙어 있어 눈만 뜨면 마주 보게 되어 있었다. 속내를 모르는 사람들은 우선 동업이라도 그만두면 될 게 아니냐고 말할 테지만, 도대체 누가 크고 작은 다섯 척의 배를 수리(數理)에 어두운 그들 둘이 다 만족하게끔 나눌 수 있단 말인가. 더구나 그들의 싸움은 동업자 간에 흔히 있는 이익 다툼과는 거리가 멀었다.

내가 자주 본 그 싸움의 전개는 대개 이러했다. 시작하는 것은 열에 일고여덟 박용칠이었다.

"행임, 거 참 이상타 말이라예."

해 질 무렵 여기저기서 걸친 술로 얼큰해진 박용칠이 고개를 기웃거리며 혼잣말처럼 중얼거리면, 역시 그 정도로 취해 있던 최광탁이 삐딱하게 그 말을 받았다.

"뭐가, 일마."

"우리 큰놈아가 와 행임을 닮았을꼬예?"

그러면 대뜸 최광탁의 입에서 욕설이 터져나왔다.

"야, 이 쎄(혀) 빠질 놈아 또 그 소리가? 그래, 그라몬 니는 우리 둘째년이 왜 니맨쿠로 짜리몽땅한지 안 이상하나?"

그쯤 되면 일은 거지반 다 된 셈이었다. 지금까지 형님, 어쩌고 하던 말투는 간 곳도 없이 박용칠은 상대보다 더 심한 욕설로 맞받는 것이었다.

"그카문 이 씨발놈아, 내가 냄새 나는 느그 마누라 호박(확)에 절구질이라도 했단 말가?"

"요 뽁쟁이(복어) 같은 놈이 뭐라카노? 일마, 그라몬 난 먼 재미로 니가 떠먹다 나뚠 쉰 죽사발에 은 숟가락 조였겠노(집어넣겠나)? 바람 먹은 맹꽁이맨치로 배만 뽈록해 가지고……."

"니는 만판 하고도 남을 놈이라. 이 대가리가 뻔질뻔질 까진 × 대가리 같은 새끼야."

그때부터는 삿대질이 시작되기 마련이었다. 그리고 삿대질은 드디어 멱살잡이로 발전하고, 멱살잡이는 주먹다짐으로 변했다. 심한 때는 젊을 때 한가락 했던 최광탁의 주먹이 박용칠의 눈두덩을 퍼렇게 만들었고, 박용칠의 장기인 헤딩이 최광탁의 콧등을 받아 입 언저리를 온통 피 칠갑으로 만들기도 했다.

그런데 한 가지 이상한 것은 그들의 싸움이 그 격렬한 겉모습과는 달리 오래 끌거나 뒤를 남기지 않는 점이었다. 미처 코피가 멎기도 전에 그들은 다시 '형님' '아우' 하며 어울렸고, 어떤 때는 한창 싸우는 중에도 모래를 사러 오는 사람이 있으면 나란히 웃으며 달려 나갔다. 얼핏 들으면 꾸며낸 얘기로 여길 수밖에 없는 그들의 행태였다. 따라서 강진 사람들은 차츰 그들이 사이가 나쁜 것이 아니라 다만 나쁜 습관, 곧 매일 싸우는 버릇이 있는 좋은 친구들이라고 여기게끔 되었다. 싸우는 것은 길어야 삼십 분 남짓이지만 싸안을 듯 붙어다니는 것은 나머지 하루의 대부분인 까닭이었다.

더욱이 모래를 사러 오는 운전사나 건재상, 또는 건축업자들에 이르면 그들의 사이는 전혀 의심할 바조차 없었다. 트럭을 모래장에 대기 바쁘게 웃으며 달려 나오는 두 사람을 보면, 눈두덩의 멍이나 콧구멍을 틀어막은 피묻은 솜이 가끔씩 이상하기는 해도 조금 전까지 격렬한 싸움을 벌이다 나왔다고는 상상조차 할 수 없었다. 그래서 그들 고객의 대부분은 박용칠과 최광탁을 오히려 이상적인 동업자로만 여기고 있었다. 내막을 어느 정도 알고 있는 나에게도 어떤 때는 그들이 한갓 놀이나 심심풀이 삼아 그렇게 싸움을 벌이는 것은 아닌가 하는 의심이 들 정도였다.

모래장에서 만난 몇몇 건축업자들도 기억하면 재미있다. 그들은 예외 없이 모두 사장이었는데, 특히 재미있는 것은 강금이(姜金李) 사장이었다. 강금이란 강 아무개, 김 아무개, 이 아무개를 합쳐 놓은 이름으로 그들 셋은 동일한 회사의 사장이었고 또 나이나 인상도 비슷했다. 그 때문에 내가 거래하는데 편리해 사용하기 시작한 공동명칭이었는데, 나중에는 전 모래장에 일반적으로 통용되게 되었다. 근년 들어 전국을 열병처럼 휩쓴 부동산 투기와는 달랐겠지만, 부산처럼 급작스레 팽창하던 도시에는 그때도 이미 짭짤한 경기가 있었던 듯, 그들 셋은 모두 복덕방으로 돈을 모아 건축회사를 함께 차린 사람들이었다. 그래서 저마다 사장이 된 것인데, 그들 세 사람이 사장으로 있는 회사의 직원이라고는 초등학교를 갓 졸업한 계집아이 하나가 전부였다.

그 밖에 그 모래장에서 겪은 일로 쉽게 잊을 수 없는 것은 어쩌다 형을 대신하여 내가 모래배를 타게 되었을 때 겪은 일이었다. 남으로 탁 트인 바다를 아득히 바라보며 끝없는 갈대밭을 지나 명지(鳴旨) 쪽으로 갈 때도 그렇지만, 봄바람에 머리칼을 날리며 넓고 잔잔한 강물을 거슬러 구포(龜浦) 쪽으로 올라가다 보면, 나는 자신도 모르게 낯설고 먼 세계에 대한 동경과 떠도는 삶에 대한 유혹에 다시 빠져들고는 했다. 그 때문에 그런 날 밤은 거세게 나를 몰아대는 출발의 충동을 억누르기 위해, 만사를 제쳐놓고 깡소주에 취해 일찍 잠자리에 들었던 게 몇 번 기억난다.

하지만 나는 대체로 나의 길, 즉 무분별한 충동에 이끌려 떠돈 이 년 때문에 늦어진 진학의 길을 꽤나 진지하고 성실하게 걸었던 것 같다. 자칫 흐트러지기 쉬운 자신을 단속하기 위한 노력이 당시의 일기장 여기저기서 발견된다.

'자기에게 끊임없는 성찰의 눈길을 던지는 것, 자신을 정신적인 무위와 혐오할 만한 둔감 속에 방치하지 않기 위해 노력할 것이 필요하다. 그리하여 너는 지금 어떠한 일의 와중에 있으며, 그 의미는 무엇이며 또 그러한 네가 현재에게 지불해야 할 것은 어떤 것들인가에 대해 항상 눈떠 있어야 한다.

일체가 무의미하다는 것, 혹은 우리 삶의 궁극은 허무일 뿐이라는 성급한 결론들의 비논리성에 유의하라. 근거 없는 니힐리즘은 조악한 감상주의 이상 아무것도 아니다.

저급한 쾌락주의, 젊음의 일회성에 대한 지나친 강조 따위, 일상적인 삶의 과정을 경멸하도록 가르치거나, 그것을 위한 성의와 노력을 포기하도록 권하는 모든 견해에 반역하라. 그것들은 대개, 피상적 체험이나 주관적인 인식만으로도 사물의 핵심을 꿰뚫어 알 수 있다는 지난날의 네 믿음처럼 자기류(自己流)의 사변을 현학적으로 진술한 것에 불과한 것이므로. 또 너는 무엇이건 지나간 것은 모두 가치 있고 아름답게 만드는 기억의 과장을 경계하라. 지난 이 년이 감미로운 방랑의 추억으로 되살아나 너를 충동질하게 방치하는 것은 네 삶을 또다시 떠돌이의 비참에 맡기는 것과 같다……'

'값싼 도취에 대한 갈망을 포기하라. 독한 술은 무엇보다도 네 기억력을 급속히 감퇴시키고, 원활한 사고를 방해하며, 의지력과 극기심을 현저하게 저하시킬 것이다.

무지하고 단순한 이웃에 대한 네 정신적인 우월을 인정하는 데 인색하라. 그 터무니없는 우월감은 너를 천박한 자기만족에 빠뜨리고, 네 성장과 발전에 심각한 장애가 될 것이다……'

열아홉의 과장된 어법과 미문(美文) 취향을 그대로 보여주는 문장이긴 하지만, 그리고 그 모든 완곡한 금지 뒤에 있다는 게 고작 검정고시와 대학진학이라는 것이 우스꽝스럽긴 하지만, 그래도 어느 정도의 진지함과 성실성만은 확인할 수 있다. 실제로도 그 무렵 내 공부는 상당히 진전을 보이고 있었다.

그런대로 자족하여 쾌적했던 모래장에서의 나날은, 그러나 그리 오래 계속되지는 못했다. 무슨 일이건 그렇지만 최초의 균열은 내부로부터 온 것이었다. 공부를 시작한 지 한 달도 안 돼 나는 차츰 처음의 자신을 잃어갔다. 내가 헛되이 떠돌아다닌 이 년은 제도교육으로 돌아가기 위한 학습에는 치명적이었다. 나는 너무 오래 학교를 떠나 있었다. 거기다가 지도해 줄 선생도 없이 책으로만 공부해야 되고 보니 수학 같은 것은 아예 중학교 과정부터 새로 시작해야 할 지경이었다. 입시학원에 나가 도움을 받을 수도 있었으나, 만만찮은 수강료에다 부산까지 왕복에 걸리는 두 시간이 그것조차 불가능하게 했다.

그러나 그보다 더 절망적인 사태는 뜻 아니한 발병(發病)이었다. 그럭저럭 오월도 다 가는 어느 날 오후 나는 불쾌한 오한과 두통을 느끼며 일찍 모래장에서 돌아왔다. 무슨 흥에서인지 전날 밤샘을 한 탓에 몸살이나 난 게 아닌가 싶었지만, 밤이 되자 심한 열과 함께 온몸이 쑤셔대기 시작했다. 그래도 여전히 그게 몸살이라고 여긴 나는 막일판에서 흔히 해 오던 식으로, 뜨겁고 매운 안주에 독한 고량주를 두 홉이나 비우고 잠이 들었다. 어지간한 몸살이나 감기 따위는 그렇게 해서 이튿날 늦게까지 푹 자고 나면 거뜬히 일어날 수 있었기 때문이었다.

그러나 이튿날 열두 시 가까이 일어났지만 몸은 오히려 더 무겁고 괴로웠다. 생각 같아서는 하루쯤 푹 쉬고 싶었으나 모래장이 비어 있어 어쩔 수 없이 나가지 않을 수 없었다. 괴로움을 억누르며 거기서 서너 시간 무리를 하고 돌아오니 다시 전날보다 한층 심하게 열이 나고 온몸의 마디마디가 쑤셔댔다. 할 수 없이 나는 강진의 유일한 의료기관인 선창 부근의 약국으로 갔다. 젊은 약제사는 내 증세를 몇 마디 듣기도 전에 대뜸 당시에 유행하던 무슨 독감이라고 말했고, 빨리 나을 생각만 한 나는 '독해도 좋으니 세게' 약을 지어달라고 부탁했다.

"하루만 먹으면 딱 떨어질 겁니다."란 장담과 함께 그 약제사가 지어준 약을 먹고 나니 이튿날 정말로 한결 나은 기분이었다. 그러나 저녁이 되자 다시 상태가 안 좋아 약국을 찾고, 다음날은 또 모래장에 나가고 ── 그렇게 일주일이 지나갔다. 나중에는 나 자신도 무언가 큰 무리를 하고 있는 듯이 느껴졌지만 공교롭게도 그 무렵은 모래장이 가장 바쁠 때여서 편안히 몸을 돌볼 겨를이 없었다.

그러다가 여드레째 되는 날 기어이 일은 터지고 말았다. 이젠 정말 더 견딜 수 없다는 기분이면서도 어쩔 수 없이 모래장에 나간 나는 그날 오후 끝내 혼수상태가 되어 병원으로 업혀가는 신세가 되고 말았다. 장티푸스였다. 당시만 해도 이미 그리 대단한 병은 아니었으나 너무도 무리에 무리가 겹쳐 입원하던 첫날밤은 간호원이 삼십 분마다 한 번씩 맥박과 체온을 체크해야 할 정도로 위급한 상태였다.

꼬박 일주일을 병원에서 치료받고 고비를 넘긴 나는 형의 골방으로 병실을 옮겼다. 그리고 그때부터 강진에서의 내 삶은 갑작스럽고도 속절없는 유적(流謫)같이 되어버렸다. 고비를 넘겼다고는 하지만, 그 뒤로도 상당 기간 치료받지 않으면 안 되었고 치료가 끝난 후에는 또 치료 기간의 몇 배가 되는 회복기가 기다리고 있었다.

참으로 음울한 나날이었다……. 조그만 음식물의 부주의에도, 몇 시간 정신 쏟아 책을 읽거나 연탄 몇 장 나르는 정도의 가벼운 노동으로도, 그날 밤은 신열에 들떠 지새워야 했다. 어느 정도 회복된 후에도 나는 하루의 대부분을 자리에 누워서 보내야 했고, 기껏해야 마을을 한 바퀴 도는 정도의 가벼운 산보가 유일한 운동이었다.

형의 어두운 눈길을 대하는 것은 그대로 커다란 괴로움이었다. 치료비의 부담도 부담이지만, 혼자몸으로 이리 뛰고 저리 뛰다 어두워서야 지쳐 돌아오는 형을 보면 견딜 수 없이 죄스러웠다. 그러나 그사이 몇 번인가 그런 형을 도우러 모래장에 나갔다가 증세가 재발하여 혼이 난 형은 나를 모래장 근처에는 얼씬도 못하게 했다.

시작부터 엉망이 되어버린 나의 진학계획도 자리에 누운 지 두 달로 접어들면서부터는 그야말로 번민과 고뇌가 되어 내 영혼을 짓씹었다. 대학이 인생의 전부이겠느냐는, 상식적이긴 하나 건강한 형의 충고도 내게는 전혀 위로가 되지 못했다. 오히려 그 때문에 더 다급해져 억지로 휑한 머리를 가다듬어 몇 시간 책이라도 읽고 나면, 그날 밤은 또 늦도록 두통과 신열에 시달려야 했다.

지금에 와서는 그리움으로 떠오를 때도 있지만 그 무렵의 내하루는 거의 참담했다. 나는 토굴 같은 내 방에 홀로 누워 가벼운 읽을거리와 얕은 잠과 우울한 몽상으로 긴긴 해를 보냈다. 그러다가 해거름이 되면 골방을 나와 갯가의 갈대밭 사이에 난 둑길을 천천히 걸어 다녔다. 어느새 여름이 깊어져서 볕이 뜨거운 대낮에는 나돌아 다닐 수 없기 때문이었다. 매우 느린 걸음이어서 그 산보가 끝날 때쯤은 완전히 해가 지고, 나는 피어오르는 저녁 안개와 함께 돌아오곤 했다. 그 다음은 괴롭고 긴 밤이었다. 바다가 가까운 탓인지 강바람 탓인지 강진의 여름밤은 그리 덥진 않았지만, 일단 밤의 요기(妖氣)에 휩싸이고 나면 나는 아무것도 할 수가 없었다. 낮 동안 무슨 축복처럼 간간 찾아들던 잠도 밤이 되면 마치 낮의 선심이 화가 난다는 듯 무정하게 나를 외면했고, 유일한 위로였던 책도 어둠이 찾아들기 무섭게 깊은 침묵 속으로 빠져들었다. 다만 낮의 우울한 몽상만이 혹은 무성한 번민의 수풀로, 혹은 치열한 고뇌의 불길로 나의 밤을 지배할 뿐이었다.

추억하기조차 가슴 서늘한 강진의 풍경 중의 하나는 그런 불면의 밤 내가 늦도록 배회하던 갯가의 둑길이다. 으스름한 달빛과 안개 자욱한 포구, 끝없이 출렁이는 갈대의 바다와 그 위를 스쳐가는 바람 소리, 이름 모를 새들의 구성진 울음소리……. 나는 그러한 것들 사이를 마치 몽유병자처럼 늦도록 거닐었다. 그리고 그때 나를 지배하는 것은 어두운 방 안에서의 번민과 고뇌 대신 울고 싶도록 철저한 외로움이었다.

여기서 다시 그러한 밤을 온전히 새우고 난 후의 일기를 살펴보자.

'…… 그리하여 무섭도록 길고 괴로운 나의 밤은 하얗게 밝아온다. 끊임없이 불어오는 바닷바람에 소슬대던 갈잎과 이름 모를 야조(夜鳥)의 울음소리는 새벽빛과 함께 사위어가고, 까맣게 드러난 창살 틈으로 건강한 아침의 소리가 새어든다. 멀리 강심에서는 첫 일을 떠나는 모래배의 발동소리, 새벽그물을 걷으러 가는 어부들의 웅얼거림, 가까운 수로를 따라 포구로 내려가는 거룻배의 삐걱이는 노 소리, 조용한 물결 소리……. 그러면 부끄럽게도 내 베갯잇은 눈물로 흥건히 젖고 만다.

아아, 처참한 유적(流謫)이여, 그 밤을 할퀴고 지나가는 잔인한 세월의 바람 소리여. 폭군처럼 군림하는 불면이여. 내 영혼은 지식으로 상처 입기를 갈망했으나, 책들은 머리 깎인 삼손 곁을 뒹구는 당나귀의 턱뼈처럼 버려지고, 예지의 말씀들은 밤의 어둠 속으로 사라졌다. 결국 이 땅에는 없게 되어 있는 벗들과 여인을 향한 편지, 지금까지는 누구도 불러보지 못한 곡조의 노래, 때로 나의 밤은 그것들로 빛났지만, 편지들은 끝내 부쳐지지 않았고 노래들은 불려지지 못했다. 고독은 내 충실한 방문객, 그는 무료히 앉왔다가 생각난 듯 고약한 벗들 — 채찍 같은 후회와 음흉한 불안과 날 선 비애를 불러들여 나를 가학했다. 그리고 채무의 기억이 없는 채권자같이 나를 찾는 번민과 고뇌, 그들은 항상 내 영혼에게 병든 육신보다 더 많은 고통을 요구했다.

이제 날이 밝고, 세상은 무거운 잠을 털고 일어선다. 제국(帝國)의 군대들은 점호를 하고, 관리들은 백성을 다스릴 궁리를 시작할 것이다. 상인들은 점포를 열고 학자는 책을 펴고 — 모든 이들이 무언가 쓸모 있고 건강한 일을 시작할 것이다. 그러나 내게 있어서는 이제야 유적의 해가 지고 있다. 얕은 잠과 긴 휴식, 간단없는 정적과 무위 속에 나는 다시 새로운 심장을 만들고 찢어진 가슴을 기워야 한다. 저 코카서스 산정의 프로메테우스처럼, 밤의 독수리들이 다시 찢고 쪼아 먹을 수 있도록……'

그때 내가 그토록 괴로워했던 것이 무엇인지는 잘 기억나지 않지만 상태는 꽤 심각했던 것 같다. 어떤 날의 일기는 죽음에 대한 마르쿠스 아우렐리우스의 설교만으로 가득 차 있다.

'히포크라테스는 많은 병을 고친 뒤 스스로 병에 걸려 죽었다. 칼데이의 박사들은 많은 죽음을 예언했지만 이윽고 운명은 그들도 삼켰다. 알렉산더, 폼페이우스, 시저 등은 저와 같이 빈번하게 여러 대도시를 파괴하고, 전쟁에서 몇십 만의 기병대를 종횡무진 죽이다가 이윽고 그들 자신도 삶에서 떠났다. 헤라클레이토스는 우주의 화성설(火成說)에 대해서 그처럼 많은 사색을 한 뒤, 물로 배를 채우고 흙으로 전신을 칠한 채 죽지 않으면 안 되었다. 그리고 이[蟲]는 데모크리토스를 물어 죽였고, 또 소크라테스는 다른 이에게 물려 죽었다.

이러한 일은 도대체 무엇을 의미하는가? 너는 이미 승선하고 있다. 너는 이미 항해를 하고, 너는 이미 피안에 접근하고 있다. 이제 하선하는 것이 좋다. 만약 (죽음이) 참으로 또 하나의 다른 세상의 생활에 들어간다고 하면 거기에도 신들이 없지 않을 것이다. 그러나 무감각한 상태로 돌아간다면, 너는 이미 고통과 쾌락에 번거로워하지 않게 되고, 또 (너는) 너의 형체에 사로잡힌 노예가 아닐 것이다. 생각건대, 형체라는 것은 그것이 간직하는 것(영혼)의 우월함에 비한다면 지극히 저열한 것이다. 즉 영혼이 지혜요 신성이라면, 형체는 흙이요 부패이기 때문에.

…… 즉, 죽음이란 만약 그것이 상상력에 나타나는 모든 위협과 허세를 버리고 적나라하게 본다면, 다만 자연의 작용에 지나지 않는다는 사실이 발견된다는 것을 알지 않으면 안 된다…….'

그 회복기의 뒷부분에, 내가 아무런 선택의 기준이나 구별 없이, 그리고 때로는 거의 비굴하게까지 그곳의 사람들과 친해지려고 애쓴 것은, 아마도 그런 심리상태에서 오는 어떤 위기의식 때문이 아니었던가 한다.

어느 정도 마음 놓고 마을에 나다닐 수 있게 되고부터 나는 닥치는 대로 마을 사람들과 사귀기 시작했다. 어떤 마을에나 서넛은 있게 마련인 내 또래의 건달들과는 자청하여 인사를 나누었고, 낮

모르는 사람들의 바둑판이나 장기판에도 서슴없이 끼어들었다. 어떤 때는 어렵게 타낸 용돈으로 자신은 먹지도 못하는 술을 사 가며까지 그곳 사람들의 환심을 사려한 적도 있었다.

과연 그 방법은 효과가 있었다. 나는 오래잖아 대부분의 마을 사람들과 인사를 나누는 사이가 되었고 친구도 몇 생겼다. 하나는 변두리 고등학교를 졸업한 후 조개껍데기 가루(대개 사료나 비료로 썼다.) 공장을 하는 아버지 덕택에 놀고먹던 김성구란 건달로, 그는 나중 건강을 회복한 나와 가끔 좋은 술친구가 되었다. 그리고 다른 하나는 서동호란 친구로 강진의 유일한 대학생이었는데, 차차 알게 되겠지만 그는 친구로서보다는 특정과목 과외선생으로 내게 더 귀중한 사람이었다.

그러나 그 무렵에 만난 사람으로 가장 인상 깊은 사람은 별장집 남매였다. 별장집이란 갯가 전망 좋은 산기슭에 자리 잡은 조그만 일본식 가옥에 마을사람이 붙인 이름이었다. 전에도 나는 몇 번 그 집 앞을 지난 적이 있었지만, 거기에 살고 있는 사람들에 대해서는 별 관심을 가지지는 않았다. 그러다가 내가 병줄에서 조금 놓여날 무렵 해서 먼저 그 집의 독특한 외양이 내 흥미를 일으켰다. 집은 작고 낡았어도 이름처럼 그 용도는 한때 누군가의 별장이었음에 틀림없었다. 발아래 갈대밭과 넓은 강물을 두고, 멀리 푸른 바다가 보이는 산기슭, 유난히 유리창을 많이 쓴 건물 구조며 좁은 뜨락의 등나무 넝쿨과 벤치 — 그런 것들은 강진의 일반적인 가정집과는 너무도 달랐다. 특히 그 등나무 넝쿨은, 그걸 받쳐주고 있는 나무시렁이 썩어 여기저기 무너져내리고는 있어도 멋진 그늘을 만들고 있었고, 그 아래 벤치도 칠은 벗겨지고 등받이 나무가 부러졌지만 아직은 사람이 앉을 만했다.

그러나 정작 내가 그 집에 살고 있는 사람들에 대해서 관심을 갖게 된 것은 어느 날 우연히 그 집 앞 둑길을 지나다가 젊은 여자가 벤치에 앉아 있는 것을 보게 된 후였다. 유행에 무관심한 것 같으면서도 세련된 옷차림이었는데, 유난히 흰 얼굴과 손에 든 두툼한 책 같은 것들은 한눈에 그녀가 강진의 주민이 아님을 알아볼 수 있게 했다. 나는 문득 그런 그녀에게서 받은 원인 모를 감동으로 걸음을 멈추고 한동안 멍청하게 그녀를 바라보았다. 그러자 그녀도 그런 나를 느꼈던지 책을 덮고 잠깐 나를 노려보더니 이내 성난 얼굴로 일어나 집 안으로 들어가 버렸다. 나도 무안해서 곧 그 자리를 떴다. 잠시 후에 언뜻 돌아보니 창틀에 두 사람이 붙어 서 있었다. 방금의 여자와 웬 젊은 남자였다.

집에 돌아온 나는 곧 그들 남녀에 대해 알아보았다. 내 짐작과는 달리 그들은 부부가 아니라 남매간이었다. 그 밖에 나는 그들이 부산의 어떤 부잣집 자식들이라는 것과 둘 다 폐를 앓고 있으며 벌써 일 년째 거기서 요양 중이라는 것 등도 알아냈다.

"택 없이 너무 열 내지 마라이. 우리 같은 것은 거들떠보지도 않는 별종들이잉까."

그게 그들 남매에 관한 정보 대부분을 알려준 김성구의 귀띔이었지만, 왠지 나는 처음부터 그들에게 어떤 동료의식을 느꼈다. 나와 마찬가지로 병을 앓고 있다는 것뿐만 아니라, 무언가 그들 주위를 감싸고 있는 영락과 유적의 분위기가 더욱 그랬다. 하지만 내가 그들에게 접근하는 것은 쉽지 않았다. 별장집 자체가 마을에서는 좀 떨어져 있는 데다, 또 그들 남매는 그들대로 마을 사람들과 전혀 교류가 없었다. 내가 할 수 있는 것은 기껏 그 집 앞 둑길을 주된 산책로로 삼아 일없이 그 집 주위를 배회하는 것뿐이었다.

그러던 어느 날이었다. 그날따라 안개가 옅어 반 넘어 이운 달 주위에 달무리가 곱던 밤이었는데, 늦도록 잠을 이루지 못하던 나는 또 그 외로운 밤의 배회를 나섰다. 갈잎에 맺힌 이슬 때문에 옷깃을 적시며 걷다가 별장집을 지나 한참거리인 거북바위 부근에서 문득 사람의 기척을 느끼고 걸음을 멈추었다. 벌써 새벽 두 시가 넘어 그 시각에 그런 곳을 배회하는 사람은 자신뿐이라고 생각하던 나는 놀라 상대를 살펴보았다. 맞은편에서 가볍게 숨을 헐떡이며 다가오는 것은 바로 그 — 별장집 남매 중에 오빠가 된다는 청년이었다.

흠칫하는 나와는 달리 평온한 기색으로 다가온 그는 문득 처음 대하는 사람 같지 않은 어조로 말을 걸어왔다.

"그쪽도 무척 밤이 괴로운 모양이오. 그렇지 않소?"

"네, 조금은. 그런데……?"

나는 얼결에 대답해 놓고 약간 긴장하여 그를 쳐다보았다.

"나 황(黃)이라고 합니다. 그쪽은 성씨가 이(李)던가요?"

희미하게 웃는 것인지 찡그린 것인지 모를 표정이었으나 목소리는 여전히 담담했다. 먼 빛으로 볼 때보다 훨씬 단아한 귀공자 풍의 얼굴이었는데, 까닭모를 내 짐작대로 어딘가 짙은 비극의 그늘 같은 게 느껴졌다.

"그렇습니다만…… 어떻게 아십니까?"

"얼마 전부터 우리 집 주위를 맴도시기에 나도 알아보았소. 그런데 — 아직도 몸이 많이 나쁘시오?"

"별로 아픈 곳은 없는데, 이렇게 회복이 더디군요."

"어쨌든 다 나았다니 다행이오. 오늘은 너무 늦고 — 내일 볕이 따갑지 않은 때를 골라 집으로 놀러오시오."

내 마음속을 다 알고 있다는 듯 그는 전혀 개의함이 없는 투로 말했다. 그러나 이상하게도 그런 일방적인 어조가 조금도 내 마음에 걸리지 않았다. 원인 모를 부끄러움 속에서도 다만 그의 초대가 반가울 뿐이었다.

"조용히 지내시는데 혹 폐가 되지 않을까요?"

"실은 그 때문에 누이와 약간의 논란이 있었소. 누이는 성치 못한 사람끼리 모인다는 게 싫은 모양이오. 그래서 누이와 내기를 했는데, 지금 확인한 결과 내가 이겼소. 즉, 이 형은 적어도 병자는 아니니까. 큰 환영은 기대할 수 없겠지만, 무안을 당하지는 않을 거요."

그 역시 듣기에 따라서는 몹시 자존심을 건드리는 말이었지만, 여전히 내게는 아무런 자극이 되지 않았다. 오히려 그가 이렇게 덧붙였을 때는 그 때 아닌 영광에 감사할 뻔했다.

"이곳 사람으로는 이 형이 우리들의 첫 손님이 될 거요."

당시 내가 강진 사람들과 친하기 위해 '때로 거의 비굴하기까지' 했다는 앞서의 술회는 바로 그런 경우를 말했음이리라.

다음날 나는 야릇한 기대에 들떠 별장집을 찾았다. 그러나 실망스럽게도 가까이서 본 그들 남매의 생활도 내가 밖에서 대강 들은 것과 별 차이가 없었다. 다시 말해서, 병을 앓고 있다는 것과 이웃으로부터 격리된 것 같은 주거를 빼면, 그들의 삶도 나처럼 유적과 같으리라는 추측의 근거는 별로 찾을 수 없었다. 우선 그들의 살이부터가 집 밖에서 보기와는 많이 달랐다. 부족한 것 없이 갖추어진 살림집기며 그들이 마시는 외제 음료에 이르기까지 한눈에 여유가 넘쳐 보였다. 거기다가 벽 한 면을 가득 채운 장서와 잘 갖추어진 스테레오 시설은 그들의 상당한 교육수준과 함께 정서적인 윤택을 드러내는 것들이었다.

황은 스물셋, 그 누이동생은 감히 나이를 물어보지 못했지만 내 또래로 짐작되었다. 나는 먼저 황과 급속히 친해졌다. 황에게는 중병에 오래 시달려온 환자 특유의 예민한 감수성과 일종의 냉소벽(冷笑癖) 외에 이렇다 할 지적 특성은 눈에 띄지 않았다. 긴 요양생활의 부산물로 이것저것 읽은 책은 많았으나, 산만하고 체계 없기는 나와 별반 다를 바 없었다. 오히려 나야말로 황에게는 특이한 존재로 비쳐지는 모양이었다. 그는 내 지난 이 년의 얘기를 즐겨 들었고, 건강한 몸으로 떠돌며 쌓은 대단찮은 이력과 자질구레한 모험들에 은근한 흥미와 동경을 감추지 않았다. 언젠가 나는 그가 나보다 네 살 위임을 부담스럽게 여겨, 말을 낮추라고 한 적이 있는데, 그는 완강히 거부했다.

"아니, 정신적인 나이는 오히려 이 형이 위인 것 같소."

그런데 사실을 말하면, 내가 진작부터 강한 호기심을 품은 쪽은 그의 누이동생이었다. 어쨌든 그녀는 내 또래의 처녀였고, 얼굴도 화려한 아름다움은 없었으나 무엇에든 반하기 쉬운 열아홉의 열정을 불러일으키기에는 충분한 개성을 갖추고 있었다. 역시 환자 특유의 창백한 안색에 날카로움과 쌀쌀함이 묘하게 조화된 어떤 아름다움이었다. 하지만 가벼운 알은체나, 어쩌다 커피를 끓여 내오는 것 외에 그녀는 전혀 내게 관심을 보이지 않았다. 황도 어쩐 일인지 나와의 대화 가운데 그녀 얘기가 나오면 피하려는 기색이 역력했다. 언젠가 내가 그녀 얘기를 의식적으로 꺼내 본 일이 있었다.

"학교엘 나가십니까?"

그날따라 여대생 같은 차림으로 두터운 양서(洋書) 한 권을 끼고 별장집을 나서는 그녀의 뒷모습을 보며 내가 물은 말이었다.

"아뇨, 저 애는 들고 있는 책이 무슨 내용인지도 모를 텐데요."

이상하게 악의가 번득이는 황의 대답이었다.

"대단한 미인이시던데—."

"기괴미(奇怪美) 취향이시구먼. 관심 가질 필요 없어요. 그 애는 이 형에게 아직 남아 있는 질병의 냄새를 아주 싫어하니까."

결국 나는 무참해져 입을 다물 수밖에 없었다. 또 한 번은 이런 적이 있었다. 그날도 내가 별장집을 찾아갔을 때 황의 누이동생은 화사한 새 옷 차림으로 막 집을 나서고 있었다. 나는 황이 앉아 있는 등나무 아래 벤치에 걸터앉으며 자신도 모르게 중얼거렸다.

"정말 아름답군요."

"스미드의 모순이지."

황이 그 말을 받아 비꼬듯이 말했다.

"스미드의 모순?"

"그렇소. 여자야말로 사용가치와 교환가치가 전혀 비례하지 않는 예가 될 것이오. 즉 물, 공기 등은 그것 없으면 인간이 당장 살 수 없지만 값은 거의 없거나 없는 것과 비슷하게 싼 대신, 여자는 보석 따위와 마찬가지로 별 쓸모도 없이 값만 비싸단 말이오. 그걸 위해 돈과 시간과 정력을 낭비하고, 이름을 더럽히고 몸을 망치고 심지어는 생명까지 바치는 것들이 숱한 걸 보면……"

그러고는 힐끗 나를 보더니 독특한 직설적인 화법으로 말했다.

"이 형이 저 애를 아름답게 보아주는 것은 고마우나, 거기에 비례하는 가치가 저 애에게 있는지는 의문이오. 더군다나, 이미 저 애에게는 비싼 값을 치르고 있는 얼간이가 있소."

내가 그렇게 눈부시게 그녀를 바라보면서도 무분별한 열정에 빠져들지 않을 수 있었던 것은 친누이동생에 대한 황의 그런 혹평에 힘입은 바 컸다. 그러나 더욱 결정적인 것은 바로 그 김성구란 건달이었다. 그는 내가 별장집을 드나든다는 것을 알게 되면서부터 돌연 그녀에게 열중해져 공공연히 으르렁거렸다.

"그 가시나는 내가 점찍었다. 언 놈이든 손만 대만 가만(가만히) 안 둘끼라."

나는 그런 그가 두렵다기보다는 불쾌하고 또 약간 가소롭기도 해서 말해 주었다.

"걱정 마시오. 내 김 형의 충실한 배달부가 되어드리지."

그러고는 짐짓 철자조차 엉망진창인 그의 편지를 몇 번인가 그녀에게 전해 주었다. 그녀는 무표정하게 그 편지들을 받더니 어느 날 나를 통해 그에게 만나자는 전갈을 보냈다. 시내의 어느 다방이었는데, 그날 그녀가 어떻게 했던지 그 뒤 성구 녀석은 일체 그녀에 대한 말을 입에 담지 않았다. 그러나 어쨌든 그 일을 통해 나는 그녀에 대한 미묘한 감정을 깨끗이 청산하게 되었고, 그녀 역시 의심이 풀렸다는 표정으로 스스럼없이 나를 대하게 되었다. 나는 다만 그녀의 오빠인 황의 말벗일 따름이었다.

그러저럭 건강이 회복되어 내가 어느 정도 일할 수 있게 된 것은 팔월에 접어든 후였다. 그러나 건강이 회복되었다고 해서 내가 당장에 유적과 같은 삶에서 벗어난 것은 아니었다. 오히려 질병을 핑계로 내게 직접적인 부담 없이 유예되고 있던 여러 문제들이 한꺼번에 나를 덮쳐왔다.

그 하나는 형과의 관계였다. 몸은 충분히 모래장 일을 해나갈 수 있었으나 뜻 아니한 발병으로 석 달 가까운 시간을 빼앗긴 나로서는 그럴 여유가 없었다. 검정고시가 어느새 빠듯한 석 달 뒤로 다가와 있었기 때문이었다. 형은 물론 공부에만 전념하는 나를 침묵으로 지켜보고 있었지만, 침묵이란 때로 그 어떤 맹렬한 비난이나 질책보다 더 괴로운 수가 있다.

거기다가 더욱 나를 괴롭히는 것은 공부 자체였다. 나는 자신도 없고 확실한 계획도 없이 이 과목 저 과목을 허겁지겁 쫓아다녔다. 그러나 수학과 과학에 이르면 거의 절망적이었다. 특히 수학은 병이 나기 전 간신히 중학 과정을 정리하고 막 고등학교 일학년에 접어든 상태 그대로였다. 그렇지만 해 보는 도리밖에 없었다. 이미 말한 대로 적어도 내게는 그게 정상적인 삶으로 돌아가는 마지막 기회였다. 생일이 빠른 나는 이듬해에 징병검사를 받게 되어 있었고, 그렇게 되면 대학에 진학할 기회는 영영 없어지거나 잘해야 대학 입학과 동시에 입대해야 되기 때문이었다.

그럴 때 내게 결정적인 도움을 준 것이 서동호였다. 처음 친구로서 사귀었던 그는 그런 내 어려움을 듣자 자원하여 수학지도를 맡아주었다. 명문은 아니지만 그래도 지역 공대에 적을 두고 있는 탓에 고등학교 수학 정도는 가르칠 만했다. 거기다가 내게 더욱 다행이 된 것은 그 무렵이 그의 여름방학 중이었던 점이다.

강진에서 또 하나 유적된 삶을 잇고 있는 사람을 만나게 된 것은 내가 그런 경위로 드나들게 된 서동호의 집에서였다. 서동호의 가족은 얼핏 보면 전형적인 강진의 원주민이었다. 그들은 갯벌에 일군 몇 마지기 논에서 기본적인 양식을 얻고 나머지는 다른 사람들과 마찬가지로 재첩국(재첩 속살로 끓인 국) 행상으로 메웠다. 그 재첩국

행상은 물론 농사일까지 혼자서 억척스레 해 내는 서동호의 어머니는 그곳에서 나고 자란 순수한 강진 사람이었다. 서동호 역시도 그가 대학생이란 것만 빼면 강진의 다른 주민들과 별 차이가 없었다. 강 낚시에서 투망까지 못하는 게 없었고, 팔을 걷어붙이고 모래장에라도 나타나면 영락없는 상차꾼이었다. 그의 어린 동생들도 이렇다 할 특징 없기는 마찬가지였다. 그런데 단 한 사람 그의 부친인 서 노인만은 유별난 데가 있었다. 비록 독한 술로 새카맣게 타들어 가고는 있었지만, 그의 얼굴에는 어딘가 오랜 지적 연마의 흔적이 있었다. 나는 왠지 서 노인을 처음 대하는 순간부터 서동호를 강진의 유일한 대학생으로 만든 것은 직접이든 간접이든 그일 것이라는 생각이 들었다. 항시 술에 취해 건들거리고는 있어도, 그는 분명 문화와 도회의 사람이었다.

그런 내 관찰이 옳았음은 오래잖아 확인되었다. 내가 그의 집에 드나든 지 열흘 만인가 나는 동호가 한 무더기의 일본책들을 뒤지며 무언가를 찾고 있는 것을 보았다. 나는 그중의 한 권을 집으며 무심코 말했다.

"일본어 실력도 상당한 모양이군."

"아니, 아부지 책이다."

"아버님?"

"일본 유학까지 했다카데. 나는 몬 믿겠지만……."

"그래? 그럼……."

어느 정도 짐작은 했어도 막상 동호에게 그 말을 들으니 충격이

컸다.

"더는 묻지 마라. 나도 그밖에는 모르잉까."

내가 호기심에 차서 무언가를 더 물으려 하자, 동호는 문득 얼굴이 굳어지며 그렇게 말허리를 잘랐다. 그런데 한 가지 이상한 것은, 그 뒤 내가 여러 가지로 알아보아도, 서 노인에 관해서는 몇 가지 모두가 알고 있는 사실 말고는 강진 토박이들조차 별로 아는 게 없다는 점이었다. 몇 가지 모두가 알고 있는 사실이란, 그가 강진에 나타난 것이 6·25 전후란 것과 몸이 아파 휴양 중에(병명은 아무도 몰랐다.) 마을 처녀인 동호 어머니와 눈이 맞아 그곳에 뿌리를 내리게 되었다는 것, 그리고 그 뒤로는 별로 하는 일 없이 줄곧 술에만 절어 지내왔다는 것 등이었다. 서동호는 분명 무언가를 더 알고 있었겠지만, 나의 궁금증이 그의 감정을 건드려가면서까지 그 아버지의 숨겨진 내력을 캐낼 정도로 크지는 않았다.

그러다가 다시 우연한 기회에 나는 서 노인의 남다른 과거를 추측할 수 있는 사건과 마주치게 되었다. 건강이 거의 회복되어 마음 놓고 술잔까지 들게 된 구월 어느 날, 나는 멀리서 찾아온 옛 친구 하나와 선창가 술집에 앉아 있었다. 한때는 둘도 없이 친하던 사이로, 나도 그 밤만은 공부를 포기하고 그의 술 상대가 되었던 것인데 술에 취하자 그 친구는 버릇대로 신세타령에 들어갔다. 나에게는 익숙한 신세타령 — 좌익 활동을 하다 산에서 죽은 부친에 대한 원망과 혐구였다. 자신의 삶을 서른 몇의 한창 나이에 비참하게 끝나게 했을 뿐만 아니라, 젊은 아내와 어린 남매를 형극 같은 세월 속으로 내동댕이친 부친에 대한 그 친구의 원한은 사실 듣기조차 섬뜩한 데가 있었다.

"내 소원은 국군 장교가 되어 빨갱이를 때려잡는 것이었어. 그 런데 그 잘난 애비 덕택에 그마저도 잘 안 됐어⋯⋯."

그때만 해도 연좌법이 엄격할 때였다. 그 친구는 자신의 말대 로 무슨 사관학교인가를 지원했으나 받아들여지지 않았고, 그날 도 무슨 후보생 시험인가를 쳤다가 또 면접에서 미끄러진 후 나 를 찾아온 길이었다.

"지원입대를 할 거야. 그러고는 말뚝을 꽝꽝 박겠어. 기다리다 보면 언젠가 한번은 빨갱이들이 내려오겠지. 설령 그가 산에서 죽 지 않고 살아서 빨갱이들과 처 함께 내려온다 해도 용서하지 않겠 어. 맨 먼저 그를 쏘겠어. 어머니가 어떻게 돌아가신지 알아? 누님 이 어디서 무얼 하는지 알아?"

그 친구는 거의 광란 상태였다. 취해서 온 줄 모르고, 과음을 말리지 않은 탓이었다. 뒤늦게 알아차린 내가 달래보았지만 소용 이 없었다. 그때였다. 누군가 우리 자리로 다가오더니 힘껏 그 친 구의 뺨을 후렸다.

"이노옴—."

얼큰해져 있던 나까지도 정신이 확 들 만큼 높고 우렁찬 목소 리였다. 놀라 쳐다보니 서 노인이 삼엄한 얼굴로 서 있었다. 구석 진 자리에는 그가 마시려다 둔 것인 듯 맥주잔에 가득 부은 소주 와 작은 안주 접시가 손을 대지 않은 채 놓여 있었다.

"어디서 온 쇠쌍놈이 이렇쿠롬 방자하노? 아무리 막돼먹은 자식이로서니, 죽은 애비를 그렇쿠롬 욕비는 수가 어디 있노? 참말로 눈뜨고 몬 보겠구나—."

난데없이 호된 따귀에 퍼뜩 정신이 들었는지 그 친구가 멀거니 그런 서 노인을 올려보았다. 잠시 가쁜 숨을 가다듬은 서 노인은 그 친구에게 별다른 반항의 기미가 없자, 약간 노기를 거두었다.

"바라, 젊은 친구야. 사람은 죽으믄 모든 기 다 그만이다. 빨갱이가 나쁘다 캐도 이미 죽었으믄 그 사람도 맹 희생잔기라. 죄는 우리가 힘없고 가난한 것뿐이다. 그리고 — 바라, 젊은이, 자손 되어 그리 내놓고 조상 욕을 해서는 안 되는 법인기라. 역적한테 항복한 조상을 멋도 모르고 욕해 놓고도 김삿갓은 평생 죄인 시늉을 안 했나? 하기사 젊은이 속도 짐작은 간다. 어메는 고생시럽게 살다 죽었고 누부는 뭐 잘못된 모양이제? 글치만 그게 와 느그 아부지 죄겠노? 다 잘못된 세월 쥔기라. 느그들사말로 또 그런 세월 만들지는 안해야 될 거 아이가? 젊은이사 좀 벨난 이유기는 하다마는, 어느 쪽이던 서로 미워하고 원수 갚을 마음 길러서는 못쓴대이. 그라믄 언젠가는 또 그 몹쓸 세월이 오게 된대이—."

서 노인도 어디선가 먼저 마신 술이 있는 모양이었다. 얘기의 끝부분은 이미 호령이라기보다는 간곡한 타이름이었고, 목소리도 약간 떨리고 있었다. 다행히도 내 친구가 그때 갑자기 쿨쩍이기 시작해 소동은 그쯤에서 끝났다. 그러나 그날 밤 서 노인이 한 말은, 처음의 그 엉뚱하리만큼 맹렬한 분노와 함께 내 기억에 깊은 인상으로 남았다. 숨겨진 그의 과거에는 무언가 이념과 관계된 어두운 부분이 있음에 틀림없었다…….

몸이 회복되고 시간에 쫓기기 시작하면서 좀 드물어지기는 했지만, 나는 변함없이 별장집을 드나들고 있었다. 그 무렵에는 떠돌이 시절이 중심이 된 내 얘기 밑천도 거의 동난 상태여서, 화제는 주로 책이나 자신들의 몽상에 가까운 사색에서 나온 것이긴 해도 황과 나는 여전히 유쾌한 말벗이었다. 하지만 그때 우리가 나눈 대화를 떠올려보면 황당하다 못해 낮이 화끈해질 때마저 있다. 하나는 이제 막 대학에 가기 위해 검정고시를 준비하고 있는 처지에, 그리고 다른 하나는 몇 년 전에 겨우 대학에 입학했다가 한 학기도 못 마치고 신병으로 휴학한 처지에, 우리는 엄청난 주제들을 잘도 떠들어댔다. 절대적인 가치란 존재하는가? 영원은? 신은? — 우리는 그런 것을 떠들며 갈대숲 길을 걷다가 포구로 흘러드는 조그만 개울에 오줌을 누고는 과장스럽게 외쳤다.

"태평양은 분명히 불었다!"라고.

김성구의 일 이후 스스럼없이 된 황의 누이동생과도 점점 가까워졌다. 첫인상의 쌀쌀함과 날카로움은 나에 대한 지나친 경계 탓이 아니었던가 싶다. 가까이서 본 그녀는 약간 비뚤어진 데가 있긴 해도 대체로는 평범한 여자였다. 나이로는 나보다 한 살 위였으나 생일로는 겨우 대여섯 달 빨랐고, 학교는 그 전해에 여고를 졸업했을 뿐이었다.

하지만 그렇다고 해서 내가 그녀를 완전히 이해할 수 있었던 것은 아니었다. 그중에서도 특히 나를 당황케 하는 것은 도무지 짐작할 수 없는 그녀의 희로애락이었다. 어떤 때 그녀는 다정한 오누이처럼 되어 곧잘 지치고 절망하는 나를 위로해 주고 격려했다. 그런가 하면 어떤 때는 마치 질투 많은 여인처럼 내가 은근히 마음 설레어 하는 마을 처녀를 혹평했다. 그러나 어쩌다 내가 약간 미묘한 기분이 들어 그런 방향으로의 접근을 조금이라도 드러내면 그녀는 새파랗게 화를 내어 며칠간은 얼굴조차 대하지 않으려 했다. 나는 그런 그녀 때문에 몇 번 혼란되고 당황한 적이 있었으나, 이윽고는 무관심하게 되었다. 그 집을 드나드는 것은 그녀가 목적이 아니었고, 또 그때 나는 시간에 몹시 몰리고 있던 터여서 턱없는 감정에 휘둘려 열정과 기력을 소모할 겨를이 없었던 까닭도 있었다.

그들 남매의 생활에 대해서 어느 정도 자세히 알게 된 것도 그 무렵이었다. 황의 본가에서는 일주일에 한 번꼴로 별장집에 차를 보내왔다. 회색의 고급 승용차였는데 그 차로 본가에 돌아가는 것은 언제나 황의 누이동생이었다. 그녀는 그렇게 돌아가면 대개 하룻밤을 본가에서 묵은 후, 그 다음 날 오전쯤에 그들에게 필요한 여러 가지 생활필수품을 승용차 트렁크에 가득 싣고 돌아왔다.

그런데 한 가지 이상한 것은 그런 날 홀로 별장집을 지켜야 하는 황의 태도였다. 누이동생이 떠날 때부터 침울해지던 그는 홀로 남으면 거의 히스테리 상태로까지 떨어졌다. 대수롭지 않은 농담에도 벌컥 화를 내어 사람을 무안하게 만드는가 하면 어떤 때는 자기가 앓는 병에 해롭다는 술을 몇 잔이고 비웠다. 도무지 이해할 수 없는 일이어서 한번은 그 까닭을 넌지시 물어본 적이 있었다.

"세상에서 가장 강한 것이 무엇인지 아시오?"

그는 대답 대신 차가운 목소리로 되물었다. 그리고 갑작스런 질문에 어리둥절해 있는 나를 대신하여 스스로 대답했다.

"삶이오. 그게 인내하지 못하는 고통은 없소. 나는 저 애가 그놈의 차를 탈 때마다 나 스스로가 능욕당하는 기분이오. 하지만, 살기 위해 저 애를 보내지 않으면 안 되는 것이오……."

자조 섞인 그의 목소리로 보아 그는 본가에 대해 깊은 원한을 품고 있는 것 같았다. 나는 다시 적당한 때를 보아 황의 누이동생에게 그 내막을 물어보았다.

"오빠가 열일곱일 때 어머님이 돌아가시고 젊은 계모가 들어왔죠. 오빠는 그 계모를 싫어했어요. 그리고 그 때문에 아버지와도 거의 남남처럼 되었죠. 그렇지만 어떻게 해요? 결국 필요한 것은 거기서 얻어 와야 하지 않겠어요? 더군다나 우리는 아무것도 할 수 없는 병자들이니—."

황과는 달리 지극히 담담한 그녀의 어조였다. 나는 그녀의 설명에 비해 황의 원한이 너무 치열하고 뿌리 깊어 보이는 것이 약간은 이상했지만, 그때는 이미 한가하게 남의 사생활이나 들추고 있을 여유가 없었다. 그사이 어느새 여름이 다 가고, 대학 진학의 첫째 관문인 검정고시가 한 달 앞으로 바짝 다가와 있었기 때문이었다.

그 한 달을 회상하기에 앞서 언제나 내게 선명하게 떠오르는 것은 어느 날 밤의 꿈이다. 그날 밤도 나는 새벽까지 책과 씨름하다가 책상에 앉은 채로 곯아떨어졌는데 그 꿈속에서 맹렬한 불꽃을 보았다. 그것은 책상이며 책이며 이불을 태우고, 산과 들을 태우고 나를 태웠다. 놀라 깨어난 후에도 그 불꽃들은 한동안 내 눈시울 속에서 빨간 혀를 널름거리고 있었다. 바로 그랬다. 그 무렵 이미 내가 준비하는 시험이나 대학 진학은 그 본질이나 그것이 내 삶에 대해 가지는 의미와는 별 상관없이, 그대로 크고 뜨거운 불꽃이었다. 그리하여 그것은 내 낮과 밤을 사르고 육신을 사르고 영혼을 살랐다. 그때의 내 노력이 얼마나 치열했던지 뒷날 형수는 이렇게 술회했다.

"나는 도련님이 미쳐 방금이라도 고함을 지르고 뛰쳐나오지 않을까 걱정했어요."

따라서 그 한 달간의 일로 기억나는 것은 다만 항시 백열등이 켜져 있던 내 골방과 흐트러진 책과 과로로 무겁던 몸, 그리고 — 서동호뿐이다.

뜻하던 대로 대학을 가고, 그 뒤 갖가지 우여곡절을 거쳐 오늘날과 같은 형태로 내 삶이 굳어지게 된 게 잘된 일인지 못된 일인지는 잘 알 수 없지만, 적어도 그 시험에 대해서만은 지금도 서동호에게 감사하지 않을 수 없다. 그는 참으로 내게 더할 나위 없는 선생이었다. 겨우 대학 일학년이면서도 그는 내가 걱정하던 수학을 석 달 남짓한 기간에 거뜬히 해결해 주었다. 수학이 과목낙제를 면할 정도가 되자 남은 것은 예의 그 치열한 불꽃 — 무슨 앞날의 대가를 위해서라기보다는 현재의 번민과 고뇌에서 벗어나기 위한 그 필사적인 노력에 나를 맡기는 일뿐이었다.

그러다가 다시 강진의 사물들이 내 의식 속에 떠오르기 시작한 것은 무사히 그 시험을 치르고 다시 꼬박 사흘간 심한 몸살을 앓고 일어난 후였다. 약간 허망하기는 했지만 막상 시험을 치르고 나자 의외로 기분은 담담했다. 아니 그 이상, 짜낼 수 있는 마지막 한 방울의 힘까지 다 쏟았다는 일종의 자부심과 함께 내 정신의 키가 한 길이나 더 높아진 듯 원인 모를 성취감까지 느껴졌다. 이전과는 달리 내가 꽤 느긋한 마음으로 결과에 대한 준비까지 생각할 수 있었던 것은 아마도 그런 느낌 때문이었으리라. 시험에 합격하면 그 뒤는 변화에 맡긴다. 만약 불합격이면 지금껏 해온 것보다 더 철저하게 떠돌면서 한 세상을 보낸다. 왜냐하면 그것이야말로 운명이 내게 원하는 역할 같으므로 — 그것이 당시의 내 결정이었다.

내가 다시 한번 서 노인의 숨겨진 과거와 연관을 맺게 되는 것은 바로 그런 기분으로 검정고시 발표를 기다리던 어느 날이었다. 초저녁이었는데, 무엇 때문인가 서동호의 집을 찾아간 나는 전에 없던 이상한 분위기를 느꼈다. 언제나 시끌벅적하던 집안이 무거운 정적에 빠져 있었을 뿐만 아니라, 건장하던 서동호의 어머니가 머리를 싸매고 안방에 누워 있었기 때문이었다. 평소 제 집처럼 드나들던 터였으므로 거리낌 없이 문을 연 나는 멈칫하며 어디가 편찮으시냐고 물어보았다. 그러자 그녀는 대답 대신 깊은 한숨을 쉬고 돌아누웠다. 낙천적이고 활달하던 그녀에게는 어울리지 않는 행동이었다.

나는 그만 돌아갈까 하는 기분이 들었으나 이왕 온 김이라 다시 서동호의 방문을 열었다. 조용한 방 안에는 사람이 셋이나 앉아 있었다. 서 노인과 동호, 그리고 웬 낯선 사람이었는데 그의 얼굴을 쳐다본 순간 나는 아, 하고 탄성이라도 지를 만큼 놀랐다. 서 노인의 삼십대가 바로 그러하였으리라고 추측될 만큼 서 노인과 닮은 탓이었다.

무엇인가 수군수군 얘기를 주고받던 그들은 내가 들어서자 갑자기 굳어진 얼굴로 입을 다물었다. 그러다가 서동호가 약간 성가신 얼굴로 일어서더니 나를 대문께로 데리고 갔다.

"집에 일이 좀 있어. 급하잖으면 내일 보자."

그가 어딘가 당황한 목소리로 말했다.

"무슨 일인데?"

"손(손님)이다."

"아까 그 사람? 네 아버지와 많이 닮았던데."

"사, 삼촌이다. 지금 되게 중요한 이바구 중이다."

내 볼일이란 게 그리 급하지 않았던지 나는 그가 바라는 대로 해 주었다. 그런데 집에 돌아와 무심코 그 얘기를 했더니 형이 이상한 듯 고개를 기웃거렸다.

"거 참 이상하다. 여기 온 지 삼 년이 다 되도록 서 노인에게 동생이 있다는 소리는 못 들었는데……."

그 말을 듣자, 문득 그 여름에 술집에서 있었던 일이 떠오르며, 서 노인에 대한 호기심이 되살아났다. 그래서 이튿날 동호를 만나자마자 어찌된 일이냐고 물어보았다.

"오래 왕래가 없었기 때메 강진 사람들은 잘 모를 끼라."

"그런데 왜 갑자기?"

"그쪽 문중에 무슨 일이 있는 갑더라."

그런 동호에게는 무언가 꾸며대고 있는 기색이 있었다. 그러나 내가 그걸 지적하자 동호는 왈칵 짜증을 냈다.

"니야말로 참말 이상한 놈이다. 남의 집안일이 뭐 그리 궁금하노?"

다행히도, 정말 다행히도 나는 검정고시에 합격하였다. 대학을 향한 첫 관문을 무사히 통과한 셈이었다. 합격을 확인한 날 자축의 술에 취해 보낸 하루가 지금도 선연하게 떠오른다. 하지만 그렇다고 그걸로 내 유적이 끝난 것은 역시 아니었다. 대학의 본고사가 다시 석 달 앞으로 촉박해 있는 데다 나는 또 형의 다급한 요청에 의해 모래장으로 끌려나가지 않으면 안 되었기 때문이다.

겨우 여섯 달 사이인데 모래장은 여러 가지로 많이 달라져 있었다. 내가 앓아눕기 전만 해도 모래 장사랬자 기껏 박용칠과 최광탁이 좀 큰 규모였을 뿐 나머지는 모두 고만고만한 영세업자들이었다. 곧 형처럼 십 톤 내외의 배 한 척에 대여섯 명의 선원과 상차꾼 두엇을 거느린 강진의 주민들이었다.

그런데 골재 장사가 재미있다는 소문이 나돌자 부산의 몇몇 시답잖은 자본가들이 그 장사에 덤벼들기 시작했다. 그들은 원래 모래장 위에 있던 하천부지를 빌어 그보다 몇 배 넓은 모래장을 만들고, 한꺼번에 열 트럭분 이상을 실을 수 있는 대형의 모랫배를 몰고 왔다. 또 상류의 모래 채취장에는 중기(重機)를 띄워 임금과 경비를 절약했다. 그리하여 대량으로 퍼온 모래를 소규모의 배 한두 척으로는 도저히 감당할 수 없는 싼값으로 내놓았을 뿐만 아니라 모래장에도 중장비를 동원하여 상차꾼 두 사람이 삼십 분이나 걸려야 실을 수 있는 모래를 단 삼 분 동안에 차에 실었다.

이익에 민감하고 또 늘상 바쁜 도회의 건축업자들은 너나없이 그 새로운 모래 장수들에게서 값싸고 간편하게 모래를 사갔다. 그 바람에 원래의 소규모 모래 장수들은 속수무책으로 망해 들어갔다. 쌓아놓은 모래는 비바람에 반나마 유실되도록 팔리지 않는 대신 선원들과 상차꾼들의 임금은 밀리기만 했다. 그들이 할 수 있는 일은 모래배를 부산에서 온 대규모의 업자들에게 넘기거나 그 그늘에 흡수당하는 것뿐이었다.

형도 처음에는 그들 대규모 업자들과 정면 승부를 피하고 어떻게든 그들에게 빌붙어 살 생각을 해 본 듯했다. 그러나 그들이 내세우는 조건은 너무 가혹했다. 배를 팔 경우에는 권리금은 전혀 무시된 채 배 값이나 겨우 받을까 말까였고, 배를 가지고 그들의 그늘에 들어가려 해도 겨우 좀 나은 선장 봉급 정도의 분배를 약속할 뿐이었다.

거기서 화가 난 형은 한번 그들과 정면으로 부딪쳐 볼 마음을 먹게 되었다. 사실 대규모의 업자들이라고 해서 전혀 약점이 없는 것은 아니었다. 그중에 가장 큰 것이 스스로도 적자를 감수하면서까지 낮춰버린 모래값이었다. 얼마간만 그렇게 끌어가면 마침내 과독점상태가 오리라는 것이 그들의 계산이었지만 거기에는 한계가 있었다. 대형 모래배와 중장비에 엄청난 자본을 묶어둔 채 언제까지고 계속하여 적자를 볼 수는 없기 때문이었다. 형은 그 약점을 노려 버틸 수 있는 때까지 버텨보기로 작정했다.

형이 기어이 나를 모래장으로 끌어낸 것은 바로 그 싸움에 대비해 최대한 임금과 경비를 절약하기 위해서였다. 형은 선장과 선원 한 명을 해고하고 스스로 그 두 사람 일을 떠맡은 대신 나에게는 몇 가지 까다로운 주문과 함께 다시 모래장 서기 일을 맡겼다. 덕분에 나는 그전처럼 한가하게 앉아서 책이나 보며 찾아오는 손님을 기다릴 수만은 없게 되었다. 모래장에 트럭이 들어오기 바쁘게 달려 나가야 했고, 어쩌다 낯익은 건축업자나 운전사라도 있으면 소매를 잡다시피 끌어와야 했으며, 조금이라도 상차 시간을 줄이기 위해 상차꾼들 이상으로 열심히 모래를 퍼 담아야 했다. 그리고 때로는 당시 가장 고급이던 신탄진을 몇 갑이고 사두었다가 낯모르는 운전사며, 심지어는 여드름도 벗어지지 않은 조수 녀석에게까지 내키지 않은 선심을 쓰기도 했다.

공부는 다만 밤과 비 오는 날뿐이었다. 그렇게도 중요하게 생각하던 대학입시가 채 석 달이 안 남았는데도.

그런데 모래장에 온 지 며칠 안 돼서 나는 앞서의 모든 변화보다 더 크게 눈에 띄는 변화 하나를 발견했다. 바로 모래장의 오랜 일과 중의 하나였던 최광탁과 박용칠의 그 요란한 싸움이 없어진 일이었다. 알고 보니, 최광탁은 내가 다시 모래장에 나오기 한 달쯤 전부터 위암으로 입원 중이었다.

최광탁이 없는 박용칠은 왠지 초췌하고 침울한 모습이었다. 죽을 둥 살 둥 마시던 술도 짐짓 멀리하는 눈치였고, 선원들이나 상차꾼들을 향해 지르던 그의 독특한 고함소리도 전혀 들을 수 없었다. 대신 그는 매일 최광탁의 병실에 들렀는데, 거기서의 언행은 세상의 그 어떤 동생보다 더욱 공손하다는 게 보고 온 사람들의 전언이었다. 거기다가 또 하나 감탄할 만한 것은, 이미 모래장의 경기가 형편없이 된 후인데도 최광탁의 몫만은 전과 다름없이 셈해 주는 일이었다.

나는 그런 박용칠의 돌변이 얼른 이해되지 않았다. 그러나 그와 최광탁의 독특한 관계에 대한 얘기를 이것저것 듣게 되면서부터 차츰 그것은 돌변이 아니라 당연한 일일는지도 모른다는 생각이 들게 되었다.

…… 그들이 강진에 나타난 것은 휴전 직후의 혼란 때였다. 약간의 시차는 있었지만 그들은 대개 비슷한 시기에 비슷한 경위로 오게 되었다. 최광탁은 제3부두 뒷골목에서 주먹깨나 쓰던 건달이었는데, 친구가 노름판에서 잃은 돈을 힘으로 빼앗아 돌려주었

다가 특수강도로 몰려 숨으러 왔고, 박용칠은 의붓아버지의 금고를 털어 일본으로 밀항하려다가 사기를 당해 돈만 뺏기고 인근 갈대밭에 버려져 끝내는 강진 주민이 된 처지였다.

최광탁이 나중에 우스개 삼아 얘기한 것이지만 그들이 처음 만났을 때의 상황은 재미있었다. 그해 여름 어떤 새벽 불안한 마음으로 갈밭 속 은신처 움막에 잠들어 있던 최광탁은 갑자기 요란스레 갈대숲을 헤치는 소리에 눈을 떴다. 밀림과도 같은 갈대밭을 천방지축 헤치고 나타난 것은 바로 박용칠이었다. 그때 박용칠이 맨 처음 한 말은 이러했다.

"고찌라와 도꼬데스까(여기가 어딥니까)?"

그때껏 속고 있던 그는 거기가 일본 땅인 줄 알고 준비해 간 일본말로 그렇게 물었다고 한다. 밤새도록 어두운 바다를 달린 데다 선원들은 한결같이 그곳이 하카다[傳多] 남쪽이라고 일러주었기 때문이었다.

그러나 속은 것을 알게 된 후에도 박용칠은 한동안 최광탁의 움막에서 함께 지냈다. 밀항을 기도한 것과 의붓아버지가 경찰을 풀어 자기를 쫓고 있으리란 불안 탓이었다. 필요한 물품을 사러 나가는 것 외에는 몇 달이고 무성한 갈대밭 속에서 함께 지내다 보니 그들은 곧 다정한 친구가 되었다. 최광탁이 세 살 위여서 그가 형님이 되고 박용칠은 아우가 되었지만 그것은 의례적인 호칭일 뿐이었다.

그 후 어느 정도 체포의 위험이 사라진 뒤에도 그들은 강진에 그대로 눌러앉았다. 어떤 때는 고기잡이배의 선원으로 함께 일하기도 하고, 어떤 때는 밀수품 양륙반원이나 그곳을 출발지로 삼는 밀항선의 브로커 노릇을 함께 하기도 했다. 그러다가 그들을 쫓는 사람이나 공소시효가 완전히 없어졌을 무렵 약간의 돈을 모은 그들은 힘을 합쳐 조그만 배 한 척을 장만했다. 처음에는 고깃배로 시작했으나 오래잖아 그 배는 강진의 첫 모래배가 되었다.

그 다음은 모든 것이 순조로웠다. 부근의 지형과 물길에 똑같이 밝고, 또한 둘 다 서른 이쪽저쪽의 건장한 일꾼들이고 보니 따로 돈 드는 선장이나 선원을 쓸 필요가 없었다. 발동기를 볼 줄 아는 선원 하나와 허드레 일꾼 하나만 있으면 그들은 하루에 다섯 번까지 질 좋은 모래를 모래장에 부려놓을 수 있었다.

그림자같이 붙어 다니던 그들이 늦은 대로 결혼을 생각하게 된 것은 이듬해 다시 새로운 배 한 척을 모을 수 있을 만큼 여유가 생긴 후의 일이었다. 먼저 손위인 최광탁이 마을의 색시와 결혼을 했고, 이어 강요와도 같은 그의 권유에 박용칠도 아내를 맞았다. 신부는 역시 마을의 처녀로 최광탁의 아내와는 단짝이던 사이였다.

그런데 좀 유별난 것은 결혼 후에도 몇 년간 계속된 그들의 공동생활이었다. 무슨 생각에선지 그들 두 쌍의 부부는 한집에서 같이 살았을 뿐만 아니라 한 솥에다 밥을 짓고 한 상에서 그 밥을 먹었다. 일에 있어서도 남편들이 바깥에서 동업하고 있는 것처럼 아내들은 아내들대로 안에서 함께 일했다. 함께 재첩을 건지고,

함께 연료로 쓸 갈대를 쪄 날랐으며, 저녁에는 함께 몸을 씻고 함께 화장했다.

나중에 그 요란한 싸움이 된 문제의 원인은 아마도 그 무렵에 있었던 것 같다. 서로서로 절친한 사이인 데다, 오래 한집에서 뒤얽혀 산 그들이고 보면 남편이나 아내가 혼동될 가능성은 있었다. 특히 아내들은 갯가 여자들이 정조에 헤프다는 일반적인 의심 외에도, 한창 살림 모으는 재미로 일에 지쳐 빠져 초저녁부터 곯아 떨어지는 수가 많았고, 밤늦게 고주망태가 되어 들어오는 남편들은 오래 총각으로 지낸 탓에 창녀들에게 익숙해 있었다.

최광탁과 박용칠의 싸움에 언제나 발단이 되는 아이들도 약간은 이상한 데가 있었다. 초등학교 사학년인 박용칠의 맏아들은 키가 작달막하고 얼굴이 둥근 아버지와는 달리 가는 몸매에 기름한 얼굴이었고, 반대로 초등학교 삼학년인 최광탁의 둘째 딸은 키가 훌쩍하고 기름한 얼굴을 가진 아버지와는 달리 통통한 몸매에 둥글넓적한 얼굴이었다.

그러나 그들이 그 일로 말다툼을 시작하게 된 것은 순전히 일없는 동네사람들의 쑤군거림 탓으로 여겨진다. 각기 두셋씩 아이를 가지게 되고, 차차 네 것 내 것도 가리게 되어 그들 두 쌍의 부부는 분가하게 되었지만, 그래도 숟가락 하나까지 똑같이 가를 만큼 사이좋게 헤어졌다. 처음 동네 사람들의 그런 쑤군거림이 그들 귀에 들어갔을 때도 그들은 다 같이 대수롭지 않게 웃어 넘겼다. 내가 보기에도 그 아이들이 아버지를 닮지 않은 것은 사실이지만, 그렇다고 반드시 상대방의 아버지를 닮았다는 근거는 전혀 없었다.

그러다가 그 일을 먼저 시빗거리로 삼은 것은 박용칠이었다. 동네 사람들은 아이가 자랄수록 최광탁을 닮아갔기 때문이었다고 했으나, 왠지 내게는 그게 다만 싸움의 구실에 지나지 않는 것 같은 인상이었다. 바꾸어 말하면 박용칠은 그걸 구실로 무언가 풀리지 않는 삶의 응어리를 최광탁을 상대로 풀려고 했고, 최광탁은 최광탁대로 기꺼이 그를 맞아 자신의 몫까지 겹쳐 풀었던 것 같았다. 그들의 싸움이 비교적 짧고 뒤를 남기는 법이 없다는 점과 또 마땅히 책임을 나누어야 할 집안의 여자들에게는 결코 그 불똥이 튀는 법이 없었다는 점이 내 그런 추측의 근거였다. 그리고 ― 그렇게 볼 때, 최광탁이 회복하지 못할 병으로 쓰러진 이상 그들에게 남는 것은 온전히 함께 고생스레 걸어온 긴 세월뿐이었다. 확실히 박용칠은 최광탁의 불행을 진정으로 슬퍼하고 있었다.

별장집 남매가 돌연 강진을 떠난 것은 내가 다시 모래장으로 나간 지 얼마 안 되는 시월 말의 일이었다.

어느 날 저녁 함께 밥상을 받고 있던 형이 불쑥 물었다.

"너 저쪽 별장집 남매와 친하게 지냈지?"

"네, 조금. 그런데 갑자기 왜 그러십니까?"

"뭐 이상한 게 없디? 일테면 가정환경 같은 거 말이다."

"별루요. 그저 어머니가 계모라는 정도였어요. 무슨 일이 있습니까?"

"실은 오늘 동(洞)에 갔다가 박 서기한테 이상한 얘기를 들었다. 오빠라는 청년이 며칠 전에 혼자 주민등록을 옮기고는 극빈자 증명을 떼달라고 사정을 하더란다."

"극빈자 증명을요?"

"그래, 뭐 국립요양소에 가겠다던가……."

그러자 나는 계모와 부친에 대한 황의 유별난 증오를 떠올렸다.

"기어이 부모와 손을 끊을 모양이군요."

"그런데 박 서기 말로는 그런 감정적인 것이 아니라, 정말로 사정이 다급한 것 같더라는 거야. 어쨌든 이곳을 곧 떠나려는 모양이더라."

그러고 보니 나는 꽤 오랫동안 별장집을 찾지 않은 셈이었다. 시험 전에는 공부에 바빴고, 그 후에는 모래장에 나가게 되어, 근두 달 동안에 그들 남매와 만난 것은 합격 발표 직후의 한 번뿐이었다.

나는 저녁술을 놓기가 바쁘게 별장집으로 가 보았다. 현관 입구에 황의 누이동생이 멍하니 서 있다가 나를 보더니 매달리듯 팔을 끌었다. 전에 없던 일이었다.

"제발 부탁이에요. 오빠를 좀 말려주세요."

그녀는 낮은 목소리로 빠르고 다급하게 말했다.

"오빠는 거기 가면 죽고 말 거예요. 오빠는 지금 중태란 말이에요. 아시겠어요? 꼭 좀 말려주세요."

"네, 그래보죠."

나는 일의 진상도 정확히 모르면서 얼결에 대답하고는 방 안으로 들어갔다. 방 안에는 황 혼자 앉아 술을 마시고 있었다. 소문대로 떠날 작정인 듯 그런 황 곁에는 크고 작은 트렁크 두 개가 나란히 놓여 있었다.

"어딜 가시려고 이러십니까?"

"진작부터 내가 있었어야 할 곳으로 갈 작정이오."

"있었어야 할 곳이라니 — 어딜 말이오?"

"국립요양소의 요구호자(要求護者) 병동이오. 어쨌건 그 얘기는 그만두고 이별주나 나눕시다. 못 보고 떠나는가 걱정했소."

그는 애써 화제를 돌리며 내게 술잔을 건넸다. 나는 몇 번이고 원래의 화제로 돌아가려 했으나 허사였다. 결국 그와 지난여름의 일이나 하릴없이 추억하고 있을 때 황의 누이동생이 들어왔다. 눈 주위에 운 흔적이 있었다.

"오빠, 꼭 가셔야겠어요?"

"그래."

황이 차갑게 말했다. 그러자 냉정을 가장하려고 애쓰던 그녀가 엎드러지듯 황의 무릎을 싸안으며 애원했다.

"오빠는 그곳을 모르세요? 이번에 가면 죽어요. 오빠, 제발 마음을 돌려주세요. 우리는 반드시 살아남아야 해요. 살아남아서 — 우리가 받은 것을 모두 되돌려주어야 해요……."

그런 그녀의 눈에는 줄줄이 눈물이 흘러내리고 있었다. 그러나 황의 차가운 눈길은 조금도 누그러지지 않았다.

"나도 살고 싶다. 살기 위해 그리로 간다."

"아니에요. 절대 그렇지 않아요. 거기로 돌아가는 것은 자살이에요…… 그들이 보기 싫으면 못 오게 할게요. 내가 일해서 벌게요. 제발 거기만 가지 마세요……."

그러는 그녀가 애처로워 나도 거들었다.

"내 생각에도 여기가 더 좋을 듯한데 생각을 돌리시죠. 무슨 이유진지는 모르지만…… 동생분도 저렇게 애원하지 않습니까?"

"이 형, 나중에 속은 것을 분하게 여기지 말고, 내 말을 새겨들으시오. 내게는 부모가 없소. 내가 여기서 사는 것은 하루하루가 그대로 치욕이요. 지금 나를 죽이고 있는 것은 결핵균이 아니고 바로 그 치욕이란 말이오."

"잘은 몰라도…… 기른 것도 어머니라 하지 않습니까? 마음에 들지 않더라도 아버님을 보아서……."

나는 계모 이야기를 그 자신에게 직접 들은 것이 아님을 상기하며 더듬거렸다. 그러자 황이 갑자기 벌컥 성을 냈다.

"시끄러워요. 뭘 안다고? 그리고 — 도대체 이 형은 남의 사생활에 너무 깊이 관계하려 드는 게 아니오? 이만 돌아가쇼. 곱게 이별주나 나누려 했더니……."

그러고는 싸늘한 얼굴로 나를 외면해 버렸다. 황의 누이동생이 다시 흐느꼈다.

"오빠—."

"너도 시끄럽다. 기어이 내가 여기 이 형에게 이것저것 다 털어
놓아야 시원하겠어?"

황이 매서운 눈으로 그녀를 내려다보며 쏘아붙였다. 그러자 왠
지 그녀의 얼굴이 하얗게 질리며 말리던 기세가 알아보게 꺾였다.

"알겠어요. 알겠어요, 오빠……."

잠시 후 그녀는 탄식처럼 그렇게 뇌까리더니 나를 보며 나직
이 재촉했다.

"그래요, 이건 우리 남매의 일이에요, 죄송하지만 이만 돌아가
주세요."

나는 한편으로 무안하고 한편으로는 슬며시 화가 났지만 말
없이 자리를 뜨지 않을 수 없었다. 내가 현관을 벗어나기도 전에
오래 참다 터진 듯한 남매의 흐느낌 소리가 처량하게 들려왔다.

이튿날 그들 남매는 별장집을 떠났다. 세간을 고스란히 두고 각
기 커다란 트렁크 하나씩만 든 채. 그런데 한 가지 이상한 것은 며
칠 후 우연히 모래장에 들른 김성구의 말이었다. 내가 측은한 기
분으로 그날 밤의 일을 전하자 그는 대뜸 말했다.

"그 가스나, 뭔가 니가 모르는 기 있을 끼다. 우짜믄 놀랍고도
더러븐 일이."

그리고 이상히 여긴 내가 캐묻자 그는 씹어뱉듯이 말했다.

"내가 그때 당한 기 너무 이상타 카이. 니가 내 편지 전해 조가(주
어서) 그 가스나하고 광복동에서 따로 만났을 때 말이라. 첫째로 그
가스나 너무 노숙하더라. 끽해야(기껏했자) 우리 나인데, 이건 뭐 나를

알라(어린애) 취급이라. 난또(나도) 놀았다 카믄 논 놈 아이가? 그런데
그 가스나한테는 택도 없드라 카이. 그 다음에 이상한 거는 '불새'
라 카는 놈이라. 충무동에서 유명한 깡팬데, 그 가스나가 그날 오빠
라 카미 데리 나왔드라꼬. 그런데 지 말 안 들으믄 꼬붕들도 손가락
을 짤라뿐다 카는 고 독종이 그 가스나한테는 여간 공손한 기 앙
이라. 그라면서 배미(뱀) 같은 눈으로 나를 쩨리 보는데 참말로 식
겁 묵었다. 거다가 그 가스나 요상한 기 어디 그거 뿌이가. 패션모
델 같은 옷하고, 영화배우 같은 화장하고 — 암만 캐도 뭔가 앞뒤
가 잘 안 맞는다 카이."
　나로서는 참으로 이해 못할 일이었다.

　하지만 모래장을 중심으로 형이 벌이고 있던 힘겨운 싸움은 생
각지도 않은 시기에 뜻밖의 방향으로 끝이 났다. 그 계기는 위암
으로 입원해 있던 최광탁이 기어이 숨겨버린 일이었다. 그 때문에
전의를 잃어버린 박용칠이 무너지자 형의 다른 동맹군들도 도미
노현상을 일으켜 형 홀로는 더 버틸 수 없게 되고 말았다.
　그런데 모래장을 중심으로 벌여온 싸움의 결말을 말하기 전에 먼
저 얘기해 두어야 할 일이 하나 있다. 최광탁과 박용칠의, 거의 반
생에 걸친 싸움의 결말이 바로 그것이다. 직접 그들과 교류한 적
은 없지만, 이왕 그들의 기묘한 싸움이며 지나온 자취를 길게 얘
기한 일이 있으니, 그 결말까지도 들은 대로 전해 두는 편이 옳
을 것 같다.

최광탁이 숨을 거둔 것은 그해 십일월 초순이었다. 죽기 사흘 전부터 어떤 예감이 있었던지 최광탁은 정신만 들면 박용칠을 찾았다. 박용칠도 어쩐 일인지 모래장은 제쳐놓고 최광탁의 병실에 붙어살다시피 했다. 몇 번이고 박용칠을 불러놓고 무슨 말을 할 듯 할 듯하다가는 입을 다물곤 하던 최광탁은 숨지던 전날 밤에야 이야기를 꺼냈다.

"동상 — 참말로 나를 의심하나?"

"아임다, 행임, 아임다. 그냥 행임한테 한분 엉구렁(어린양) 떨어본 거라예. 사는 기 심심키도 하고 또 같이 몰리 댕기며 고생하던 옛날이 그립기도 해서."

"난또(나도) 대강 그래 생각했다마는, 암만 캐도 엉구렁만 가지고는 그래 안 되는 기라. 뭔동 미심쩍은 기 있제?"

"아임다. 맹세하겠임다. 내가 행임을 의심하다이요."

"인자 거진 막판 같다. 내한테 거짓불(거짓말) 할 거 엄는 기라. 나도 짚이는 게 있다."

"뭘 말씀임꺼? 지꽸당이요?"

"그해 말따. 우리가 한집에 살 때 무슨 태풍인가로 느그 방구들이 내려 앉았잖나? 그때 우리 두 내외가 한방을 쓴 적이 있제?"

"예, 그건 와예?"

"그때 우리가 얼마나 퍼마실 때로? 또 예펜네들은 집칸 장만는다꼬 얼매나 뼈 빠지게 일했노? 그래서 잠 들믄 띠메고 가도 모르는 예펜네들한테 고주망태가 된 사나(사내)들이 새벽에 기어 들어간 기 어디 한두 분이가? 낭패가 있었으믄 그때 있었을 기다."

"암만 카믄 즈그 예펜네도 몬 알아봤을라꼬요?"

"나는 니가 그 문제를 들고 나설 때마다 퍼뜩퍼뜩 그때가 생각 나드라. 아아들 나이도 대강 글코. 그란데—."

"……?"

"참말로 글타믄 그기 그케 분하고 원통하겠나? 밭 바뀌고 씨 바뀐 거 말이다."

"…….."

"내가 니캉 싸워도, 호역 아아들이 듣고 맴에 끼(끼어) 하까 봐 우선 니 입 막을라꼬 그랬제, 속은 암치도 않더라. 니 씨라꼬 생각 해도 딸아 귀키는(귀엽기는) 똑같드라."

"실은 행임, 지도 그랬임다. 내 언제 그 일로 우리 아 구박하거 나 예펜네 닦달칩디꺼? 참말로 그냥 해 본 소림더. 원망이 있었으 믄 다른 기라예."

"다른 기라꼬? 뭔데?"

"우선 행임을 만난 그 자체라예. 그때 행임을 만나 여다 주질러 앉지만 않았으믄 나는 어떻게든지 일본에 갔을 끼라예. 그라믄 내 인생은 지금카모는 많이 달라졌을 끼라예……."

"그거사 나도 글타. 나도 니하고 정 부쳐 여기 안 처박힜으믄 지 금쯤 많이 다를 끼다. 옛날에 내 밑에서 빌빌거리던 똘마이들이 지 금은 모도 한몫 잡아 시내서 사장질 하더라. 그 꼴난 주먹 가주고."

"거기다 또 먼다꼬(뭐한다고) 장가는 가라 캐가지고 — 사람을 이래 생으로 꼽새(꼽추) 만들어 놨으이—."

"그래도 자식 농사는 지어야 할 꺼 아이가?"

"다 소용없임더. 기집이건 자식이건 다 짐일 뿐이라예. 귀하믄 귀한 대로 짐이고 미우믄 미운 대로 짐인기라예. 어디 훨훨 떠나고 싶어도 그것들이 걸려 안 되고, 분이 나 속이 뒤집히도 그것들 때매 참아야 되고……. 인자는 나이를 묵어 그란지 좀 덜하지만 요중간(이 중간)에는 우옜는지 아심니꺼? 다 때리치앗뿌고 천장만장 달라 빼고 싶은 맴이 하루에도 열두 번이던 기라예."

"그거사 우야노? 사는 기 머, 다 그렇제. 그런데 — 참말로 그것뿐이제? 내한테 주먹 울러 매고 달라(덤벼)들어도 속마음은 참말로 그것뿐이제?"

"맞심니더."

"그라믄 됐다. 설마 죽는 사람 앞에 놓고 거짓불이야 하겠나? 실은 죽기 전에 닐 부른 거는 그 때문이다. 그랬을 턱도 없지만, 니 맴에 정 걸린다믄 아아들 서로 바꽈 올라꼬 생각했다."

"아이구 행임, 벨 말쏨 다하심더, 팔수는 틀림없이 내 아들이라요."

"됐다. 지숙이도 내 딸 맞다. 내 죽은 후에라도 허뿌 딴소리하지 마라."

— 대강 그렇게 결말을 짓고 최광탁은 새벽녘에 숨졌다는 소문이었다. 그 자리에 있었던 게 누군지, 그 소문의 어디까지가 진실인지는 단언할 수 없으나 내가 보기에는 앞뒤가 맞아떨어지는

결말이었다.

그런데 이미 말했듯, 그와 같은 최광탁의 죽음은 모래장의 판도를 크게 바꾼 계기가 되고 말았다. 그 뒤 모래장 일에 흥미를 잃은 박용칠이 모래배를 도회에서 온 업자들에게 헐값으로 넘겨버린 탓이었다. 가장 배짱 좋고, 힘 있던 최광탁과 박용칠이 그렇게 무너지자 나머지도 따라서 힘없이 무너져버렸다. 그래도 형은 마지막까지 버틴 덕으로 과독점 체제에 조급해 있는 도회지 업자들과 다소 유리한 거래를 한 쪽이었다. 배를 넘긴 돈으로 그럭저럭 덤프차 한 대를 구입할 수 있었기 때문이었다.

어쨌든, 형은 그 일로 재산의 절대량이 다소 줄긴 했으나 오랜 적자를 메우고 새로운 사업을 시작하게 됐고, 나는 홀가분한 마음으로 모래장에서 벗어날 수 있었다. 처음 목표보다 대학을 낮추고 과를 바꾸기는 했지만, 이듬해 내가 그런대로 꼴사납지 않은 대학에 무사히 들어갈 수 있었던 것은 대개 그 돌연한 변화 덕분이라고 해도 크게 틀리지는 않을 것이다.

나는 다시 한 달 남짓한 모래장 서기 일을 끝내고 책상 앞으로 돌아왔다. 그러나 생활이 내 목적에 일치하고 그걸 추구하는 여건이 얼마간 나아지기는 했지만 정신적인 유적은 여전히 끝나지 않았다. 두 달도 채 남지 않은 대학입시가 무슨 넘지 못할 거대한 산맥처럼 나를 가로막고 있었기 때문이었다. 그것이 얼마만 한 무게로 내 영혼을 짓눌렀는지는 역시 그 무렵의 일기로 잘 알 수 있다.

'이미 이 시험은 유희가 아니다……. 진작도 나는 그렇게 말해 왔지만, 이제야말로 이 시험은 내가 이 삶을 이어가려면 반드시 풀어야 할 과제이며, 뛰어넘어야 할 운명의 장벽이다. 내 정신을 학대하는 압제자이며 나를 가두는 감옥이며 — 이것을 극복하지 않고는 결코 진정한 자유를 누릴 수 없는 사슬이다. 지난날의 무모와 광기를 변명하기 위해, 낭비된 시간에게 진 무위(無爲)의 빚을 갚기 위해, 그리고 앞날의 비참과 통한을 피하기 위해, 나는 반드시 이 강력한 적을 쓰러뜨리지 않으면 안 된다. 또한 내 영혼의 해방을 위해, 비뚤어지지 않은 삶을 위해, 진정한 인식을 위해, 영원한 예술을 위해 이 거대한 장애물을 뛰어넘지 않으면 안 된다. 이 시험은 너무 깊이 들어와서 되돌아갈 수 없는 미로(迷路)이며 나는 도망칠 권리조차 없는 필사의 전사(戰士)이다.

그러므로…… 나는 이렇게 변하지 않으면 안 된다. 일체의 잡념은 버릴 것이다. 상상력의 과도한 발동은 억제할 일이다. 음과 색에 대한 지나친 민감을 경계할 것이다. 언어와 그것의 독특한 설득 형식에는 완강할 것이다. 감정의 분별없는 희롱, 특히 그것의 왜곡이나 과장은 이제 마땅히 경멸할 일이다……'

한낱 대학입시에 그처럼 무거운 의미를 부여하게 된 경위는 지금으로서는 역시 잘 이해되지 않지만, 그런 글은 일기장 도처에서 눈에 띈다.

'시계의 초침 소리를 듣는 데 소홀하지 말아라. 지금 그 한순간 순간이 사라져 이제 다시는 너에게 돌아올 곳 없는 곳으로 가버리고 있다는 것을 언제나 기억해라. 한번 흘러가버린 강물을 뒤따라 잡을 수 없듯이 사람은 아무도 잃어버린 시간을 찾아 떠날 수 없다. 더구나 너는 이제 더 이상 그 초침 소리에 관대할 수 없으니. 허여된 최대치는 이미 낭비되고 말았으니.'

그리고 더욱 심하게는 이런 구절도 있다.

'너는 말이다, 한번쯤 그 긴 혀를 뽑힐 날이 있을 것이다. 언제나 번지르르하게 늘어놓고 그 실천은 엉망이다. 오늘도 너는 열여섯 시간분의 계획을 세워놓고 겨우 열 시간분을 채우는 데 그쳤다. 쓰잘 것 없는 호승심(好勝心)에 충동되어(바둑을 말함인 듯.) 여섯 시간을 낭비하였다.

이제 너를 위해 주문을 건다. 남은 날 중에서 단 하루라도 그 계획량을 채우지 않거든 너는 이 시험에서 떨어져라. 하늘이 있다면 그 하늘이 도와 반드시 떨어져라. 그리하여 주정뱅이 떠돌이로 낯선 길바닥에서 죽든 일찌감치 독약을 마시든 하라.'

따라서 밤낮 없는 무리에 빠져 있던 내게 그 무렵의 강진은 그저 몽롱한 추억의 배경일 뿐이었다. 그런데 그 유일한 예외가 서 노인의 일이었다.

서 노인의 동생이라는 그 사내가 다녀간 이래 서 노인의 가족들은 조금씩 변해갔다. 때로 바보스러울 만큼 단순하던 동호는 이상하게 침울하고 사색적으로 변했고, 언제나 막소주에 취해 허허거리며 동네를 돌아다니던 서 노인은 말없이 집 안에만 박혀 있었다. 동호의 어머니도 겉으로는 전과 다름없이 보였지만 자세히 살피면 중병이라도 앓는 사람마냥 힘없고 허탈한 표정이었다. 나 자신의 일 이외에는 감각이 무디어질 대로 무디어진 때였지만, 그런 내게도 그들 가족은 무언가 엄숙하고 중대한 일을 기다리고 있는 듯한 느낌이 들었다. 더군다나 그 일 속에 포함된 어떤 맹렬한 폭발과 붕괴의 예감은 입시 마지막 총정리를 위해 이따금씩 동호를 찾아가던 나까지도 까닭 없이 조마조마하게 했다.

그러다가 내가 대학입시 원서를 접수시킨 날 밤 그 일은 마침내 모습을 드러냈다. 그날 망설이고 고른 끝에 서울의 명문대지만 좀 만만한 학과에 입시원서를 접수시킨 나는 뒤숭숭한 마음을 달래기 위해 동호를 찾아갔다. 그런데 동호의 집 앞 좁은 골목에 그때까지만 해도 흔치 않았던 자가용 승용차 한 대가 서 있었다. 전에 없던 일이라 나는 약간 이상한 느낌으로 동호네 대문을 들어섰다. 그때 집 안에서 벼락같은 고함소리가 들려왔다.

"글쎄, 돌아가라니까."

놀라서 살펴보니 마루에 엎드린 사람을 향해 서 노인이 성난 얼굴로 서 있었다. 바로 몇 달 전에 보았던 동호의 삼촌이라는 삼십대 후반의 남자였다.

"아버님, 그럼 임종만이라도 보아주십시오."

"이 고얀 놈. 누가 네 애비냐? 여기 있는 것은 다만 이십 년 전에 죽은 서창길(徐昌吉)의 못 다 썩은 시체라고 하지 않더냐?"

서 노인은 그렇게 말하고는 방으로 들어가며 소리 나게 문을 닫았다. 그러자 사내는 꼼짝 않고 엎드려 있었다. 그리고 울먹이는 소리로 말했다.

"아버님, 임종이 가깝습니다. 평생의 한을 풀어드리십시오."

"닥쳐라. 죄 짓고 총살당한 시체, 지금 와서 죽어가는 그 사람에게 보여 무엇 하겠느냐?"

문 안에서 여전히 호통을 치고 있었지만 서 노인의 목소리는 처음보다 한층 힘이 빠져 있었다. 그때 누군가 그들이 주고받는 뜻밖의 대화에 어리둥절해져 서 있는 내 어깨를 쳤다.

"가자, 여서 뭐 하노?"

동호였다. 그런 그의 입김에는 약간의 술기운이 서려 있었다.

"국문과로 정했다며? 니한테 맞을 끼다. 여기 앉자. 오늘은 니하고 이바구 좀 하고 싶다. 혹 아나? 니가 이담에 소설가라도 되문 좋은 소재가 될 끼다."

마을을 벗어나 차가운 바닷바람이 불어오는 갯가 바위에 자리를 잡으며 동호가 말했다. 만약 그때 동호가 한 말이 가정(假定)이 아니라 한 예언이었다면, 그 예언은 지금 훌륭히 맞아떨어지고 있는 셈이다.

"벌써 니가 알아뿌렸으니 참말을 하지만, 아까 그 사람은 삼촌이 아이고 내 이복형이라. 철이 들면서부터 이 세상 어딘가는 있을 끼라고 막연하게 추측했던 그 사람이라. 와 그렇노 하면 아부지가 엄마를 만났을 때 서른아홉이었거든…….."

"그렇다면 아버지께서 스스로를 죽었다고 말하는 그 이십 년 전이겠군."

"그래, 내 다 말해 주지, 울 아부지가 바로 그 무시무시한 빨갱이였던 기라. 한번은 아부지가 옛날에 구경한 적이 있다는 공산폭동을 얘기하더라꼬. 조그만 읍의 경찰서를 습격하고 우익 인사들을 처형하고, 피, 불길, 끔찍한 사형(私刑), 뭐 이런 것들이었는데, 인자 가만 생각해 보이 그게 바로 자기가 지휘했던 폭동이 아잉가 몰라. 우쨌든 국군토벌대가 반격하자 한 패는 지하로 숨고 한 패는 산으로 도망쳤어. 그런데 나중에 전멸한 야산대(野山隊) 입산자 가운데 아부지로 오인될 만한 사람이 있었던 모양이라. 아부지가 구차스럽구로 숨어 사는 동안도 그쪽에서는 공비토벌 때 총살당한 걸로 처리됐거덩. 그쪽 가족들도 아부지가 안 죽은 줄 알면서도 뒤탈이 무서바서 모르는 척 남의 시체 갖다가 무덤까지 만들었능기라. 아부지가 이십 년 전에 죽었다고 자칭하는 건 바로 그 얘기라. 우짜튼, 실지로도 진짜 아부지는 그때 죽은 기나 마찬가지지마는⋯⋯."

거기서 들떠 있는 것 같던 동호의 목소리가 우울하게 가라앉았다.

"그란데 — 내가 와 이리 울적한지 아나? 니는 울아부지가 끔찍한 죄를 지은 빨갱이라 카는 기나, 이복형 맨치로 뭔가 부도덕하고 불결한 내미를 풍기는 존재가 갑자기 나타났기 때문일 기라고 생각하겠지만, 절대 그기 아잉 기라. 내가 이래는 거는 갑자기 초라해진 울아부지 때문이라. 결국은 씻지 못할 죄인으로 낙착을 본 아부지의 허무한 일생 때문에 이리 울적하단 말이다. 니 뭔 말인동 알아듣겠나?"

"글쎄⋯⋯."

"울 아부지가 여기 온 거는 그 당시 이 근처에서 뜨는 밀항선이 흔했기 때문이다. 아부지는 갈밭에 숨어 그걸 기다리고 있었는데 그만 병이 났뿌렜다 아이가? 그걸 나물하러 왔던 울 어무이가 구해 준 기라. 그기 어울리는 데라고는 한 군데도 없는 울 아부지와 어무이가 만난 인연이다.

그 뒤 같이 살게 되문서, 울 아부지는 다는 아이라도 얼매 쯤은 자기 얘기를 어무이한테 해 준 모양이라. 어무이도 무식하기사하지만 얼마큼은 알아들었던지 내게만은 어릴 때부터 아부지 얘기를 했지. 바까 말하문, 나름대로 윤색해 가지고, 뭔 독립투사나 박해를 받는 영웅맨쿠로 말이다. 우짜믄 어무이 자신도 그렇게 생각했는지 모르제. 자기보다 더 나은 계층에 속한, 보다 많이 배우고 인물도 잘생긴 남자에 대한 시골 처녀의 호기심과 동경만으로는 설명할 수 없는 기 울 아부지에 대한 어무이의 순종과 헌신이었능기라. 굶주림과 열에 떠 갈숲에 쓰러져 있는 아부지를 처음 발견한 순간부터 삼 남매를 낳고 기른 지금까지 변함없는 그 순종과 헌신 말이라.

덕분에 나도 어북(제법) 철이 들 때까지 울 어무이와 비슷한 환상을 품게 되었제. 국민학교 때 담임선생이 아버지의 직업을 묻는데 독립투사라고 대답했을 정도잉까. 여러 가지 반공교육을 받고, 결국 아부지가 한 일도 건국 초기의 처참한 공산폭동 중의 하나에 불과하다는 것을 어렴풋이 짐작한 담에도 — 내 그런 환상은 계속됐는 기라. 왜냐하믄 반역이나 혁명이라 카는 말은 뭔가 충

성보다는 더 낭만적이고 매력 있는 거 앙이가? 일본에서는 지금
도 글타 카데. 학생 때 빨갱이 아인 놈 하나또 없다꼬. 또 어른이
되믄 빨갱이 좋다 카는 놈 하나도 없다꼬…….”

평소 말수가 적은 편이어서 동호에게 그토록 긴 얘기를 듣기는
처음이었다. 그러나 나는 그게 이상하다고 느낄 수 없을 만큼 그
의 얘기에 빨려 들어갔다. 겨울 바다에서 불어온 쌀쌀한 바람 탓
인지 동호의 목소리가 차츰 떨리기 시작했다.

“그란데 그 환상은 이복형이 나타나자부터 금 가기 시작했지.
그는 아부지의 공소시효(公訴時效)가 만료되자마자 행방을 찾아
나선 기라. 그라고 몇 년 만에 겨우 아부지를 찾은 기 바로 지난
초가을이제.

그는 아부지를 뫼시고 가겠다고 떼를 쓰데. 글치만 아부지는 딱
잡아뗐어. 아까맨치로(조금 전처럼) 자기는 이미 이십 년 전에 죽었
다는 기라. 나는 그걸 일찍이 소중하게 품었던 이념에 대한 울아
부지의 신의로 생각했어. 그란데 인자 보이, 그기 아잉 기라.

울 아부지는 지난 이십 년 동안 불안하게 숨어 산 죄인이었을
뿐이라. 말하자면 공소시효가 차도 여전히 남아 있는 죄의식이 귀
향을 가로막았을 뿐이었던 기지. 메칠 전에 아부지는 내보고 카
더라. 이념이라 카는 거 인간을 위해 만들어진 긴데 우리는 뭔가
잘못돼 그놈의 이념을 위해 인간이 죽고 죽였다고. 그리고 또 카더
라. 한번 손에 묻은 고향 사람의 피는 죽기 전에는 절대 씻어지지
않는다꼬. 따라서 자기는 그 피의 임자들이 묻혀 있고 또 그 자손

과 친척이 살고 있는 고향땅을 밟아서는 안 된다꼬.

다시 말하믄 아부지는 법과 국가가 용서해도, 자신은 자신을 용서할 수 없다는 기라. 도덕적으로는 가치 있는 깨달음일는지도 몰라도 나로서는 왠지 허전해. 나는 울아부지가 초라한 도덕가가 되기보다는 비극적이지만 씩씩한 반역자이길 바랐거덩……. 이념 따우는 상관없이 그저 한 실패한 영웅으로 죽기를 바랐거덩……. 내 말 니 이해하겠제?"

물론 나는 그 미묘한 감정의 논리를 이해했다. 나는 그와 비슷한 또래였고, 사물은 종종 그 실질보다는 외관으로 우리의 인식을 지배하던 때였으니까. 그러나 한편으로는 서 노인에 대한 깊은 동정도 금할 수 없었다. 그랬었구나, 아아, 그랬었구나.

강진에서의 나머지 날들은 다시 자학(自虐)과도 흡사한 과로와 불면 속에 열에 들뜬 듯 몽롱하게 지나갔다. 어느새 시험 날이 다가오고, 서울로 올라가 시험을 치고, 다시 선고를 기다리는 죄수처럼 결과를 기다리고 — 그동안의 내 심리적 갈등을 새삼 장황하게 서술하는 것은 자칫 듣기에 지루할 것 같아 피하기로 한다.

행운은 두 번째도 내 편이 되어 나는 그럭저럭 목표했던 대학에 입학을 허가받았다. 일 년쯤 늦어지긴 했지만 그로써 그 몇 년 크게 빗나갔던 삶의 궤도는 일단 정상으로 돌아온 셈이었다. 부산 시내에 있는 어떤 신문사에서 합격을 확인한 후, 버스를 탈 생각도 잊은 채 강진까지의 이십 리가 넘는 길을 울고 웃으며 돌아온 일이 지금은 쓴웃음으로 기억된다. 유적은 끝났다. 한때는 영원처럼 막막하게 느껴지던. ─ 적어도 그때의 내 생각은 그랬다.

하지만 강진에서의 일로 반드시 얘기해야 할 것은 아직도 하나 더 남았다. 그것은 전해 가을 요양소로 떠났던 별장집 남매의 뒷일이다. 대학에서의 새로운 출발을 앞두고 은근히 부풀어 있던 이월 어느 날 나는 동네 사람들의 수군거림을 통해 별장집에 사람이 돌아온 걸 알았다. 그들이 그립기도 하고 궁금하기도 해서 나는 그 말을 듣자마자 별장집으로 달려갔다.

과연 누군가 돌아와 있었다. 겨우내 굳게 잠겨 있던 현관이 열려 있었고 뜨락 여기저기 어지럽게 몰려 있던 낙엽도 깨끗이 치워져 있었다. 그러나 돌아온 것은 그들 남매 모두가 아니라 누이동생 혼자였다. 반가운 김에 손이라도 잡을 듯이 다가가던 나는 전과 달리 싸늘한 그녀의 표정에 주춤했다.

"무슨 일이죠?"

"오랜만입니다. 반갑습니다."

"반갑다는 것은 제가 살아서 돌아왔다는 뜻인가요?"

"화, 황 형은?"

"오빤 돌아가셨어요."

그녀는 별로 슬퍼하는 기색도 없이 말했다. 그 말에 콧등이 시큰해지며 목이 메어오는 쪽은 나였다. 불행한 사람…….

"그게 언젭니까?"

"한 보름 돼요."

"요양소에서?"

"네, 원하시던 대로 요구호자(要救護者) 병동에서."

일순 그와 함께 보낸 여름날들이 눈앞에 떠올랐다. 이제는 내 유적의 날들 중에서 가장 암울했던 부분을 서성이는 추억의 사람이 되고 말았지만, 그때만 해도 황의 죽음은 내게 애틋하기 그지없는 슬픔이었다. 그러나 하마터면 쏟아질 뻔한 내 눈물을 막아준 것은 여전히 냉랭한 그녀의 반문이었다.

"절 보러 오신 건 아닐 테죠?"

"우선 황 형을…… 하지만 —."

"하지만, 오빠가 안 계신 이상 우리끼리 만나야 할 일은 없을 텐데요."

"여기서 계속 호, 홀로 사실 겁니까?"

"걱정 마세요."

그녀는 그 말을 혼자 살게 될 자신을 걱정해 주는 것으로 들었던지 그렇게 말하고는 부엌 쪽을 향해 큰 소리를 냈다.

"아줌마, 여기 커피 한 잔 끓여줘요."

"집에서 식모를 딸려 보냈군요."

"내가 구했어요. 이제 안심하셨죠? 어쨌든 앞으로는 드나드실 필요가 없어요. 오늘은 문상 오신 걸로 여겨 차 한 잔 대접하는 거예요."

그제야 나도 슬며시 기분이 상했다. 끝까지 떼쓰는 아이 쫓듯 하는 그녀의 말투 때문이었다. 나는 그렇게 내몰지 않아도 앞으로는 찾아오기 힘들게 되었다는 것을 알림과 함께 약간은 으쓱한 기분으로 그동안 내게 일어난 변화를 말해 주었다. 그때 나는 대학 입학 등록을 열흘쯤 앞두고 있었다.

"거 참 잘됐어요. 늘 유적, 유적 하시더니 이제 끝난 셈이군요."

잠깐 선망인지 조소인지를 모를 미소가 그녀의 얼굴을 스치다가 사라졌다.

"아직은…… 뭐가 날 기다리고 있는지 모르니까요."

"아무튼 어딜 가시더라도 건강하세요."

"그쪽도."

"물론이죠. 나는 오빠처럼 약하게 쓰러지진 않을 거예요. 반드시 살아남아——."

그리고 그녀는 나를 힐끗 바라보았다. 그런 그녀의 눈길에는 갑자기 예사 아닌 광기 같은 것이 뿜어져 나왔다.

"—— 복수할 거예요. 모두."

나는 그 엉뚱한 변화에 긴장했다. 그러나 잠시뿐이었다.

"뭘 말입니까?"

내가 그렇게 되물었을 때, 어느새 처음의 냉정을 회복한 그녀는 대답 대신 서둘러 대화를 끝내버렸다.

"가보세요. 정말 다신 오지 마세요."

화나기보다는 어이없는 노릇이었다. 두 번씩이나 그렇게 노골적인 말을 듣자 정말로 다시는 그녀를 보고 싶지 않았다.

하지만 나는 결국 강진을 떠나기에 앞서 다시 한 번 그녀를 만나야 할 팔자였다. 그로부터 일주일쯤 됐을까. 오늘 내일 하며 출발을 앞두고 있던 나를 김성구가 갑자기 찾아왔다.

"야, 니 빨리 별장집에 가 봐라."

대낮부터 취한 듯한 녀석은 나를 보자마자 심술궂은 웃음과 함께 말했다.

"거긴 왜?"

"느그 공주님이 위기에 빠졌다. 니 같은 용감한 기사가 필요하다카이."

"공주님이라니?"

"황 양 말이다. 니 그 가스나한테 공 깨나 안 들였나?"

아무리 말해도 녀석은 줄곧 나를 그런 식으로 의심해 오고 있었다.

"지금 풍전등화, 백척간두다. 빨리 가 봐라."

"도대체 무슨 소리야?"

"암튼 빨리 가 보라 카이. 가 보믄 안다."

나는 뭔가 약간 미심쩍은 대로 별장집에 가 보았다. 평소 사람의 왕래가 많지 않은 그 집 앞에 몇몇 동네 여자들이 서 있었고, 집 안에서는 무언가 요란하게 부서지는 소리와 악다구니 쓰는 소리가 들려왔다.

황급히 안으로 들어가 보니 웬 중년 아낙네가 헝클어진 모습으로 닥치는 대로 가구를 부수고 있었다.

"아이구, 분해라. 아이구……."

그 곁에는 식모 아주머니가 어쩔 줄 모르고 우왕좌왕하고 있었다. 나는 황의 누이동생을 찾아보았다. 그녀는 건넌방에 깎아놓은 듯 앉아 있었다.

"저 여자가 누구요? 왜 가만히 보고만 있소?"

어느 정도 짐작은 가면서도 나는 설마 하는 기분으로 물었다. 전연 내 이야기를 듣는 것 같지 않던 그녀가 천천히 나를 보며 착 가라앉은 목소리로 말했다.

"다시 오지 말라고 그랬죠? 돈 많은 아버지 계모, 그런 건 처음부터 없었어요. 돈 많은 바람둥이가 있었을 뿐이었어요. 이제 본처가 알고 온 거죠. 오빠는 이 꼴을 보지 않으려고 떠난 거예요."

그리고 그녀는 쓸쓸한 웃음을 지었다.

"다시는 오지 말라고 그랬는데 — 이제 이 모든 꼴을 보게 되니 속이 시원하세요?"

나는 무엇으로 호되게 머리를 맞은 듯한 충격으로 한동안 망연히 그녀를 바라보았다. 그러다가, 마음속으로는 그녀를 위해 무엇인가를 해야 한다고 생각하면서도, 도망치듯 말없이 그 자리를 빠져나왔다. 오래 있다가는 더욱 참혹한 꼴을 보게 될 것 같은 두려움 때문이었다. 나중에 들은 것이지만, 결국 그날의 일은 그녀의 끔찍한 자해로 끝이 났다. 과도로 손목의 동맥을 자른 그녀는 곧 이웃에 의해 병원으로 실려갔고, 그 거센 아낙도 그걸로 어느 정도 분을 풀고는 돌아가버렸다.

나는 그런 그녀의 불행을 진심으로 가슴 아파했으나 현실적으

로는 아무것도 해 줄 수 없었다. 다만 한시바삐 강진을 떠나 서울
에서의 새로운 생활 속에서 그녀의 일을 잊는 것이 내가 할 수 있
는 최선이었다. 나는 그날 밤 서둘러 강진을 떠났다.

  그런데 기회가 없을 것 같아 강진의 후일담을 미리 얘기해 두어
야겠다. 형도 이듬해에 강진을 뜨게 되어, 그 뒤 나는 오랫동안 강
진을 찾지 못했다. 따라서 여러 가지 인상 깊던 일들은 차츰 잊혀
지고, 강진은 그저 자욱한 안개와 무성한 갈대와 밤새워 울던 구
성진 멧새 소리로 이루어진 추상으로 변해 갔다.

  그러다가 십여 년이 훌쩍 지난 작년 여름에야 나는 다시 강진
을 돌아볼 기회가 생겼다. 철새들의 도래지로 유명한 을숙도(乙叔
島)에 들렀다가 멀지 않은 강진을 찾아보기로 한 길이었다. 그러나
내 기억 속의 강진은 이미 그곳에 없었다. 갈대도 멧새의 울음도
없어진 부산직할시의 일부에 아스팔트와 매연과 소음만이 있을
뿐이었다. 몽환처럼 피어오르던 안개는 남았을 법도 하지만, 그마
저도 내가 도착한 한낮에는 볼 수 없었다.

  나는 전에 알던 사람들을 찾아보았다. 거의가 강진을 떠나버
리고 남아 있는 사람도 김성구 하나만 찾아볼 수가 있었다. 부친
이 소유하고 있던 야산이 부동산 투기 붐을 타고 금싸라기 땅으
로 변하자 하루아침에 적잖은 재산을 물려받게 된 그는 꽤 큰 건
설회사를 운영하고 있었는데, 뜻밖으로 반갑게 나를 맞아주었다.

  나는 옛날의 건달기가 완전히 가신 그에게서 내가 떠난 뒤의 강

진 얘기를 들었다. 박용칠은 최광탁이 죽고부터는 계속 내리막길을 걷다가 강진을 떠나버렸다. 서 노인은 결국 죽은 뒤에야 고향으로 돌아갔고, 나머지 가족들도 대기업의 중견사원이 된 동호를 따라 서면 쪽으로 이사하고 없었다. 한때 가슴 설레 했던 또래의 어여쁜 처녀들이나 한두 번 술잔을 나눈 적이 있는 청년들도 대부분 취직이나 결혼으로 강진에 남아 있지 않았다.

마지막으로 나는 황의 누이동생을 물어보았다.

"그 아주마시라면 지금도 만나볼 수 있제. 마침 잘됐다. 목이 좀 컬컬했는데."

성구는 내가 그 여자 얘기를 꺼내자 그렇게 말하며 대뜸 자기 차를 불러 나를 태웠다. 새로 난 해변도로를 삼십 분쯤 달려 도착한 곳은 다대포(多大浦) 쪽의 작으나 깨끗한 요정이었다. 바로 황의 누이동생이 경영하는 요정이었는데 마침 그녀는 있었다.

그녀는 완전히 건강을 회복한 것 같았다. 그러나 잔인한 세월은 그녀를 시들어가는 중년의 요정 마담으로 바꾸어 놓고 있었다. 술은 쉽게 올랐다.

"황 마담, 이젠 고마 고백하시지."

몇 순배 술이 돈 후 성구가 불쑥 장난기 어린 목소리로 그녀에게 말했다.

"고백하라니, 뭘?"

나는 공연히 어색해져 머뭇거리며 물었다.

"이 쑥 같은 친구야, 그때 황 마담이 참말로 좋아한 건 너였단 말이따."

농담 같지는 않았지만 나로서는 도무지 짚이는 데가 없는 말이었다. 그러나 성구는 여전히 짓궂은 웃음으로 그녀를 보며 계속했다.

"황 마담, 내가 대신 얘기해 줄까? 만약 그때 두 사람이 사랑하게 되었더라면 둘 다 불행해질 우려가 있었다는 것, 그럼에도 불구하고 어둡고 부끄러운 부분만은 한사코 너에게 보이고 싶지 않았다는 것, 하지만 가끔씩은 잘 빚어서 구우려고 내놓은 도자기 같은 너를 깨뜨려 보고 싶은 충동도 있었다는 것······."

"그만하세요."

갑자기 그녀가 수긍도 부인도 아닌 쓸쓸한 미소와 함께 성구의 말을 가로막았다.

"낮술에 벌써 취하셨나 봐."

나는 거기서 방금 성구가 한 말과 일치되는 기억을 찾아내기 위해 잠시 옛날을 더듬어 보았다. 세월 탓인지, 취한 탓인지 전에 없이 옛날이 희미해지며 아무것도 떠오르지 않았다. 그러다가 한참 만에 겨우 그녀의 말 한마디를 찾아내고 나는 앞뒤 없이 물었다.

"이제는 복수를 하신 겁니까?"

그러자 그녀는 여전히 쓸쓸한 미소로 대답 대신 물었다.

"그럼 이 선생님은 유적이 끝나셨어요?"

"아닙니다. 아직."

나는 원인 모를 슬픔을 느끼며 무겁게 고개를 저었다.

"저두요."

그녀는 그렇게 말하고 조용히 자기 앞의 잔을 잡았다.

우리 기쁜
젊은 날

1
절망의 뿌리

　　대학에 들어간 첫해 가을을 앞뒤해서 급우들 사이에는 스스로를 인자(人子)로 지칭하는 해괴한 말버릇이 유행하였다. 예를 들어, 삼각관계에 빠져 있는 친구가 그 고민을 호소해 오는 일이라도 있으면, 그들은 제법 장중한 목소리에 두 눈까지 지그시 감으며 충고했다.

　　"인자께서 가라사대, 영자에게 줄 것은 영자에게 주고 숙자에게 줄 것은 숙자에게 주라."

　　또 목은 컬컬한데 주머니가 비어 술값이라도 빌리러 오는 친구가 있으면 이번에는 근엄한 목소리가 되어 거절했다.

　　"인자께서 가라사대, 야 이 병신 같고 빙충맞은 녀석아, 그런 걸 어찌하여 내게서 구하느냐? 하다 못해 외상이라도 긋고 내빼면 될 거 아냐?"

실연 같은 좀 가슴 아픈 일을 당한 친구가 와도 그런 식의 말버릇은 별로 달라지지 않았다.

"인자께서 가라사대, 여자와 시내버스는 따라가지 말라, 또 오느니라."

그러면 방금까지 쿨쩍이며 죽네 사네 하던 녀석도 문득 멀쩡한 얼굴이 되며 항의하는 것이었다.

"인자께서 가라사대, 진실로, 진실로 너희에게 이르노니, 사랑은 결코 농담이 아니다. 또 가라사대, 불에 데어본 자만이 그 아픔을 알리라……."

그런데 내가 새삼 케케묵은 옛날 일을 들추는 것은 거기서 무슨 우스갯거리를 찾기 위해서가 아니라 그 무렵의 내가 탄식처럼 중얼거리던 말 한마디를 끌어내고자 함이다. 대개 가정교사로 입주해 있던 집의 외진 공부방에서, 가르치던 아이들이 모두 잠든 후 홀로 소주병을 비울 때였는데, 그때 나는 약간 한숨 섞인 목소리로 중얼거리곤 했다.

"때에 인자께서는 병든 말처럼 피로하였더라. 육신은 그 육신을 기르기 위해 오히려 여위고, 영혼은 책에 대한 갈망으로 더욱 창백하였더라……."

비록 그때까지만 해도 강의실과 도서관과 가정교사로 입주해 있는 집 사이를 시계추처럼 왔다 갔다 하고는 있었지만, 피로는 이미 조금씩 내 발밑을 파 들어가고 있었던 모양이다. 광란과 격정의 이

듬해를 ― 풍요이면서 결핍, 영광인 동시에 오욕이고, 비상(飛翔)이
었으되 몰락인 그 이듬해를 예고하는 불길한 조짐으로서의 피로
였다.

　생각하면, 분방했던 그전 몇 해에 비해 서울에서의 첫 일 년은
스스로 돌아보기에도 대견할 만큼 진지하고 성실했다. 대학 입학
과 함께 쓰라린 낭인생활을 청산한 나는 겨우 등록금과 한 달치
하숙비만 들고 출발해야 했지만 조금도 낙담하거나 두려워하지
않았다. 나는 힘겹게 회복한 학창생활을 누구보다도 값지고 뜻있
게 보내리라는 결의에 차 있었으며, 그 어느 때보다도 세계와 인생
에 충실할 것을 굳건히 다짐했다. 그리하여 무엇이든 필요한 것은
스스로 마련해야 하는 고학의 어려움도 괴롭게 여기기는커녕 오히
려 조그만 틈만 보이면 걷잡을 수 없이 되살아나는 내 탐락적(貪樂
的) 기질과 유미적(唯美的) 취향을 단속하는 효과적인 계기로 삼았
다. 얼핏 보아 매우 건전한 출발이었지만, 또한 처음부터 피로가
예정된 출발이었다. 그 때문에 강요된 지나친 긴장과 절제를 오래
도록 견디기에는 내 나이가 너무 젊은 탓이었다.

　먼저 나를 괴롭히기 시작한 것은 입학과 동시에 시작된 가정교
사 생활이었다. 지금에야 옛날 얘기가 돼버렸지만, 그때만 해도 가
난한 유학생들에게는 당연했던 그 부업은 사실 일반의 생각처럼
수월했던 것만은 아니었다. 아직 풍요의 1970년대가 열리기 전이
어서 좋은 가정교사 자리를 얻기는 돈 많은 부모를 가지는 것 못
지않게 어려웠고, 어쩌다 운 좋게 얻게 돼도 그걸 오래 유지하는

것은 더욱 어려웠다. 늦어도 오후 다섯 시까지는 돌아와, 밥상을 따로 차리게 하는 따위의 번거로움을 끼치지 않으며, 밤에는 아이들이 졸음으로 건들거릴 때까지 책상 앞에 붙들어두는 것이 환영받는 가정교사가 지켜야 할 첫 번째 원칙이었다. 아이들의 시험이라도 있는 날은 어김없이 새벽잠을 설쳐야 했고, 더욱 환영받기 위해서는 자질구레한 집안일까지 떠맡기도 했다. 황금 같은 방학이 주인의 요청으로 일주일이나 열흘 정도로 끝나야 하는 것도 쓰라린 일 중의 하나였다.

지금과 비교하면 헐겁기 짝이 없던 교내생활도 오랫동안 매인 데 없이 지내온 내게는 상당한 부담이었다. 대개 부모의 애정 어린 보호와 좋은 교사의 충실한 지도 아래 자라난 모범생들로 이루어진 과(科)라는 동료집단은, 다른 세계에서 그들에겐 낯선 경험과 엉뚱한 지식 사이를 홀로 떠돌다 온 나에게는 애초부터 잘못 지어진 옷과 같았다. 그리하여 끝내 우리는 피투성이 싸움으로 작별하고 만다. 똑같은 장소를 매일 일정한 시간에 오락가락해야 하는 것도 차츰 성가셨고, 특히 낭인시절에 굳어진 늦잠 자는 버릇으로 첫 강의시간에 무사히 대는 것은 거의 고통스럽기까지 했다.

거기다가 책에 대한 턱없는 갈망 — 모든 것에 대해서 다 그렇지만, 갈망은 항상 더 큰 갈망을 낳기 마련이었다. 나는 무모하리만큼 열심히 읽었지만, 읽으면 읽을수록 도서관의 서가에는 그만큼 더 많이 읽어야 할 책들이 늘어났다. 그 발단은 나와 잘 맞아떨어질 것 같으면서도 전혀 맞아떨어지지 않는 전공 때문이었다.

이제는 내 마지막 학적이 있는 곳이고, 그때도 내게 적지 않은 애정과 배려를 베푸신 스승들이 계셨던 터여서 새삼 내 전공을 헐뜯는 짓은 피하려니와, 어쨌든 입학한 지 석 달도 안 돼 내 독서는 완전히 전공을 벗어나고 말았다. 나는 무슨 구체적인 계획도 없이 이 과목 저 과목의 책들 사이를, 강의실과 강의실 사이를 배회했다. 학구(學究)와는 거리가 먼 글자 그대로의 배회였다. 왜냐하면 언제나 내가 읽고 있던 것은 다른 학과의 개론서였고, 내가 마치 그 분야를 다 알았다는 듯 다른 분야를 기웃거릴 때조차도 실은 입문의 단계를 넘지 못하고 있었기 때문이다.

따라서 그렇게 읽은 피상적인 지식의 단편들은 약간 고급한 교양이나 찻집 같은 데서 동년배의 감탄을 사기에는 훌륭해도 그 대신 내 독서범위를 더욱더 무한정하게 확대시키는 결과를 가져왔다. 나는 항상 책에 대한 갈망으로 허겁지겁하였지만 느끼는 것은 새로운 갈망뿐, 결국 내가 되어가고 있는 것은 다만 모든 것을 다 아는 듯한 바보였다.

물론 이 밖에도 그 무렵 자각되기 시작한 내 피로의 원인으로 의심되는 것은 몇 개 더 있다. 그러나 그것들은 대개 그 이상, 이듬해의 요란한 파국과도 관련을 맺는 것이어서, 여기서는 다른 사람들이 지적한 좀 색다른 원인들만 덧붙이기로 한다.

그 하나는 그 무렵 가깝게 지내던 어떤 급우의 해설이다. 가을과 함께 깊어진 내 피로가 이윽고는 건강한 삶의 기반을 위협하게까지 되었을 때, 다시 말해 학교와 책과 가정교사로서의 성실성이 하나씩 둘씩 술과 탐락에게 자리를 내주기 시작할 무렵, 나는 그에게 피로를 호소한 적이 있었다. 그때 그는 잠깐 심각한 얼굴이 되더니, 이내 앞서 말한 바 있는 그 어법으로 이렇게 말했다.

"인자께서 가라사대, 사람은 하루에 두 번 피로하게 되느니라. 정오와 황혼에 각각 그러하니, 황혼의 피로는 밤의 휴식이 약속돼 있지만 정오의 피로는 그것조차 없어 다만 서글플 뿐이니라, 너희 삶 또한 그러하리라."

그리고 자신은 이미 오래전부터 우리 삶에 있는 그 '정오의 피로'를 음미해 오고 있었다는 듯 음울한 표정을 지었다.

내 피로에 대한 또 다른 설명은 역시 그 가을의 어떤 오후 텅 빈 강의실에서 만난 노(老)교수님의 분석이다. 그날 무엇 때문인지 손끝 하나 까딱할 수 없을 만큼 지쳐빠진 나는 다음 강의시간을 찾아갈 것도 잊고 멍하니 창밖을 바라보고 있었다. 운동장에는 수업이 없는 학생들이 소프트볼을 하고 있었는데, 까닭 없이 그들이 부러워져 울적해 있을 때 그분이 조용히 들어왔다.

"여기서 혼자 무얼 하나?"

평소 내게 남다른 관심을 보여주던 분이어서 그랬는지 나는 솔직하게 대답했다.

"피로해서요."

그러자 한동안 나를 찬찬히 살피던 그분은 어딘가 측은함이 깃든 목소리로 혼잣말처럼 중얼거렸다.

"피로가 아니라 가난인 것 같군."

나는 왠지 부끄럽고 처량한 기분이 들었다. 그분이 다시 부드럽게 덧붙였다.

"가끔씩 유망한 학생들을 잡아먹는 무서운 병이지. 이겨내야 해."

2
길동무들

시인들이 흔히 노래해 온 것처럼 삶이 하나의 긴 여행이라면 그 굽이굽이에서 우리가 만나는 사람들 또한 길동무로 부를 수 있으리라. 그들 중에는 단 한 번의 마주침으로 스쳐가버리는 사람도 있고, 또는 첫 만남의 서먹서먹함이 가시기도 전에 헤어져 종내에는 기억에서조차 사라져버리는 사람도 있다. 하지만 너무나 갈림길을 빨리 만나 가슴 속의 애틋한 연모를 미처 드러낼 겨를도 없이 잃어버리고 만 첫사랑의 소녀나, 우리가 준비 없이 맞닥뜨린 삶의 비참과 공허에 시달릴 때 빛처럼 다가오던 말씀과 외로움을 함께 나눈 지난날의 벗들처럼 그 어떤 시간의 파괴력으로부터도 살아남아 문득문득 그리움으로 떠오르는 이들이 있다. 내가 이제부터 얘기하려는 하가(河哥)와 김형(金兄)이 바로 그런 길동무들 가운데 하나이다.

하가는 거의 한 해 동안이나 열심히 드나들던 학교 도서관에서 만난 동급생이었다. 그 역시 굉장한 독서가여서 자주 만나다 보니 얼굴이 익게 된 것인데, 처음 한동안 우리들의 관계는 매우 의례적이었다. 즉 교정 나무그늘에서 함께 도시락을 까먹거나 책을 읽다 더워진 머리를 식히려고 나온 도서관 복도에서 이것저것 가벼운 농담을 주고받는 정도로, 그런 관계는 그 뒤 나이가 엇비슷한 우리들이 서로 말을 트게 된 후에도 의연히 계속됐다. 우리들은 경쟁하듯 책을 읽어대고는 있었지만 그 대상이나 목적은 서로 묻지 않고, 학교 밖의 생활에서도 그 내밀한 것에 관해서는 짐짓 무관심한 척하는 것을 서로 간의 예의로 삼았다.

그러다가 그해 여름방학이 끝날 무렵의 어느 날을 계기로 우리는 드디어 속을 터놓는 사이로 발전하게 되었다. 그 정신적인 대면의 기억은 지금도 비교적 선명하다. 그날 이학기 등록 관계로 학교에 들렀던 나는 일을 마치고 부근의 다방에 들어갔는데 마침 텔레비전에서는 우주 실황이 중계되고 있었다. 꽤 선명한 달 표면의 사진이며 경중거리고 뛰어 다니는 우주인의 모습 같은 것은 이내 묘한 감동으로 나를 사로잡았다. 묘한 감동이라고 표현했지만, 솔직히 말해서는 그 놀라운 우주과학의 승리에 대한 경탄과 찬미였다. 그래서 정신없이 화면을 바라보고 있는데 누군가가 내 어깨를 쳤다.

"오랜만이다."

놀라 돌아보니 도서관에 들렀다 오는지 책 몇 권을 낀 하가가

서 있었다. 두 달 가까이나 못 본 사이고 보니 반갑지 않을 수 없었다. 더구나 나는 가정교사로 있던 집주인의 요청으로 방학을 겨우 열흘 만에 끝내고 다시 서울로 불려와 외롭게 지내던 터였다.

"저게 그렇게 놀라워?"

반갑게 인사를 나누면서도 가끔씩 텔레비전 화면 쪽으로 눈길을 보내는 내게 하가가 약간 빈정거리는 투로 물었다.

"사실은…… 꽤나 충격적이야."

나는 그런 질문을 받자 영문 모르게 부끄러워져서 더듬거리며 대답했다. 그러다 이내 되물었다.

"너는 신기하지 않아?"

"물론 놀랍기야 하지—."

그는 길게 빼는 목소리로 대답했다.

"하지만 그만큼 우울한 것도 사실이야."

"우울하다고? 그건 또 왜?"

"이제 떠오르는 저 달에는 계수나무도 토끼도 없다 — 우울하지 않아?"

"신화를 잃어버렸다는 뜻인가?"

"그 이상이지. 우리는 저 화면에서 몰락하는 정신을 보고 있는 거야."

"정신의 몰락?"

"얼핏 보기에 과학은 정신에 속하는 것 같지만 사실은 물질에 속해. 그것은 물질의 질서이며, 그 발전은 물질의 발전을 뜻할 뿐

98

이야."

그런 논리의 비약 또는 근거없는 단정이 슬몃 마음에 걸렸지만 더 궁금한 것은 그 전개였다. 그 바람에 나는 온전히 동의하는 것도 아니면서 되물었다.

"하지만 그게 왜 나빠?"

"이십세기 초에 올더스 헉슬리는 그의 소설에서 인류의 멸망이 거대한 두뇌 때문이 아닐까 하고 근심한 적이 있었지. 지금도 많은 사람들이 그런 견해에 동조하고 있지만 쓸데없는 근심이야. 진실로 우리들의 멸망이 필연적인 것이라면 그건 저 중생대에 번성했던 파충류와 마찬가지로 너무나도 거대한 육체 때문일 것임에 틀림이 없어. 과학이 기를 수 있는 것은 결국 우리의 육체뿐이니까."

억지스러운 대로 그의 말이 이해되며 나는 방금 본 달세계의 신비에서 조금씩 깨나기 시작했다. 그러나 무턱대고 동의할 수만은 없는 일이었다.

"그렇다고 현대의 정신이 온전히 잠들어 있다고는 생각하지 않는데⋯⋯."

"하기야 반드시 그렇게는 말할 수 없겠지. 그러나 물질의 이와 같은 전에 없던 팽배에 비해, 현대의 정신이 보여주는 것은 다만 거듭되는 파산의 징후뿐이야.

그 보편적인 징후가 불문(不問)이지, 어디서든 불문이 모든 것을 지배하고 있어. 오랫동안 인류의 정신이 추구해 왔으며, 지난 세기까지만 해도 치열한 불꽃으로 타오르던 문제들 ─ 신과 영원,

인간의 시원과 궁극, 가치와 당위, 아름다움과 참됨과 선함과 거룩함에 관한 것들은 분명 뚜렷한 결론에 이르지 못했음에도 불구하고, 현대의 정신들은 대부분 묻기를 그만두고 있지. 극히 소수가 생각난 듯 이따금씩 거기에 대해 얘기하고 있지만 필경은 실속 없이 요란한 프로퍼갠더거나 지리멸렬한 사적(私的) 토로일 뿐이야.

대신 현대의 정신을 양분하고 있는 것은 두 개의 상반된 경향이야. 하나는 물질에 대한 꼴사나운 굴종이고, 다른 하나는 절망적인 반발이지.

물질에 대한 꼴사나운 굴종이란, 순수한 사유나 추상에 의지해도 좋을 학문들이 지나치게 수리화(數理化)와 도식화를 추구하는 경향을 말해. 지난날 위대한 정신들을 인도했던 직관이나 영감은 곧잘 의심받고, 역사의 어둠을 헤쳐나오는 데 중요한 몫을 했던 추론이나 가정은 종종 무시당하고 있어. 그 대신 어디서나 숫자의 마력이 위세를 떨치고, 공식과 도표의 미신이 우리의 믿음을 강요하고 있지. 그리하여 지극히 내밀한 인간의 정신활동을 다루는 학자들조차도 그들이 만든 엉성한 도식의 틀로 모든 것을 규명할 수 있으리라고 믿으며, 형편없는 근사치를 가지고서도 그것이 수학적이라는 것만으로 턱없이 만족하려 들어. 쉽게 말하면, 오늘날 무슨 열병처럼 번지는 인문과학의 자연과학화 현상이지. 예컨대 정치학의 행동양식론자(行動樣式論者)들 같으면 인간의 충동적이고 주관적인 정치행위조차 그들이 조작한 공식 속에 다져넣을 수 있다고 믿는 식이야.

반대로 물질에 대한 절망적인 반발이란 — 현대예술의 특징인 동시에 보편적 병폐라고도 할 수 있는 방종에서 그 중요한 예를 볼 수가 있지. 우리 시대에 들어와서 그 어느 때보다도 심하게 선과 색이, 음과 동작과 언어가 방종하고 있어. 새로운 것이면 무엇이든 곧 가치 있는 것과 혼동되며, 보편성을 획득할 가망성이 전혀 없는 시도도 그것이 실험적이었다는 것만으로 갈채와 흡사한 주목을 받게 되지.

뻔뻔스러움은 흔히 예술적인 용기로 오인되고, 기존 형식에 대한 수준 미달이나 능력 부족을 그 형식의 한계와 결함 탓으로 돌려도 대개는 너그럽게 용서되곤 해. 지나친 속단일는지는 모르지만, 그리고 진정으로 용감하고 가치 있는 소수의 실험정신에게는 미안한 말이지만, 그러한 것들이 바로 현대의 모든 극단적인 전위(前衛)의 본질 같아. 물질의 눈부신 진보에 대한 정신의 절망적인 반발이야. 소설을 예로 들면, 모파상이나 졸라에 의한 자연과학적 원리의 도입이 실패로 돌아가자 그토록 전위 내지 실험이 무성해졌던 것이 결코 우연이라고만은 할 수 없어…….

하지만 정작 우울한 것은 그 두 가지 상반된 방향으로 전개되는 정신의 안쓰러운 노력이 아니라, 그나마 지쳐 곧 끝나버릴 것 같은 불길한 예감이야. 정신이 암담한 무위와 정적에 빠져버린 후에도 물질은 끊임없이 비대해 가 — 마침내 그 둘은 치명적인 불균형에 떨어질 테지. 몸무게의 만 분의 일도 안 되는 뇌를 가지고 있었다는 중생대의 어떤 공룡처럼…….”

나는 말없이 듣고만 있었다. 심각하고도 거창한 논리 전개에 비해 지나치게 단정적이고 단순화된 그의 결론에 설득됐다기보다는, 나와의 어떤 공통점 — 모든 것을 다 아는 바보의 황당함을 그에게서도 발견한 탓이었다. 사실 그랬다. 나중에 상당히 가깝게 된 후 나는 그에게 무얼 공부하고 있는가를 물은 적이 있는데, 그때 그는 이렇게 대답했다.

"가치학을 하고 있지, 선택의 동기 또는 행동의 동기로서 먼저 규명되고 정리되어야 할 어떤 것이 가치야. 그걸 위해 이것저것 읽고 있어. 왜냐하면 어떤 대상에 대한 가치판단은 그 대상에 대한 지식을 전제로 하거든."

상품의 정확한 가치를 알고 난 후 상품을 사는 것은 속지 않기 위해서는 좋은 방법이긴 하지만, 그런 구매자는 결국 영영 시장바닥을 헤매야 한다는 걸 그 역시도 모르고 있었다. 표현은 달라도 그는 어김없는 나의 동류였다.

멀리 두고 보면 평범한 하가에 비해 김형은 개강 첫날부터 눈에 띄던 급우였다. 무엇보다도 우선 그는 우리 과에서 가장 나이가 많았다. 당시만 해도 삼수니 사수니 하는 말을 별로 들어보지 못하던 때라, 급우의 나이는 대개 어슷비슷했는데, 그는 군대를 다녀와 우리보다 서넛이나 위였다. 거기다가 입대 전에 몇 달 대학 맛을 본 적이 있어 우리 대부분이 약간 어리둥절해 있던 입학 초기에는 좋은 안내자 노릇을 하기도 했다. 하지만 그가 한 길동무로서 나와 특별한 관련을 맺게 된 것은 어떤 교내 서클을 통해서였다.

그 가을부터 슬슬 도서관을 빠져나오기 시작한 하가와 나는 별다른 신념도 열정도 없이 어떤 정치적 성향을 띤 학생들의 모임을 기웃거린 적이 있었다. 1960년대 문턱의 놀라운 사건은 이미 칠팔 년 세월 저쪽의 일이었지만, 그 신화는 아직도 재현이 가능한 전설로 남아 있던 때였다. 억눌린 대로 교정 여기저기서 이념이 열기를 뿜었고 자랑스러운 승리의 기억도 강의실 구석을 떠돌고 있었다. 선배들은 여전히 자기들이야말로 당대 정치의식의 첨단인 동시에 민중의 대변자임을 의심 없이 믿고 있었으며, 더구나 그해에는 어떤 바람직하지 못한 개혁의 풍문이 나돌아 그걸 저지하자는 목소리들이 한껏 높았다.

많은 급우들과 마찬가지로, 처음에는 시큰둥한 기분으로 그 모임에 나갔던 하가와 나는 차츰 그런 분위기에 빠져들었다. 첫사랑과도 같은 묘한 열정이었다. 특히 집단에 대한 막연한 동경과 정치적 행동에 대한 호기심만으로 출발했던 나는 서민의 밑바닥 삶을 몸으로 겪은 증인으로서 쉽게 불붙어 올랐다. 소년적인 감상으로 떠돌면서 겉핥기로 체험한 일들은 그런 모임에서의 발언권으로 고무되자 금세 생생한 민중의 아픔으로 되살아났고, 멀고 추상적인 이념들도 거기서는 가깝고 구체적인 진리나 권리의 개념으로 파악되어 왔다. 그리하여 이윽고 우리들은 그런 모임의 소식이 있으면 강의를 빼먹으면서까지 찾아들게 되었으며, 때로는 과격파의 선동적이고 위험이 따르는 모임에조차 서슴없이 끼어들기에 이르렀다.

　김형이 우리 앞에 나타난 것은 그 무렵이었다. 그도 이따금씩 그런 모임에 얼굴을 내밀었지만, 그의 태도는 어디까지나 싸늘한 방관자의 그것이었고 때로는 입가에 희미한 조소를 띤 채 일찍 자리를 뜨기도 했다.

　"라스웰은 현대인의 정치적 무관심을 셋으로 구분하고 있소. 첫째는 탈(脫)정치적 무관심으로, 예컨대 권력의 배분과 행사 과정에서 자신의 욕구를 충족시키지 못했기 때문에 정치에 환멸을 느껴 생기는 무관심이오. 둘째는 무(無)정치적 무관심으로 다른 일에 보다 큰 가치를 부여함으로써 정치에 무관심해진 경우요. 그리고 끝으로는 반(反)정치적 무관심인데, 자신이 고집하는 가치가 본질적으로 정치와 충돌하는 아나키스트나 종교적 신비주의자가 그 예일 것이요. 그런데 김형은 어느 쪽이오?"

　진작부터 그런 김형을 마땅찮게 여기던 하가가 어느 날 그렇게 따지듯 물었다. 라스웰이라면 나와 함께 도강(盜講)한 적이 있는 정치학 개론 교실 한 모퉁이에서 주워 들은 학자일 것이다. 아니면 시카고학파에게서 배웠다는 어떤 신진 인기 교수가 쓴 정치학 개론에서 읽었거나. 우연히 앉게 된 우리 셋만의 술자리였는데, 김형은 그런 하가의 말에 느긋이 웃으며 대답했다.

　"내가 보기에는 그 세 가지가 다 엄밀한 의미의 정치적 무관심은 아닌 것 같소. 탈정치적 무관심은 체제변동에 따른 정치적 욕구의 충족에, 무정치적 무관심은 가치관의 변화에 따라 언제든 정치적 관심으로 복귀할 수 있는 일시적 현상이고, 반정치적 무관심은 어떤 면에서는 그 자체가 정치의식의 일종이라고도 말할 수 있기 때문이오. 나의 경우에는 그 셋 중 어디도 해당 안 될 뿐 아니라, 오히려 반대가 되겠소."

"반대라면?"

"정치적으로 무관심하기 위한 관심이오. 만약 하형의 의도가 정치적 무관심을 비난하기 위한 거라면, 훨씬 격렬한 비난의 대상이 될 만한 경우요."

"정치적 무관심은 그 층이 두터울수록 부당한 권력체제의 안정에 이바지한다는 것만으로도 어떤 경우에건 비난받아 마땅하오. 더군다나 지식인들의 경우는 바로 죄악이오. 우리가 지식인이 된다는 것은 사회의식의 상층에 군림하는 권리가 아니라 저급한 하층부를 끊임없이 일깨우고 끌어올려야 한다는 의무를 진다는 뜻이니까."

"거기 대해서는 다른 논의도 있을 수 있겠지만 피하겠소. 자칫 나만 '유다'가 되고 말 테니까. 다만 이형과 하형에게 몇 가지 지적해 두고 싶은 게 있소. 참여라는 말에 포함된 전근대성과 민중이란 말의 허구성이오."

"어째서 그것들을 그렇게 보셨는지……."

"우리의 참여의식에는 어딘가 아시아적 전제국가의 잔재가 엿보이기 때문이오. 정치적 가치가 가장 상위의 가치이며, 옳은 선비는 반드시 정치의 득실을 논할 줄 알아야 한다는 지난 시대의 고

정관념 말이오. 그것이 어쩌면 우리 대학생들의 무조건적인 참여 의식과 연결되어 있지 않은가 싶소. 사회인들이 돈푼이나 벌고 글 줄이나 읽으면 반드시 한번쯤은 국회의원 출마를 생각해 보는 것과 마찬가지로…….

민중이란 말의 허구성은 — 그 민중에 대한 애정과 신뢰를 두고 하는 말이오. 군주가 강력했던 지난 수천 년 동안, 지식인들은 거듭거듭 군주에게 충성을 다짐하고 그걸 위한 윤리체계의 구축에 힘을 다 쏟아왔소. 그런데 우리 시대의 강자는 적어도 명목상으로는 민중이오. 그리하여 무슨 구호처럼 민중을 내거는 데도 혹 강자에 대한 아첨이 섞여 있지나 않은지, 비록 당장은 아니더라도 가까운 시일 내에 실질적인 강자가 될 개연성이 높은 민중에게 미리 충성을 표시하는 것이나 아닌지…….

하지만 내가 이렇게 말한다고 해서, 그들의 귀중한 역할을 부정하거나 비난하려는 것은 아니요. 다만 싫은 것은 지성인 내지 대학생은 모름지기 이러이러해야 한다는 획일주의나 정의와 양심과 용기는 참여하는 쪽만이 독점하고 있다는 식의 흑백논리요. 사회의 의식도 문화의 일부일진대, 그 다양성은 상호간 존중되어야 한다고 보오. 거리로 뛰어나가 기성세대의 불의와 부패를 규탄하는 것도 중요하지만, 도서관이나 강의실에 남아 학문적 고구(考究)나 예술적 연마에 힘쓰는 것도 마찬가지로 중요하다는 뜻이오. 문제는 어느 쪽을 선택하느냐가 아니라, 선택하는 의식의 순수함과 실천의 성실함일 거요……."

그런 김형의 말은 당시의 우리들에게는 노회한 자기변명이나 행동하지 않는 양심의 방어적 궤변으로 보였지만, 어쨌든 그날을 계기로 그는 가끔씩 하가와 나의 조그만 울타리 속을 드나들게 되었다. 그의 견해에는 찬동하지 않으면서도 우리가 그를 저항 없이 받아들인 것은 전혀 나이를 의식하지 않는 소탈함과 공통되는 사변적 기질 때문이었다고 여겨진다. 그러다가 하가와 내가 점차 그 서클로부터 멀어지게 되면서 그는 완전히 우리와 한동아리가 되었다.

내가 그들과 함께 잠시 기웃거린 그 서클에서 차츰 멀어지게 된 경과는 대개 이러했다. 가입 초기의 군중심리와도 흡사한 열정에서 깨어나면서부터 나는 차츰 모든 것이 허망해지기 시작했다. 내가 그곳에서 무슨 천부의 권리처럼, 혹은 자명한 진리처럼 떠들었던 것들은 따지고 보면 우리가 받은 오랜 국민형성 교육의 결과에 지나지 않았다. 다시 말해, 그것들은 초등학교의 '사회생활'과 중등학교의 '공민(公民)' 및 '일반사회'에서 주입된 관념과 몇 권의 번역서에서 얻은 지식의 단편이 집적된 것일 뿐, 태어날 때부터 하늘에서 부여받은 권리도 동쪽에서 해가 뜬다는 것과 같은 자명한 진리도 아니었다. 엄밀히 말해, 그것은 우리들의 신념체계 일반에 대한 추상적인 회의였지만, 이내 당시 내가 하고 있는 일에 대한 구체적인 의심으로 발전해 갔다. 천 번 만 번 내가 믿고 있는 것이 옳다고 다짐해도, 또 우리의 지혜가 성숙하고 사색이 깊어지면 반드시 그러한 결론에 도달하게 되리라는 것을 애써 스스로에게 설득해도, 우선 쓰라리고 서글픈 것은 그것을 향한 내 열정 속에 감추어진 충동적이고 부화적(附和的)인 요소였다.

그 밖에 김형이 말한 바 민중에 대한 신뢰와 애정에도 문제가 있었다. 나는 자못 생생하게 지난날 목격했던 민중적인 삶의 고통과 비참을 증언하곤 했지만, 솔직히 말해 그때까지도 민중이란 내게는 어떤 서먹한 추상이었다. 그것도 김형과는 달리, 시대의 강자로서가 아니라 영원히 고통받고 이용당하게 되어 있는 극히 비관적인 추상이었다. 만약 내게 애정이나 신뢰가 있다면, 그것은 언젠가는 내가 그들 민중 위에 군림하며 누리는 계층에 끼어들게 되리라는 예측에서 오는 부채감(負債感)이나 죄의식의 변형이었지, 민중 그 자체에 대한 애정이나 신뢰는 아니었다.

그리하여 진정으로 용기 있게 옳다고 믿는 바에 따라 행동했던 이들에게는 죄스럽게도, 나는 차츰 심한 자기모멸과 원인 모를 부끄러움에 빠져들기 시작했다. 기껏 내가 하고 있는 일은 소년시절의 충동적인 모험의 연장이며, 추구하는 것 또한 영광과 승리의 동참자로서 나누게 될 자랑스러운 기억 따위나 아닐까. 막연한 의무감에 사로잡힌 지성의 정신적인 자위행위거나 우리도 언젠가 빼앗기고 억눌린 자들을 위해 노력한 적이 있노라는, 장차 혜택받는 계층에 끼어들었을 때의 변명을 준비하는 것에 불과하지 않을까 — 그것이 그 무렵 이미 병적인 피로에 빠져 있던 나의 결론에 가까운 자기검토였다.

하가의 이탈 경위는 어떠했는지 잘 기억은 없지만, 그 역시 나보다 더 오래 그 서클에 남아 있었던 것 같지는 않다. 벼르며 기다리던 개혁은 풍문으로 그치고, 헛되이 목청들만 돋우는 동안 가을이 깊어졌을 때, 우리 세 사람은 벌써 학교 앞 술집의 단골이 되어 있었다.

급우들은 그런 우리 세 사람을 싸잡아 '세 철학자'라고 불렀다. 어떤 때는 말하는 사람조차 혼란될 정도의 엄청난 주제를 놓고 심각하게 떠드는 우리 셋을 비꼬아 말한 것이지만, 그렇다고 우리가 항상 심각했던 것만은 아니었다. 김형이 스물셋, 하가가 스물하나, 내가 스물로 다른 급우들보다는 비교적 나이가 든 축이긴 해도 우리는 역시 유쾌한 대학교 일학년이었고, 따라서 행동도 그 범위를 크게 벗어나지는 않았다. 그중의 하나가 그 가을 축제 때 있었던 파트너 소동이다.

축제 며칠 째가 되는 날인지는 기억이 안 나지만, 그 밤에는 캠프 파이어가 있고 포크 댄스가 있어 파트너가 필요하게 된 날이었다. 오후 늦게 나는 우리 세 사람의 파트너를 구한다는 막중한 임무를 띠고 부근에 있는 어떤 여자대학으로 진출하였다. 김형은 '늙어가는 마당에……'라는 핑계로, 하가는 '내 꼴에……' 하면서 나를 억지 채홍사(採紅使)로 만든 탓이었다.

김형과 하가에게 몰려 억지로 나서기는 해도 그 여자대학에 도착한 나는 그저 막막하기만 했다. 술자리 같은 데서 허풍을 떨긴 쉬워도 생면부지의 여학생을, 그것도 한꺼번에 셋씩이나 구한다는 것은 나에게는 애초부터 불가능한 일이었다. 그래도 나는 혼신의 용기를 짜내 세 사람이 몰려 있는 것만 보면 달려가 통사정을 했지만 무정한 아가씨들은 번번이 퇴짜를 놓았다. 그러다 날이 거의 저물어갈 무렵에야 간신히 구세주 같은 세 아가씨를 만났다.

그런데 그녀들 셋을 데리고 호기롭게 돌아오던 나는 어둑한 학교 정문 앞에서 뜻밖의 상황과 맞닥뜨렸다. 김형이 역시 여대생인 듯한 아가씨 세 명을 데리고 거기 서 있었기 때문이었다. 내가 늦은 바람에 일이 글러버린 줄로 짐작한 김형이 늙음을 무릅쓰고 직접 나선 듯했다. 나는 몹시 당황했다. 그러나 김형은 어쩔 줄 몰라 하는 나를 보고 빙글거리며 다가오더니 능청스레 물었다.

"이형하고 하형 못 봤소? 파트너를 부탁해 놓고 뵐질 않으니……."

그제야 나도 정신을 수습하고 그 못지않게 태연히 되물었다.

"나는 김형과 하가를 찾고 있는데 혹시 못 보셨소? 천신만고 끝에 이렇게 세 분 여왕님을 모셔왔는데……."

"하가라면 얼마 전에 본 적이 있소. 이형을 눈 빠지게 기다리다가, 틀린 것 같다면서 직접 나서는 것을 봤소."

김형의 말로 보아 하가까지 나선 모양이었다. 아니나 다를까, 나는 채 십 분도 안 돼 또 다른 세 아가씨를 데리고 모닥불이 지펴지기 시작하는 학교 동산을 오르는 하가를 만났다. 이번에는 내가 능청을 떨었다.

"하가와 김형 못 봤어? 파트너를 부탁해 놓고 통 뵐질 않으니……."

하가가 나처럼 잠깐 멍청해 있다가 머뭇머뭇 되물었다.

"김형과 이가를 찾고 있는데……. 혹시 못 만났어?"

만약 그 아가씨들이 조금만 더 영리했더라면 우리들의 낭패를 눈치 챌 수 있었을 것이다. 그러나 불행히도 그녀들은 하나같이 그걸 모르고 있었다. 덕분에 우리는 그 뒤로도 다시 두어 번 마주칠 때마다 한 번씩 겸연쩍게 빙글거리며 서로 묻지 않을 수 없었다.

"김형과 하가 못 봤소?"

"이가와 김형 못 봤어?"

"하형과 이형 못 봤소?"

그러나 장난도 잠시였다. 세 아가씨를 모시고 한 시간 가까이 학교를 헤매고 나니 몹시 피곤했다. 우선 데려오는 데만 급급하다 보니 꼭 마음에 드는 아가씨를 구하지 못한 것도 내 피곤함을 가중시키는 원인이 되었다. 내가 용단을 내렸다. 나는 김형이나 하형에게 의지할 작정으로 정중한 사과와 함께 내가 모셔 온 아가씨들을 돌려보냈다.

그러나 그녀들을 교문까지 배웅하고 해방된 기분으로 돌아와 보니 이번에는 정반대의 사태가 기다리고 있었다. 한창 타오르는 모닥불 근처에서 혼자 어슬렁거리는 김형을 만난 게 시작이었다. 보아하니 나와 똑같은 짓을 한 듯했다.

"어찌 된 거요?"

"김형은?"

우리는 은근히 서로의 경솔을 나무라가며 유일한 희망인 하가를 찾아나섰다. 오래잖아 하가를 찾았지만 그 역시 혼자였다.

"제기랄."

우리는 별수 없이 그렇게 합창하며 막걸리 통 부근으로 몰려갔다. 고래같이 퍼마시고 빈 강의실에 널브러졌는데 — 그 새벽 추위에 몹시 떨었던 기억이 난다. 아아, 그리운 길동무들.

3
무엇을 할 것인가

    이미 눈길은 다른 곳을 두리번거리고 있었고, 책과 생활에 바쳐져야 할 시간도 상당한 부분이 술집이나 다방의 탁자 위로 돌려지고는 있었지만, 그래도 하루의 중요한 궤적은 학교와 가정교사로 있는 집을 잇는 선과 일치하고 있는 동안 대학에서의 첫 해는 저물고 이듬해가 되었다. 시작부터가 요란한 해였다. 하지만 한 가지 마음에 걸리는 것은 그 요란함에 대해 충분히 얘기하지 못하는 점이다. 우리 상황이 그런 일에 대해 장황하게 얘기하는 데에 적합하지 못할 뿐만 아니라, 이 시대 또한 그걸 열 올려 떠드는 것을 자칫 객쩍은 일로 여기는 터이기 때문이다. 따라서 여기서는 극히 간단하게 그 경과만 말하련다.

    전해 내내 풍문으로만 꾸준히 떠돌던 개혁안은 그해에 들어서야 실질적인 논의로 들어갔고, 선배들은 새 학기가 열리기 무섭게 교문을 박차고 나섰다. 아마도 그들은 승리를 확신하고 거리로 뛰어나간 마지막 세대였을 것이다. 그새 그런 일에는 초연한 척해 온 하가와 나도 이상한 열기에 휩쓸려 그 대열에 끼어들었다. 그때 우리는 무슨 찬연한 빛을 본 느낌이었다. 그러나 그것이야말로 꺼지기 전에 한 번 빛나는 촛불의 마지막 연소라는 것은 아무도 몰랐다. 그리하여 우리가 부신 눈으로 바라보고 있을 때 돌연 빛은 사라지고 불은 꺼졌다. 선배들은 짓밟히고 깨어지고 보잘것없이 무너져내렸다. 몇몇은 분노로 더욱 격렬해졌지만 우리 대부분은 경악하고, 전율하고, 혼란에 빠졌다. 한껏 부풀었던 정신은 꼭 일 년 전의 크기로 줄어들었다.

"무엇을 할 것인가?"

한차례의 거센 회오리바람이 지나가고, 아이들은 대부분 도서관이나 온건한 교내활동으로 흩어져버린 후, 나와 하가는 마주 보고 중얼거렸다. 도서관으로 돌아갈 것인가. 그러나 나는 이미 견딜 수 없이 지쳐 있었다. 그 음습한 말씀의 수풀과 학설의 홍수…… 하가는 나보다 더욱 대담하게 지껄였다.

"아! 나는 모든 것을 읽었어라……."

한동안 들떠 뛰어다니는 우리들을 멀찌감치서 보고만 있던 김형이 다시 다가온 것은 그 무렵이었다.

"진작 하형이나 이형이 있었어야 할 곳을 알고 있는데 — 어떻소? 한번 가보지 않겠소?"

그가 그렇게 말하며 우리를 끌고 간 곳은 교내의 조그만 문학 서클이었다. 어떤 학교에나 하나씩은 있을 법한 모임으로 삼십 명도 채 안 되는 회원에 비해 활동은 꽤 활발한 편이었다. 매주 토요일마다 회원들의 작품 합평회가 있었고, 등사 아닌 인쇄물의 작품집도 몇 권 가지고 있었다. 코웃음 치며 지나곤 했던 '촛불문학의 밤'이나 시화전 따위의 벽보가 그렇게도 자주 학교 게시판에 나붙은 것도 모두 그들의 솜씨였다. 거기다가 더욱 놀라운 것은 늘상 일없이 건들거리던 것같이 보이던 김형이 그 문학회의 부회장이라는 점이었다. 나중에 안 일이지만, 소설을 공부하는 그는 정확한 사실주의의 수법으로 그 무렵 이미 어정쩡한 등단 수준을 넘어서고 있었다.

처음 약간 어리둥절해하기는 했어도, 결과로 보아 김형의 그러한 인도는 우리와 그럭저럭 맞아떨어진 셈이었다. 당시 나는 이렇다 할 문학적인 야망이 없으면서도 몇 권의 두터운 습작노트 같은 것을 가지고 있었다. 되다 만 시구며 떠돌이 시절의 갖가지 체험이 장르가 불명한 형태로 적혀 있는 노트였다. 하가도 그런 면에서는 나와 크게 다를 바 없었다. 무슨 전문학교인가를 마치고도 새로 문과대학에 입학한 소(小)인텔리답게, 그는 나보다 훨씬 정제된 여러 편의 시와 에세이로 부르기에는 연(軟)하지만 미셀러니로만 취급할 수도 없는 산문들을 가지고 있었다.

우리가 정식으로 그 문학회에 들어가던 날은 여러 가지로 인상 깊다. 오월의 첫 토요일로 기억되는데 장소는 인문관의 빈 강의실이었다. 그날 하가와 나는 무슨 대단한 심사위원들처럼 둘러앉은 여남은 명의 회원들 앞에서 떨리는 목소리로 각기 준비해 간 글을 읽었다. 하가는 무슨 시였고, 나는 단편소설이었다. 내가 소설을 하게 된 것은 그것이 특별히 자신 있었다기보다는 하가가 시를 준비한 까닭이었다.

처음에는 거의 김형의 강권에 밀려, 그리고 나중에는 이상한 열정에 사로잡힌 채 매만진 글이었는데, 하가와 나 둘 모두 예상 밖의 성공을 거두었다. 특히 나로 보아서는 평생에 처음 문학을 염두에 두고 쓴 글이었고, 거기서 받은 갈채 또한 평생에 처음 경험하는 것이어서, 잠시 동안이나마 정신이 멍해지기까지 했다. 그때껏 모르고 있었지만, 거기서 드러나는 나의 강한 자기현시 욕구나 갈채에 쉽게 도취하는 점은 확실히 문사적인 기질과 통하는 데가 있었다.

그런 나에 비해 하가는 좀 냉정한 편이었다. 우리들의 신입을 환영하는 술자리로 옮긴 후에도 종내 흥분에서 깨나지 못하는 나를 보고 하가는 비아냥거리듯 경계했다.

"날카로운 첫 키스의 추억은 나의 운명의 지침을 돌려놓고 뒷걸음질 쳐서 사라져갔습니다 ― 조심해, 문학의 첫 키스야."

하지만 어쨌든 그날부터 나는 열성적인 회원이 되었고, 그 문학회는 꽤 오랫동안 내가 열 올려 출연한 무대가 되었다. 비록 첫 발표는 소설이었지만 그 문학회 가입 초기의 내게 감정적으로 더 가까웠던 것은 시 쪽이었다. 그때껏 나를 괴롭혀 오던 피로도 잊고 나는 한동안 시작(詩作) 수업에 몰두했다. 하지만 불행히도 시는 나의 장르가 못 되었다. 흥에 겨우면 하룻밤에도 몇 편씩 쓸 수 있는 그런 유사품이 아니라, 그 진정한 실체에 접근을 시도하자마자 나는 이내 스스로가 길을 잘못 든 속인임을 깨닫게 되었다. 그 때까지 내가 바친 열정과 노력은 다만 그걸 확인하는 과정에 지나지 않았다.『시경(詩經)』과『일리어드』에서 다시 출발한 나의 시는, 청록파(靑鹿派)에 호반시인(湖畔詩人)들을 지나면서 난파의 기색을 보이더니, 발레리와 말라르메에 이르자 절망 속에 온전히 침몰하고 말았다. 진정한 시(詩)는 천재의 것이며, 진정한 시인은 태어나는 것이지 만들어지는 것이 아니라는 그때의 결론을 나는 지금에조차도 부인하지 못하고 있다.

하가가 그 문학회를 떠난 것은 내가 한창 시의 수렁 속을 괴롭게 허우적거리던 그해 초여름의 일이었다.

"나는 그만 이 회(會)를 떠나겠어."

어느 날의 모임 후에 앉게 된 우리 셋의 술자리에서 하가가 불쑥 말했다. 김형이 이미 예견하고 있었다는 듯한 우울한 눈길로 그런 하가를 살피다가 천천히 물었다.

"갑자기 무슨 일로……?"

"이 분위기가 싫소. 구역질이 나요."

하가는 내뱉듯 말하고는 자기 잔을 단숨에 비웠다.

"저들은 문학을 무슨 썩은 생선 토막처럼 여기며 모여 우글대는 구더기들이며, 기껏해야 그 공허한 가치 주위를 웅웅거리며 날아다니게 될 쉬파리 떼의 유충일 뿐이오. 저들이 절묘한 패러독스나 아이러니라고 스스로 만족하고 있는 것들은 기실 세상에 대한 천한 시기와 모든 가치를 독점하고 있는 기성세대를 향해 바글거리는 악의에 지나지 않고, 저들이 새로운 것으로 추구하는 것도 겨우 부박한 위티시즘이나 언어의 추상성과 애매함으로 자신의 무지와 둔감을 얼버무리는 기술일 뿐이오. 그러면서도 저들이 안달을 부리는 것은 입으로는 경멸해 마지않는 그 한국 문단의 말석에다 이름을 얹는 것이며, 관심사란 것도 사이비의 것, 즉 예술하는 천민들의 헛된 이름과 요란한 겉멋뿐이오⋯⋯."

"그렇지만 — 우리가 어떤 가치를 선택하는 것은 그 실질 때문이지 외관 때문만은 아니지 않소? 기껏 그런 이유로 떠난다면 하 형 또한 하형이 비난한 저들과 다를 게 뭐요?"

"실질이라고 해도 마찬가지요. 나는 이 작업의 무모함과 허망함에 지쳤소. 우리가 몸과 마음을 소모하며 밤새워 글을 쓴다 한들 도대체 그게 우리의 삶에 비해 무엇이겠소? 천 번 만 번 양보하여, 설령 거기에 무슨 가치가 있다 한들, 그렇게 맞은 새벽의 공허함과 피로는 또 어찌 된 탓이오?

그것은 다른 예술에 있어서도 별 차이가 없을 거요. 바꾸어 말해서 한 사나이가 미친 듯한 정열로 보리밭이며 해바라기를 그리고, 귀 없는 남자의 자화상(自畵像)을 그린 연후 정신병원에서 피스톨로 자신의 머리를 쏘았다는 것이나, 어떤 천재가 다섯 살 때 작곡을 하고 일곱 살에 연주여행을 떠났으며 마침내는 궁정악단의 악장(樂長)이 되어 기름진 식사로 나른해진 대공(大公)을 더 만족스런 잠에 빠지게 해 주었다고 해서 그게 세계와 인생에 무슨 대단한 의미가 있겠소?"

"가치나 의미의 문제에 대한 명확한 결론은 어쩌면 우리들의 능력 밖일지도 모르겠소. 그러나 문제를 단순화할 길은 있소. 즉 시간에서 해결의 실마리를 찾는 것이오. 그들의 예술이 무자비한 시간의 파괴력을 이겨냈다는 사실에서 말이오."

"물론 예술은 인생보다 길지만, 길다는 것과 가치 있다는 것 사이에 어떤 필연성이 있다고는 단언할 수 없소. 죄악이나 어리석음의 흔적 같은 것도 오래오래 기억과 기록 속에 살아남으니까.

거기다가 가치와 시간 사이에 어떤 필연성을 인정한다고 해도 — 문제는 여전히 남아 있소. 예술이 인생보다 길다고 말할 때, 거기서의 인생이란 개체의 생존기간을 말한 것이지, 전체로서의 면면한 삶의 흐름을 말하지는 않았을 것이오. 세상의 그 어떤 가치보다도 전체로서의 삶이 더 오래일 것이기 때문이오. 따라서 시간을 척도로 삼는다고 해도 예술은 가장 큰 가치일 수 없소. 인류가 절멸하는 그 마지막 순간까지 잡고 있을 가치가 바로 예술이라고 단언할 수 없는 한, 예술은 다만 상대적이고 주관적인 가치에 지나지 않소. 많은 상위가치가 예상되는……"

"충분한 논의의 여지가 있는 문제지만 그전에 하형은 자신의 그와 같은 발상이 우리 특유의 수직적인 사고 때문이 아닌지 스스로 의심해 보았으면 좋겠소. 즉 무엇은 무엇보다 높고 무엇은 무엇보다 낮다는 식으로 모든 가치를 수직선상에 놓고 생각하는 버릇 말이오. 어떤 사회든 가치의 선호야 있겠지만, 우리처럼 철저하게 수직적인 체계에 집어넣고 그 상위가치에만 몰려드는 사회도 드물 거요. 합당할는지는 몰라도, 이조(李朝) 엘리트들의 과거열이나, 오늘날의 부모들이 자식이 좀 똑똑하다 싶으면 무턱대고 법대나 의대로 몰아넣는 것이 그 예가 되오.

하지만 그런 수직적 사고는 가치분화를 이루지 못한 전근대적 융합사회 내지 혼합사회의 특징이오. 현대사회는 가치의 분화를 원칙으로 하고 있소. 그리고 거기서 일단 승인된 가치는 모두 동등하며 그 관계는 수평적이오. 어떤 가치가 다른 가치의 상위에 있다고 주장하는 것은 전근대적 가치관의 월권일 따름이오. 다시 말해서, 현대적인 가치체계에는 가장 좋은 것[最善]이란 있을 수가 없소. 모든 것은 다 좋고[善], 우리가 어떤 것을 선택하는 것은 주관적으로 보다 좋게[次善] 여겼기 때문일 따름이오."

"그건 가치의 혼동과 마찬가지요. 마치 저마다 자기가 빚은 금송아지의 신성(神性)과 영험을 주장하는 것과 다를 바 없소."

"수평적인 가치분화를 혼동으로 보는 데는 반대지만 우리 시대의 모든 가치를 금송아지에 비유한 것은 정확한 표현이오. 바로 그렇소. 금송아지요. 이미 신은 죽었고, 그 신과 함께 가치의 절대적인 기준은 사라졌소. 우리가 의지할 수 있는 것은 다만 스스로가 빚은 금송아지뿐이오……."

김형은 자못 진지하게 계속했지만, 하가는 끝내 마음을 돌리지 않았다.

"결국 나 또한 하나의 금송아지를 빚게 되더라도 당장에 그걸 인정하기에는 너무 비참한 기분이오. 어쨌든 우선은 진정한 가치를 찾는 노력을 계속할 작정이오. 아무도 건들 수 없는 진정한 가치가 있다는 걸 나는 아직 믿고 싶소."

그러나 하가가 그런 소년적인 결의에 차서 떠난 후에도 나는 여전히 그 문학회에 남아 있었다. 김형의 가치관을 지지해서라기보다는 소설 쪽으로 내 장르를 바꾸고 난 후의 자질구레한 성공들 때문이었다. 시처럼 힘들이지 않아도 나는 곧잘 합평회의 갈채를 받았고, 때로는 동인지나 교지에까지 실려 처음으로 활자화된 내 글을 보는 감격도 맛보았다. 그때껏 과정으로서의 삶만 살아온 나로서는 처음 경험하는 타자(他者)의 집단적인 승인이었으며, 초라하나마 성취의 희열이었다. 어쩌면 그것이 이 세상에 던져지던 순간부터 내 삶에 예정된 역할일는지도 모른다는 야릇한 설렘과, 그럼에도 불구하고 그와 같은 삶은 예사 아닌 쓰라림과 외로움을 동반하고 있을 것 같은 불안한 예감에 부대끼면서도 나는 자못 고양되었다. 따라서 그 문학회에서의 후반 몇 달간 나는 거의 일주일 건너 한 번꼴로 단편을 발표하는 왕성함을 보였다.

하지만 그러는 한편 하가와의 교류도 계속되어 그의 정신적 모험과 가치편력에도 나는 여전히 동참하고 있었다. 문학회를 떠난 하가는 이번에는 기독교 계통의 어떤 종교단체 부근을 얼씬거리는 것 같았다. 내게는 좀 엉뚱해 보였지만 기독교적인 환경에서 자라난 그에게는 당연히 걷게 되어 있던 길인지도 몰랐다. 언젠가 술에 취해 어떤 교회를 지나던 그가 문득 굳게 닫힌 철문 앞에 걸음을 멈추고 첨탑 위의 십자가를 그윽하게 바라보던 모습이 떠오른다.

그러나 하가는 이번에도 그리 오래가지는 못했다. 두어 달 정도 열심히 그런 모임을 찾아다니고, 그 방면의 책을 읽기 위해서인 듯 도서관을 드나들기도 하더니 그는 다시 우리들의 술자리로 돌아왔다.

"아, 우리는 그 어떤 죄의 대가로 그렇게도 많은 악의에 찬 동료들을 가졌던 것일까? 그리고 무슨 어리석음으로 그들을 일찌감치 돌무덤 속에 처넣지 못하고, 조상들의 귀중한 발명을 파괴하는 데 팔짱을 낀 채 보고만 있었던 것일까……."

그것은 하가가 첫 잔을 비우기 무섭게 내쏟은 탄식이었다. 그가 말한 그들이란 바로 신을 살해한 사람들을 가리키는데, 기이하게도 그 〈살신(殺神)의 계보〉는 아우구스티누스와 아퀴나스에서 시작되고 있었다. 그에 따르면, 그 둘은 그들의 방대한 견강부회의 노고에도 불구하고, 헤브라이적 신에 헬라적 논리를 끌어들여 후세의 파탄을 준비한 죄였다. 그리고 뒤이어 그는 몇 사람의 스콜라 철학자들을 비난했는데 그중에서도 특히 힘주어 비난한 것은 윌리엄 오브 오컴이었다.

"오컴의 윌리엄이여. 저주 받아 마땅한 그대의 지혜와 선의여. 생각하면 얼마나 많은 죄악이 진리의 이름으로 용서되었던가.

그대는 분명 그대의 신을 위해 신앙을 지식으로부터 결별시켰지만, 실은 그것이야말로 쇠약하고 지친 그대의 신에게 던져진 최초의 사망 진단서였다. 무엇이든 증거를 좋아하고 논리적이기를 바라는 인간의 정신에 신앙을 이성적으로 설명할 수 없다는 그대의 결론은 얼마나 가열한 충격이었을까. 진실로 신앙과 지식을 혼동할 수 있는 순진이라도 우리에게 남았더라면…….

거기다가 신앙의 굴레를 벗어난 지식의 놀라운 성장과 그 독한 열매를 보라. 그로 인해 얼마나 영혼들이 번민하고 방황하다가 절망 속에 죽어갔는가…….”

우리가 어떻게 끼어들 틈도 없이 계속된 그의 단죄는 니체에 이르러 절정에 이르렀다. 그의 논의가 얼마나 정확하고 깊이 있는지는 알 길이 없지만 그 방면에 대한 그의 천착이 지난 두 달에만 한정되지 않은 것만은 분명했다.

“부음의 형식으로 신에게 죽음을 선고한 음흉한 판관이며, 예언자의 탈을 쓴 무자비한 집행인이여. 오만과 질투의 화신, 광기에 찬 관념의 폭력배여. 신은 그대의 말처럼 ‘세계에 지치고 의지에 권태를 느껴, 자신의 약한 발을 탄식하고 슬퍼하며’ 죽은 것도 아니고, ‘너무도 거대한 자기연민에 질식한’ 것도 아니며, ‘황혼을 소요하다가’ 또는 ‘웃다가 진해’ 죽은 것도 아니다. 다만 죄 많은 언어로 위장된 그대의 광기와 악의에 살해됐을 뿐이다.

그러나 보라. 그대는 과연 합당하게도 고독과 허무에 미쳐 죽었지만, 신의 자리를 노려 보낸 그대의 하수인은 아직도 무슨 재앙처럼 지상을 떠돌고 있다. 오직 대지와 인간만을 위해 온 것 같지만, 한번 신의 자리를 차지하기만 하면 그 무엇보다도 심술궂고 변덕 많은 정신의 압제자가 될 초인(超人)이 바로 그다."

그렇게 나오면 꼼짝없이 결론까지 기다리는 수밖에 없었다. 그가 그 무렵 헤매는 골짜기나 들판이 어딘지 짐작은 가지만 그 향방을 섣불리 헤아리는 것은 우매함이나 인식의 오류로 몰리기 십상이었다.

"플라톤의 신이 있던 자리에 초인을 앉힌 그대가, 인간을 초인과 짐승 사이에 걸쳐 있는 하나의 밧줄로 비유했을 때 우리들은 놀라고 의심했다. 일찍이 소중하게 여겨왔던 지상의 여러 가치를 허물고, 교회와 국가의 폐허 위에 초인의 전당을 세우라고 권해 왔을 때 우리는 주저했으며, 마침내는 우리들조차 스스로 몰락해 가기를 요구해 왔을 때는 두려움으로 떨었다. 그런데 에덴의 전설 이래 우리에게 보편적으로 잠재된 피해망상증과 교부(敎父)들의 품을 떠나면서부터 축적돼 온 지식의 독기가 먼저 그대의 광기에 자극받아 발작하기 시작했다. 이어 세기말의 혼란과 퇴폐가 가세하고, 다시 추종으로밖에는 자신을 드러낼 길이 없는 범용한 재능들이 떠들썩하게 뒤따랐다. 그리하여 우리 대부분이 망연히 보고 있는 사이에, 조상들의 가장 위대한 발명이었던, 그리고 가장 고귀한 유산이었던 신은 참혹하게 살해되고 그대의 초인이 남았다.

하지만 정작 더 큰 그대의 잘못은 그대가 초인을 탄생시킨 것이 아니라, 완성되지 않은 그를 두고 홀로 떠나버린 일이다. 물론

124

그대는 유자(遺子)를 부탁하고 떠났을 터이지만, 어리석고 불경스런 그대의 추종자들은 아무도 그 양육의 의무를 다하지 못했다. 요란한 때때옷을 입혀 시장바닥을 업고 다니던 것도 잠시, 그들은 하나둘 자기들의 돌 성으로 돌아가버렸고, 이제 그대의 유자는 다만 어린 악령으로 이 세상을 배회할 뿐이다. 아아, 그대는 진실로 그 초인이라도 완성하고 죽어야 했던 것을……."

그렇게 떠드는 하가에게는 어딘가 지난 19세기, 시인이 되기 위해 인도로 떠났던 영국 청년을 연상시키는 데가 있었다. 그 청년은 거기서 이만 파운드의 재산을 마련한 후에 시인이 될 작정이었지만 끝내 그는 부자도 시인도 되지 못했다고 한다. 마찬가지로 하가 역시 더욱 확실하게 믿기 위해 보다 많이 알고자 했던 것이지만, 마침내는 신앙도 지식도 모두 잃어버린 것이나 아니었던지. 그는 나중에 철학 자체에 대한 험구도 서슴지 않았다.

"철학은 신을 살해했지만 그로 인해 스스로의 임종을 앞당긴 것은 모르고 있다. 문학이나 사회학과 야합하거나 언어학이나 수학에 빌붙어 허세를 부리는 몇몇을 제외하면, 이 시대의 철학은 이미 있는 것을 정리하고 분류하고 보존하는 늙은 사서(司書)의 역할을 하고 있을 뿐이다. 이제 우리는 머지않아 그들의 임종을 지켜보게 될 것이다……."

그리고 그는 새로운 모험을 시작했다. 전에 비해 그 새로운 모험은 나에게도 얼핏 속되지만 자못 흥미로운 것이었다. 그도 그럴 것이 그가 새로 시작한 것은 젊은 시절에는 거의 무방비한 열병 ─

사랑놀이였기 때문이다.

"여성적인 구원에 대한 기대는 인류의 가장 뿌리 깊은 믿음 중의 하나이다. 아르테미스나 다이아나, 아슈타르테, 이시스 등은 물론 중국의 현빈(玄牝)에 이르기까지 세계의 모든 신화는 생산의 주관자 또는 위대한 어머니로서 강력한 여신을 가지고 있다. 족부장(族父長)적인 기독교에도 그런 흔적은 보인다. 초기에는 희미하던 성모 마리아의 위치가 로마의 국교로 발전하는 과정에서 신격화에 가까워지는 것은 바로 중근동에 공통하는 대모신(大母神) 신앙의 영향이었다. 다수 종족을 지배하는 로마로서는 그들의 공통된 신앙적 욕구를 그런 식으로나마 해결하지 않을 수 없었을 것이다.

문학에 나타나는 구원의 여성도 그런 대모신 신앙과 무관하지 않다. 가까운 예로 르네상스에 의해 신의 권위가 흔들릴 때 '베아트리체'가 태어나고, 자연과학이 신의 권위에 도전하기 시작했을 때 '그레치헨'이 나타났다. '영원히 여성적인 것만이 우리를 구원한다.'라는 말은 단순한 문학적 비유가 아니라 남성적인 신에 대한 실망과 단념을 표현하는 종교적 진술이다. 그런데 이제 남성적인 신의 몰락은 단테나 괴테의 시대처럼 우려스러운 조짐이 아니라 명확하고도 절망적인 사태이다. 우리 시대야말로 그 어느 때보다 여성적인 구원이 필요한 시대이다……."

무엇이든 먼저 거창한 관념으로 무장을 한 후에야 시작하는 버릇대로 하가가 그렇게 말했을 때 나는 대뜸 동조적인 기분이 들었다. 솔직히 말해서 그 무렵 나는 뒤에 따로 얘기할 사랑놀이를 이미 시작하고 있었기 때문이다. 그러나 김형은 지긋한 나이답게 처음부터 회의적이었다.

"그렇게 거창하게 시작하면 보나마나 실패요. 구원의 여성 같은 건 어디에도 없소. 흔한 것은 상품화된 섹스의 화체(化體)거나 기껏해야 동시대에 사는 우리조차 요령부득인 현대 여성뿐이오. 여성해방과 성적인 타락을 혼동하고, 여권신장이란 남편이 폭력으로 나올 때 프라이팬으로 신체적인 약점을 보강하는 것쯤으로 여기며, 멋이란 상인들이 조작하는 유행장단에 놀아나거나 한물 지난 양풍(洋風)을 허겁지겁 쫓아가는 것으로 아는 그 같잖은 숙녀들 말이오. 납 섞인 지방과 값비싼 수액(樹液)을 처발라 두꺼워진 얼굴에다 무지(無知)로 말간 눈에는 천박한 호기심만이 반짝이는……. 차라리 — 예쁘고 순한 하녀나 찾아보시오. 그쪽이라면 혹 가능할지도 모르겠소."

지나치게 과장된 비관론이었지만 하가는 그 말에 조금도 위축되지 않고 계획한 모험으로 뛰어들었다.

처음 한동안 하가가 열심히 쫓아다닌 것은 엉뚱하게도 우리와 같은 캠퍼스를 쓰고 있는 가정대학의 젊은 강사였다. 스물예닐곱의 미혼녀로 머지않아 약혼자와 함께 미국으로 유학을 떠나게 되어 있었는데 난데없이 하가가 뛰어든 것이었다. 그 연상의 베아트리체에게 바친 하가의 열정이 치열했던 만큼 그녀의 고통 역시 컸을 줄 안다. 그러나 그녀가 이 땅에 남아 있지 않는 데야 아무리

하가인들 별 수 있겠는가. 한 달 정도 무분별한 하가의 열정을 재치 있게 요리하던 그녀가 서둘러 유학길에 올라버리자 하가는 잠시 명청한 표정이었다.

김형과 나는 은근히 걱정했지만 기우였다. 이내 기세를 회복한 하가는 이번에는 어여쁜 영문학도에게 덮쳐갔다. 얼마간은 일이 잘 돌아가는 것 같았다. 우리와 만나기도 힘들 만큼 열을 올리고 있는 하가에 대해 그녀 쪽에서도 어느 정도 호응하는 기색이었다.

하지만 역시 오래가지는 못했다. 극장에서 그녀의 손을 잡는 데에 성공했다고 떠벌린 지 일주일도 안 된 어느 여름날 하가는 새벽같이 내가 있는 사설 독서실을 찾아왔다. 그 무렵 술과 늦은 귀가로 가정교사 자리에서 쫓겨난 나는 새로운 자리를 구할 때까지 그 독서실에서 기거하고 있었다. 어디선가 밤새 술을 퍼마시고 온 것 같은 얼굴로 나를 깨운 하가는 옆의 학생이 듣는 것도 아랑곳없이 한숨 섞인 목소리로 말했다.

"그렇다. 당신네 여인들이 처녀를 바치는 것은 말만 번지르르한 아첨꾼이거나 외모밖에 취할 바 없는 어느 난봉꾼에게이듯, 우리들의 동정(童貞)도 어느 타락한 홍등가에서 만난, 이름조차 모르고 얼굴도 그 후로는 기억하지 못할, 지저분한 창녀에게 바쳐지게 운명 지어져 있다……."

그런 그는 가련할 만큼 우울한 표정이었다. 재수생인 옆 사람 때문에 좀 난감했지만 나는 말없이 내버려두었다. 캐물으면 도리어 엉뚱한 대답을 하는 그를 잘 알고 있는 나로서는, 그 길만이 불행하게 끝나버렸음에 틀림없는 그의 사랑놀이에 대해 정확히 들을 수 있는 방법이었다. 과연 한동안 우울하게 입을 다물고 있던 그는 갑자기 냉소적인 목소리가 되면서 계속했다.

"그녀에게 기득권을 주장하는 녀석이 어제 나를 찾아왔지. 얼굴까지 영락없이 분칠한 신파배우 같은 녀석이었는데, 근 한 시간이나 쿨쩍대며 그녀에게서 손을 떼달라는 거였어. 그것도 벌써 작년에 볼일 다 봤다는 넌즛한 통고와 함께. 결국 나는 그 비루먹은 강아지 같은 녀석이 먹다 남은, 침 묻고 너덜너덜한 고기 토막을 그토록 허겁지겁 따라다닌 꼴이지.

하지만 내게도 얻은 것은 있어. 바로 '기펜의 역설'을 이제야 제대로 이해하게 된 거야. 어떤 품목의 가격이 오르면 그 수요는 줄어든다. 그런데 창녀의 화대는 올라도 그 수요는 늘어난다. 창녀와 처녀는 대체재(代替財)여서, 비록 창녀의 화대가 올라도 상대적으로 처녀보다 싸기 때문이다……. 흐흣, 어때? 창녀가 기펜재(材)인 것을 깨달은 것만도 대단한 소득이 아닌가?"

그렇게 발작을 시작한 그의 독기는 가까운 해장국집으로 자리를 옮기자 본격적이 되었다. 아무리 사사로운 자신의 일이라도 반드시 인류의 보편적인 정신과 이어지는 끈을 찾아 모든 책임을 전가해야만 속이 풀린다는 그의 기묘한 버릇 때문이었다. 확실히 별난 길동무였다.

그날 그가 개탄한 것은 현대인의 잃어버린 사랑이었는데, 맨 먼저 비난을 시작한 것은 프로이트였다. 그 위대한 심리학자는 불과 몇 분 동안에 극악한 범죄인으로 규정되었다. 그는 성애(性愛)를 모든 심리현상의 근저에 둠으로써 얼핏 사랑의 중대함을 강조한 것 같지만, 실은 그걸 희석하여 싼값으로 거리에 내다 판 알코올 밀매자이며, 사랑의 고귀함과 거룩함을 생리(生理)의 십자가에 매단 유대의 대제사장이요 바리새인 두목이며 로마의 병사였다.

그 다음은 모파상을 비롯한 일련의 자연주의 작가들이었다. 그들의 영혼이 살아 있었다면 아마도 그 새벽의 꿈자리는 꽤나 뒤숭숭했으리라.

"너희로 인해 일찍이 아름답던 여인들이 모두 죽었고, 너희로 인해서 우리들 마지막 구원의 가능성은 사라졌다. 함부로 휘두르는 너희 칼에 신성한 사랑은 무자비하게 난자당했고 너희의 출현으로 십구세기는 우리들 남성에게 최악의 세기가 되었다.

이제야말로 여자들이 가장 아름답게 남아 있어야 할 때 너희는 그녀들을 꾸미고 있는 환상의 옷을 난폭하게 찢어 벗겼으며, 아직도 그녀들의 등에 남아 있어도 좋을 천상의 날개를 또한 너희는 참혹하게 비틀었다. 아늑한 살롱에서 꿈과 사랑을 얘기하고 있어도 좋을 그녀들을 값싼 욕망에 충실한 한 마리 사람의 암컷으로 전락시켰고, 마침내는 거리로 내몰아 천박한 교태로 지나가는 남자의 옷자락을 붙들게 했다. 어머니, 연인, 아내, 수녀…… 일찍이 여인들이 가졌던 거룩하고 귀한 이름치고 이들의 미친 칼날을 면할 수 있었던 것은 아무것도 없었다. 진실, 너의 이름으로 정말 얼마나 많은 죄악이 용서되었던가."

하가는 그렇게 말하더니 말없이 앉아 있는 나를 남겨둔 채 이제 막 아침 안개가 걷히기 시작하는 여름 거리로 사라져버렸다. 내가 조금씩 문학회에 지쳐가고 있을 무렵이었다.

사실 그 얼마 전까지만 해도 나는 그 문학회에 앞뒤 없는 열정을 쏟고 있었다. 삼십 분마다 한 번씩 절망하면서도 나는 그 몇 개월 동안 열 편 가까운 단편들을 썼다. 이미 말했듯, 자질구레한 성공이 가져다준 고양 외에도, 시가 내 장르가 못 되는 이상 소설이라도 어떻게 붙들어두고 싶다는 간절한 소망 때문이었다.

그러나 처음의 고양된 상태에서 깨어나게 되고, 또 습작을 통해 어렴풋하게나마 그 실체에 접근하게 되자 차츰 나는 깊은 두려움과 의심에 빠져들게 되었다. 어쩌면 그것이 추구하고 있는 아름다움과 진실은 세상의 여러 허황된 이상처럼 그 실체에는 끝내 도달할 수 없는 것이 아닌가 하는 불안으로 슬퍼하기도 하고, 때로는 그 도달조차 실은 그리 대단한 것도 아니면서 내 영혼에 부당한 압제와 수탈을 행하는 것은 아닌가 수상쩍게 여기기도 했다.

거기다가 그러는 사이 엉망이 된 생활은 문학에 대한 내 견해를 점점 악의에 찬 쪽으로 몰아갔다. 그 무렵 자랄 대로 자란 내 유미적 취향과 탐락적 기질은 한 달에 한 번씩 가정교사 자리를 옮기게 했고, 옮겨 다녀야 하는 그 사이사이 나는 좀 고급하기는 해도 걸인과 다를 바 없이 떠돌아다녀야 했다. 그래도 한동안 나는 그 모든 고통과 결핍을 문학에 바치는 내 경건한 희생으로 굳게 믿고 있었다. 하지만 문학은 언제나 비정한 침묵뿐이었고, 나

는 차츰 비극적인 결말이 명확한 짝사랑에 빠져든 기분이 되어
갔다.

그러다가 이윽고 내 성급한 결론은 문학이 나를 거부한다는 것
으로 맺어지고, 은연중에 자라나던 악의는 반발로까지 번졌다. 어
느 날 갑자기 짝사랑에서 깨난 자의 분노와 슬픔 같은 것이 변형
된 반발이었다. 내 변화를 눈치 챈 김형이 새삼 나를 위로하고 격
려하려 들었지만 이미 그의 말은 흔해빠진 문학 이론서만큼의 설
득력도 없었다. 내 주위의 진지한 문학적 환경도 더 이상 나를 감
동시키지는 못했다. 모임이 잦고 활발하면 할수록 나는 냉소적인
기분이 되었고, 회원들이 열성적이면 그럴수록 내겐 그들이 우스
꽝스럽게 보였다.

그런데 지금도 잘 이해되지 않는 것은 그러면서도 내가 하가처
럼 그 문학회를 떠나지 않은 점이다. 짐작건대 거기서 받은 것은
거기서 돌려주고 떠나겠다는 비뚤어진 복수심으로 여겨진다. 나
는 자신도 이해 못하는 이상한 글을 써서 발표하여, 진지하지만
결국은 엉터리일 수밖에 없는 그들의 합평(合評)을 심술궂은 미소
로 들었고, 남의 글을 평할 차례가 돌아오면 발표자가 무참한 기
분이 들 정도로 악착을 떨며 찢어발기고 난도질했다. 회원들과 개
인적으로 만나도 문학에 대한 그들의 순진한 환상을 깨뜨리는 데
만 힘을 쏟았고, 때로는 그들 스스로 자신의 범용한 재능과 피상
적인 노력을 시인하게 만들어 그 절망적인 얼굴을 보는 것을 즐
기기도 했다.

하지만 뭐니 뭐니 해도 가장 심한 짓은 수많은 '회장'들을 그 합평회에 끌어들인 일이었다. 나는 합평회가 있는 날이면 어김없이 고향에서의 어릴 적 친구들이나 옛날 떠돌이 시절의 길동무들을 그리로 데리고 가곤했다. 어쩌다 대학에 적을 두고 있는 녀석도 있었지만, 대개는 월부 책장수나 철공소 공원 따위로 어렵게 타향살이를 하는 친구들이었는데, 나는 그들을 한결같이 적당한 문학적 약력과 함께 무슨 동인회나 문학회의 회장으로 소개했다. 예컨대 『○○문학』시 일회 추천을 받은 '배아지' 동인회 회장이라든가, 『○○신문』 신춘문예 시조 부문에 가작 입선한 '퐁신' 문학회 회장이란 식으로, 그러면 회원들은 별 의심 없이 속아 넘어가 의자 하나를 정중하게 내주기 마련이었다. 그들을 위압한 그 문학적 경력은 물론 내가 즉흥적으로 생각해 낸 것이긴 해도 연도만 잘 조작해 놓으면 탄로 날 염려는 거의 없었다. 간혹 '배아지'나 '퐁신' 따위의 뜻을 묻는 회원이 있었지만 그때에도 준비는 되어 있었다. 원래 배아지란 말은 고향 사투리로 배[腹]의 낮춤말이었고, 퐁신이란 풍신(風身)의 작은 말로 몰골이 좀스러운 사람을 놀리는 말이었는데, 나는 능청스럽게 '항해'나 '독배(毒盃)'의 뜻을 가진 라틴어라고 설명했다. 그것도 간신히 익힌 라틴어 알파벳으로 스펠링을 말해 가며.

　　재미있는 것은 그렇게 시작된 합평회가 끝난 후였다. 회원들은 반드시 그 관록 있는 손님에게 의견을 묻기 마련인데 그때 당황하는 옛 친구들은 볼 만했다. 사전에 약속된 일은 아니지만 기왕 그렇게 된 바에야 내가 소개한 역할을 하기로 마음먹고 버티어 오긴 했어도, 회원들이 그렇게 나오면 정체를 실토하지 않을 수 없었다.

"나는 성북동에 있는 철공소에서 일합니다. 소설이니 시는 전연 몰라예. 야가 백줴(괜히) 캐본 소립니더."

"나는 ○○출판사 수금사원입니다. 이 친구가 장난친 집니다."

녀석들은 벌겋게 달아오른 얼굴로 말했지만 회원들에겐 그것이 그들의 재치와 유머로만 보였다. 그 바람에 오히려 더 정중하게 문학적 견해를 물으면 당황한 녀석들은 비명과 같은 소리를 내지르며 자기의 신분을 증명하고 — 그리하여 월부금 수금 카드나 철공소의 망치에 짓찧어진 손가락을 보여주어도 회원들은 좀체 믿으려 들지 않았다. 오히려 일부는 현장으로 뛰어든 녀석들의 진지한 문학수업에 은근히 감탄의 뜻을 표했고, 일부는 반대로 녀석들이 꼭 진짜처럼 연기하는 것으로 보아 무척 재미있어 했다. 적어도 녀석들이 자기들과 같은 문학도라는 데 대해서 의심을 품는 회원은 아무도 없었다. 나는 그런 광경을 한동안 재미있게 바라보다가 녀석들의 진짜 신분이 탄로 나기 직전에야 녀석들과 함께 그곳에서 사라졌다.

하지만 내 그런 비틀림과 악의가 언제까지고 회원들을 속이고 조롱할 수는 없는 일이었다. 그 학기의 마지막 합평회 때 나는 또 한 번 회원들을 골릴 궁리를 했는데, 결국은 그게 그 문학회에서의 마지막 장난이 되고 말았다. 어떤 영어판 소설집에서 아직까지 국내에 번역된 적이 없음에 분명한 체호프의 단편 하나를 번안하여 내 창작인 것처럼 발표한 것이 그랬다.

"그건 체호프의 「더 하우스 위드 더 맨사드(The House with the Mansard: 다락방집)」 아뇨?"

내가 읽기를 마치자 평론을 공부하는 불문과 삼학년 하나가 깐 깐한 목소리로 물었다. 나는 당황하지 않으려고 애쓰며 되물었다.

"러시아에도 박덕배란 남자와 정아란 처녀가 있고, 4H활동이 니 농민운동이니 하는 게 있었습니까?"

"장난이 지나쳐요. 박덕배는 표토르 페드로비치를 바꾼 이름이 고 정아는 제냐란 여자 이름을 바꾼 게 틀림없어요. 4H니 뭐니 하 는 것은 혁명 전야의 러시아 농민운동 대신에 집어넣은 것 아뇨?"

그 정도면 멋지게 회원들을 골려줄 수 있으리라고 생각하고 있 던 나는 그렇게 나오자 정말로 당황하지 않을 수 없었다. 그런 나 를 보며 그 회원이 다시 차갑게 덧붙였다.

"내용이 좀 불온해서 국내에 번역되지 않았다고 해서 이형만 그걸 읽었다고 생각한 게 잘못이오. 외국어는 이형만 배운 게 아 니니까."

그리고 회장 쪽을 돌아보며 물었다.

"자, 회장님, 이제 말씀하시지요."

당황과 혼란으로 멍청해져 있는 사이에 회장이 천천히 일어났다.

"우리는 오래전부터 이형이 우리를 상대로 장난을 치고 있다는 사실을 알고 있었소. 이형이 몇 주일 전 발표하여 우리를 혼란시 킨 글을 다시 검토한 결과 문장의 태반은 주어와 술어조차 연결

우리 기쁜 젊은 날 135

되지 않는 현학적인 단어의 나열에 지나지 않았소. 또 '배아지'란 말은 '배때기'란 속어의 경상도 사투리며, 그 동인회의 회장이라던 친구는 정말로 철공소 공원에 지나지 않음도 확인됐소. 그래도 우리가 말없이 기다린 것은 그 모든 장난이 한때의 유희적인 기분이었기를 바란 때문이었소. 하지만 이젠 어쩔 수 없소. 친구들을 데리고 와서 장난을 친 것까지는 용서할 수 있지만, 문학 자체로 거듭 우리를 우롱하는 것은 용서할 수 없소. 이제 그만 우리 문학회를 떠나주시오. 모든 회원들의 일치된 의견이오. 우리들은 당신과 함께 걷기를 포기하였소."

멍한 중에도 나는 힐끗 주위를 돌아보았다. 그날따라 이십 명 가까이나 모인 회원들의 얼굴은 한결같이 엄하게 굳어 있었다. 다만 한 사람 김형만이 왠지 쓸쓸한 얼굴로 창문을 바라보고 있었다.

"과연 우리는 떠나간 하형이나 이형이 생각하는 것처럼 문학 주위를 웅웅거리며 날아다니는 쉬파리 떼일지도 모르고, 예술하는 천민들 틈에 끼지 못해 안달인 가엾은 문학 지망생일지도 모르겠소."

"……"

"하지만 당신들도 자신을 알아야 할 거요. 당신들은 발효하는 서구문명의 쓰레기통을 뒤져 분별없이 주워 모은 지식의 단편들을 무슨 대단한 장식처럼 늘어뜨린 얼치기 현학자들이며, 끊임없이 죽음과 허무의 냄새를 풍기며 생명과 학문과 예술을, 그리고 그 밖에 수다한 지상의 가치 주위를 유회하며 떠도는 광대일 뿐이오. 당신들의 교양이란 터무니없는 지적 허영이거나 우매한 강제수양에 불과하고, 거드름으로 한껏 고개를 젖힌 채 올려보고 있는 그 이상이란 것도 실은 언제든 때가 오면 한 줌의 실리와 맞바꾸어지고 말 소년적인 치기일 뿐이오. 가끔 당신들은 동년배 사이에서 눈부신 성공을 거두겠지만, 그건 다만 지난 시대의 한국적 소인텔리에게 공통된 특징인 '— 체'를 잘 습득한 덕분일 거요. 뚜렷한 신념도 진지한 노력도 없으면서 무슨 구도자인 체하고, 근거 없는 나르시시즘에 취해 열심히 천재의 흉내를 내는 속물이며, 그런 약점을 감추기 위해서 곧잘 공격적으로 나오는 비겁자 — 이것이 당신들의 진정한 모습이오.

그럼 잘 가시오. 다시 말하지만 우리들은 당신과 함께 걷기를 포기하였소……."

나는 더 이상 듣고 있을 수가 없었다. 너무도 갑작스럽고 강렬한 충격에 나는 거의 넋 빠진 사람처럼 그 문학회가 합평회 장소로 빌려 쓰던 강의실을 빠져나왔다. 아직 들어야 할 수업이 남았다는 것도 잊고, 완전히 교정을 빠져나왔을 때에야, 나는 돌연 그들을 향한 형언할 수 없는 애정과 함께 무엇인가 소중한 걸 잃어버린 듯한 허전함에 빠졌다. 다시 그것들을 되찾기까지는 십 년에 가까운 쓰라린 세월이 지나야 한다는 사실이 어떤 예감으로 닿아왔던 것일까. 이튿날 학교 뒷산에서 마주 앉은 김형이 이렇게 말했을 때는 눈물이 핑 도는 서러움까지 느꼈다.

"그런 일이 준비되고 있는 것은 진작부터 알고 있었소. 미리 알려주지 않은 것은 그러한 통과의례가 이형에게도 한 번쯤은 필요한 것 같았기 때문이오. 하지만 한 가지는 기억하시오. 이형이 떠나는 것은 이 조그만 모임이지 문학의 대지 그 자체는 아니오. 내가 보기에 이형은 분명 그 대지의 사람이오. 만약 그걸 떠난다면 이형은 평생을 향수에 시달리게 될 것이오……."

4
주점 찌그노트의 추억

방금 긴 여행에서 돌아온 듯, 우리는 항상 피로하였지. 이우는 세월의 바람 소리를 녹슨 시계탑의 문자판 위에서 듣다가 문득 돌아본 거리, 그 섬뜩한 넓이에 놀라 우리는 뛰어들었지.

그곳에서 우리는 검은 운명의 별을 보았고, 현란하여 애매하던 언어를 쫓아다녔지. 천장에는 언제나 무지개가 걸려 있었고, 그 찬란한 영광 아래 우리는 얼마나 많은 유탕(遊蕩)의 잔을 들었던가. 갓 돋은 아집과 독단의 나래를 오만하게, 또는 불안하게 퍼덕이며.

어느 저녁, 그러나 이윽고는, 우리의 원탁이 짙은 우수로 덮이고 나는 그 너머 흔들리는 허망을 보았지. 환락 속에서 오히려 무성하던 피로, 춤추는 아이들의 머리에는 백발이 사유(思惟)처럼 자라고, 알지 못할 슬픔에 젖은 나는 영원한 내 집으로 돌아오고 말았지.

(이 겨울, 그리하여 나는 주소를 가진다는 끔직한 기쁨에 애착하면서도 내내 그곳이 궁금하였고, 밤새워 긴 편지를 썼었다. 그러나 새벽 희뿌연 창가에선 늘상 찢기 마련이어서 매일 아침 나는 한 통씩의 편지가 밀리곤 했다.)

그 뒤 내가 돌아왔을 때 쩌그노트는 문을 닫은 후였고, 아이들도 가랑잎처럼 흩어져버렸다. 아아, 그들은 어디로 갔을까. 철과 플라스틱의 그늘, 우중충한 시대의 뒷골목으로 영영 사라져 가버렸나. 이 거리 어디엔가 다시 모여 니힐의 잔에 얼굴 묻고 있는가……(후략).

대학에서의 첫 겨울방학을 형에게서 보내고 돌아와 며칠 안 되는 어느 날의 일기에는 이런 엉성한 시 한 편이 보인다. 그걸로 미루어 그때 이미 나는 꽤 깊이 술에 빠져들어 있었던 것 같다. 그러나 본격적으로 술을 마신 것은 아무래도 문학회를 들락거리기 시작한 뒤부터가 될 것이다.

'쩌그노트'란 옥호(屋號)를 가진 술집은 실제로는 어디에도 없었다. '쩌그노트'란 거기에 깔려 죽으면 천당에 간다는 전설 때문에 사람들이 스스로 그 바퀴 아래 몸을 던진다는 인도의 제례용(祭禮用) 수레로서, 당시 우리들은 단골 술집을 으레 그렇게 불렀다. 앞 시(詩)에 나오는 술집은 학교 옆 골목에 있다가 겨울방학 동안에 없어져버린 곳 같다. 따라서 이제 추억하려는 '쩌그노트'는 그 뒤 일 년 가까이 붙어살다시피 한 단골 술집이다.

그 술집은 학교 앞 골목 끝에 있어 급우들에게는 흔히 '골목안집'으로 통하던 이름 없는 대폿집이었다. 꽤 긴 골목 막장이어서 마음먹고 찾아들어야만 했지만, 술값이 싸고 외상 인심이 후해 일찍부터 학생들 사이에 인기가 있었다.

그 술집 안의 풍경은 지금도 그려낼 수 있을 만큼 선명하다. 나무창틀의 칠이 벗겨지고 뒤틀린 유리문을 힘들여 열고 들어서면, 네 평 남짓한 홀에 우리가 '악마의 원탁'이라고 부르던 테이블이 다섯 개 놓여 있었다. 둥그런 철판 가운데를 뚫어 연탄을 피울 수 있도록 해 놓았는데 당시로는 제법 새로운 고안에 속했다. 그 한쪽에 대여섯 자쯤 되는 목로가 있고, 목로 안쪽에는 안줏감을 진열해 둔 유리상자가 있었다. 두부, 노가리, 꽁치, 물오징어 따위는 그런대로 팔려 싱싱했지만, 돼지고기나 쇠고기는 언제나 한물간 느낌이었다. 특히 쇠고기는 빛깔이 변하다 못해 검어지고 겉이 까닥까닥 마를 때까지 남아 있는 수도 있었다.

그 진열장 안쪽이 주방인데 항상 불길이 이는 몇 개의 연탄불을 중심으로 사이좋은 주인 내외가 일하고 있었다. 남자는 당시 금복주란 소주의 상표에 나오는 노인 같은 인상의 중년이었고, 여자는 오랜 물장수 티가 나는 삼십대 후반이었다. 한쪽은 턱없이 좋은 마음씨로 또 한쪽은 능숙하게 사람 다루는 솜씨로 우리들의 인기를 얻은 부부였다.

방은 두 개가 있었다. 하나는 처음부터 술손님을 위한 방이었고, 다른 하나는 그들 내외의 살림방이었는데, 그 살림방도 정히 자리가 부족하고 손님이 낯익은 경우에는 가끔 술꾼들에게 내주었다. 단골인 덕택에 보게 된 것이지만 그 살림방처럼 그 시절의 빈약하기 짝이 없던 급우들의 호주머니 사정을 잘 보여주는 것도 드물다. 그 방구석에는 많을 때는 다섯 개까지 책가방이 술값 대신 남아 있었고, 옷걸이에도 보통 두세 벌의 교복 윗도리가 걸려 있었다. 눈에 뜨이지 않는 곳에 둔 탓에 헤아릴 수는 없어도 손목시계의 수효는 그 둘을 합친 것의 배는 넘었을 것이다.

거기서 마신 그 많은 술과 거기서 보낸 허구한 날들을 지금에 와서 일일이 다 기록한다는 것은 자칫 지루할 뿐 아니라 기억도 나지 않는다. 뭉뚱그려 말한다면 한창때는 학교에는 안 나가도 그곳에는 매일 들렀고, 심할 경우 하루에도 두세 번씩 드나들며 취했다. 왜 마셨는가에 대해서도 장황한 설명은 피하련다. 이미 얘기한 것들 중에도 그 평계가 될 만한 부분이 상당히 있거니와, 나머지는 설령 이유를 댄다 해도 그때의 이유가 지금에 와서까지 타당할 리 없기 때문이다. 다만 특별히 기억에 남는 술자리 몇 개를 추억함으로써 어렴풋한 대로 당시의 분위기나 감정상태를 가슴저려 하며 돌아보고자 한다.

그 하나는 문학회를 드나들기 시작한 그해 늦봄의 어떤 유쾌한 술자리다. 그날 학교에는 과(科) 대항 배구시합이 있어 김형과 내가 끼어들게 되었다. 특별히 배구에 소질이 있어서가 아니라 그냥 머릿수를 채우기 위해 끌려 들어간 것이지만 우리에게는 진땀깨나 나는 운동이었다. 그래서 시합이 끝나기 바쁘게 땀을 씻으러 세면장에 달려갔던 것인데 거기서 김형과 나는 주인 없는 손목시계 하나를 주웠다. 누군가 세수를 하러 왔다가 벗어두고 그냥 가버린 모양으로, 한눈에 꽤 고급스러워 뵈는 시계였다.

"어쭈, 제법 라도로군. 족보 있는 시계요."

얼른 상표를 알아본 김형이 그렇게 말하면서 스스럼없이 그 시계를 손목에 꼈다. 나는 그러는 김형의 뜻을 몰라 물었다.

"어떻게 하시려구요?"

"글쎄, 점유이탈물 횡령죄로 걸리고 싶지는 않고 — 잘됐소. 마침 목도 컬컬한데 임자에게 술이나 한 잔 얻어먹읍시다."

"그렇지만 당장 어디서 임자를 찾죠?"

"다 방법이 있소. 따라오시오."

그리고 앞장선 김형은 학생과의 연락사항을 적어두는 흑판 앞으로 갔다.

'5월 9일 오후 세면장에서 시계(라도 21석. 검은 가죽끈)를 잃어버린 학생은 골목안 대폿집에서 찾아갈 것. 단 학생증과 주민등록증을 필히 지참할 것이며 시가의 일 할을 한도로 약간의 보상금도 준비할 것.'

김형은 그렇게 쓰고 색분필로 눈에 띄게 테까지 두른 후 나를 보며 싱긋 웃었다.

"경찰에 신고해도 습득물의 일 할 정도는 보상으로 받는 법이오. 우리는 다만 그걸 술로 선불 받는 거요."

그렇게 되고 보면 그 술맛이 아니 날래야 아니 날 수가 없었다. 우리는 현금을 지녔을 때보다 더 호호탕탕한 기세로 '쩌그노트'로 달려가 대낮부터 안방을 차지하고 앉았다. 김형이 추정한 그 시계의 시가는 이만 원, 따라서 우리가 마실 수 있는 한도액은 이천 원으로 책정되었다. 우리가 지나치게 비싼 술과 안주를 시키지만 않는다면, 다시 말해 막걸리나 빈대떡이나 오징어볶음 정도라면 양껏 마실 수 있는 금액이었다.

하지만 워낙이 술고래들이었다. 맥주병에 넣어 차갑게 식힌 막걸리로 시작한 우리들은 두 시간 남짓에 서른 병을 비워냈다. 이제 한창 흥이 오르려는데 예산이 끝나버린 셈이었지만, 그게 대순가, 기왕에 내친김이니 오늘은 술 뿌리를 빼자고 서로들 격려해 가며 우리는 드디어 '무제한 잠수함전'에 들어갔다. 무슨 오기로 그랬는지, 내가지 못하게 한 빈 병으로 조그만 방이 발 디딜 틈이 없게 된 후에야 우리는 슬슬 일어날 차비를 했다. 계산을 알아보니 오천 원에 육박하고 있었다. 당시의 물가로 보아 대단찮은 안주에 막걸리로는 도저히 오를 수 없는 술값이었고, 되로 환산해도 스무 되에 가까울 만큼 엄청난 술이었지만 우리 두 사람은 늠름했다.

"할 수 없지. 내일은 각자 천오백 원씩 준비해 오기요. 시가의

144

일할 이상은 점유이탈물 횡령에 속하니까."

우리는 주인에게 시계를 찾으러 올 사람의 과와 학년을 확인해 둘 것을 거듭 다짐하며 시계를 맡기고 술집을 나섰다. 헤어질 때는 제법 돌아가서 가르쳐야 할 아이들 걱정까지 한 걸로 기억된다.

그러나 소금 먹은 놈이 물켠다고, 아무래도 마신 양이 있는지라 이튿날은 둘 다 오전 강의를 빼먹고 오후 늦게야 쩌그노트에서 만났다. 시계는 벌써 찾아간 뒤였다. 그런데 시계를 찾아간 사람은 뜻밖에도 학생이 아니라, 우리도 잘 아는 교양학부의 어떤 교수님이었다. 작취미성(昨醉未醒)의 흐릿한 머릿속에도 언뜻 곤란하게 됐다는 느낌이 들었다.

"좌우간 해장이나 하며 생각해 봅시다."

우리는 해장술로 다시 얼큰해지며, 숙의에 숙의를 거듭한 끝에 차액 삼천 원을 돌려주는 데 합의했다. 그냥 넘겨버리기엔 아직 양심들이 너무 보드라웠던 탓이었다.

마침 그 교수님은 연구실을 지키고 있었다. 우리는 용건을 말하고 봉투에 든 삼천 원을 내놓았다.

"가져가게. 자네들이 오히려 시가를 너무 싸게 셈했어. 왜냐하면 이건 내 결혼 기념으로 받은 시계니까."

듣고 난 그 교수님이 사람 좋은 미소와 함께 돈 봉투를 밀어냈다. 우리는 강경했다. 아마도 그 강경함에는 벌써 상당히 오른 해장술도 한몫을 했을 테지만, 어쨌든 그 때문에 한동안의 논란이 일었다. 그러다가 김형이 문득 그다운 제안을 했다. 그 돈으로 술이라도 한 잔 사 올려야 마음이 가볍겠다는 식으로 나온 것이었다.

"좋아, 그거라면 괜찮지. 마침 쉬려던 참일세."

예상 외로 선선한 수락이었다. 그리하여 그날 우리는 연 이틀째의 유쾌한 술자리에 앉게 되었는데, 다시 예산이 초과된 바람에 만약 그 교수님이 가진 돈이 없었더라면 그 운명의 시계는 또한 차례 저당되는 운명을 면치 못했을 것이다. 나는 결국 그 때문에 처음으로 가정교사 자리에서 쫓겨나는 비운을 맛보게 되었지만 정말 잊지 못할 술자리였다.

그와는 반대의 의미로 오래오래 기억에 남는 술자리로는 그해 초가을의 것이 있다. 그때 우리 세 사람은 한결같이 파산상태에 빠져 있었다. 대개 환경이 비슷한 김형과 나는 또한 비슷한 이유로 숙식조차 불안한 상태에 떨어지곤 했고, 비교적 사정이 좋던 하가도 부모와의 불화로 그 얼마 전부터 집을 나와 이 친구 저 친구 사이를 떠돌고 있었다. 그러다 보니 자연 '쩌그노트'를 비롯한 몇몇 술집에도 신용을 잃게 되어, 그 무렵은 무엇이건 확실한 것을 잡히지 않는 한 대포 한 잔 못 얻어 마실 지경에 이르러 있었다. 그러나 우리가 가진 것이랬자 한도가 있었다. 시계며 겨울외투 같은 것은 벌써 오래전에 전당포에 가 있었고, 책도 돈 될 만한 것은 모두 청계천의 헌책방 골목에 기한부로 팔려간 후였다. 기껏 교복 윗도리를 벗어둔다거나 노트 몇 권밖에 들어 있지 않은 책가방을 잡힌다는 것이 고작이었지만 그나마도 곧 끝나고 다음은 증명서로 들어갔다. 주민등록증, 학생증, 도서관 열람증……. 그래서 이제는 신분조차 증명할 길이 없는 떠돌이가 된 주제에도 우리는 술을 단념하지 않았다.

"너에게 돈이 있는가를 묻지 말고, 술 마실 의사가 있는가를 물어보라."

그날도 돈이라고는 짜부라진 동전 하나 없는 처지에 우리 셋은 그런 수작들을 주고받으며 찌그노트로 몰려갔다. 사람이 좋다고는 하지만 계속되는 우리들의 곤궁에 지친 주인 내외는 처음부터 노골적으로 경계하는 기색이었다. 그 경계가 우리를 자극한 바람에 시작부터 터무니없는 허세였던 그 술자리는 오기로 점점 이상하게 발전했다. 김형이 쇠고기 찌개를 시킨 것을 출발로 내가 돼지고기 두루치기를 추가하고 하가 다시 오징어 회를 청했다. 전혀 아무런 상의 없이 삽시간에 급변한 상황이었다. 눈치 보아가며 대포나 몇 잔 얻어 마시고 외상을 사정해 보려던 것이, 그 집의 최고급 안주만 골라 떡 벌어지게 차린 술자리로 변하고 말았다.

주인 내외는 반신반의하면서도 우리가 시킨 것을 내왔다. 그러다가 김형이 주인 내외가 들으라는 듯 오늘 깃발은 자기가 잡았다고 선언하고 하가 덩달아 이차는 자기에게 맡기라며 가까운 맥주홀을 대자 안심하는 눈치였다. 그걸 보고 나는 짐짓 밀린 외상이 얼마냐고 물어 더 한층 그 가엾은 부부를 기쁘게 만들었다.

억지로 만든 것이긴 하지만 한동안은 참으로 흥겨운 술자리였다. 우리는 안주가 떨어지기 바쁘게 번갈아 비싼 것만 불러댔고, 술잔도 빌 틈이 없이 신나게 비워댔다. 세계와 인생은 꼼짝없이 우리들의 손아귀에 잡혀 있었다. 비위에 거슬리는 것은 무엇이건 무자비하게 난도질했고, 마음에 드는 것이면 턱없이 찬탄하고 감격했다. 정치가 똥물을 뒤집어쓰고, 역사가 난장을 맞았으며, 양편의 귀를 잡고 세게 박치기를 시키는 바람에 문학과 철학이 한꺼번에 나가떨어졌다.

그러나 이윽고 우리들은 점점 술이 오를수록 의기소침해지고 말수가 줄어드는 스스로를 발견했다. 자신도 모르게 주머니에 손이 들락거렸고, 화장실 같은 데서 만나면 행여 숨겨 있는 돈이 없는가를 서로 간에 은근히 물었다. 일은 완전히 거꾸로 되어 술이 취하면서 차차 제정신이 돌아와 술값이 걱정되기 시작한 까닭이었다. 그러나 원래 없던 돈이 갑자기 생길 리 만무했다.

우리는 몇 번인가 처음의 분위기로 돌아가고 서로 격려하고 다짐했지만 소용이 없었다. 이번에는 정직하게 머리를 맞대고 엉뚱하게 벌여놓은 그 술자리의 대책을 궁리해 보았다. 그 또한 시원한 대책이 있을 리 없었다.

"그럼 각자의 주머니를 털어봅시다. 현금은 없다 하더라도 유가증권이나 기타 거기에 준하는 것이면 되오."

드디어 김형이 그렇게 제안하고 우리들은 뻔히 알면서도 새삼 각자의 수첩이며 호주머니를 뒤져보았다.

"있다!"

먼저 하가가 무슨 종이쪽지 하나를 수첩 갈피에서 찾아내며 말했다. 펴보니 세탁소에 양복을 맡긴 확인증이었다. 그 정도라면 나도 있었다. 몇 달 전에 잡힌 시계의 전당표였다. 김형도 아끼던 만년필을 뽑았다.

"이래 봬도 파커요. 어디가도 삼천 원은 받을 수 있소."

거기서 일단 겉으로는 술자리가 활기를 되찾았다. 그러나 마음속으로는 아무도 그것들이 그날의 엄청난 계산을 대신해 줄 수 있다고 믿지 않았다. 그 한 증거가 시간이 지날수록 짙어지는 비애의 정조였다. 당연히 근심과 불안에 빠져야 할 우리가 슬픔부터 먼저 느끼게 된 것은 순전히 술 탓이라고 생각한다. 이미 취할 만큼 취해 단순화된 우리들의 정조는 닥쳐올 어려움에 대한 근심이나 불안에 앞서 그 원인 된 가난을 슬퍼하는 쪽으로 흘러버린 탓이었다.

우리는 가난한 사회를 슬퍼하고 가난한 부모형제를 슬퍼하고 가난한 자기 자신을 슬퍼하였다. 가난한 젊음을 슬퍼했으며 가난한 우정을, 가난한 사랑을 슬퍼하였고 ― 나중에는 그렇게 마시고 앉아 있는 것 자체까지 슬퍼하였다. 거기다가 쉼 없이 마신 술로 감정은 거의 파산상태에 이르렀다.

그제야 뭔가 이상한지 먼저 주인여자가 우리에게 다가와 계산을 요구했다. 김형이 십자가를 지고 그 한심한 담보물들을 내밀었지만 예상대로였다. 주인여자는 길길이 뛰며 욕설과 삿대질을 해댔다. 우리의 술값만 해도 그날 밤 전 매상액의 절반에 이르는 데다, 술판 첫머리의 터무니없는 허세로 밀린 술값까지 받게 되리라는 기대에 차 있던 그녀고 보면 당연한 일이었다.

그런데 매달려 사정을 해도 어려운 판에 하가가 난데없이 그 여자의 분기를 돋우고 나섰다.

"제길 평생 술장사하며 떼이고만 살았나? 내일 준다는데 왜 그래?"

자식 같은 녀석에게 반말까지 듣게 되자 그 여자는 그야말로 인정사정없이 나왔다. 다짜고짜 하가에게 따귀를 올려붙이고는 똑바로 전화통에 달려가 경찰에 신고해 버렸다.

이상한 것은 하가의 반응이었다. 당연히 일어나 난동을 부릴 줄 알았는데 아니었다. 한동안 굳은 듯이 가만히 있더니 갑자기 두 팔에 얼굴을 묻으며 훌쩍이기 시작했다. 그런 자신이 처참하게 느껴졌던 것인지, 아니면 지나치게 술에 취한 탓이었는지는 알 길이 없으나, 눈물까지 닦아가며 훌쩍이는 그를 보니 왠지 나까지 눈물이 났다. 비록 눈물은 보이지 않았지만 김형도 마음속으로 분명히 울고 있었을 것이다. 그러나 하가는 거기서 그치지 않았다. 그날 일은 결국 가까운 파출소에 가서야 결말을 보았는데, 조서를 받던 순경이 우리에게 학생들이 무엇 때문에 그렇게 술을 마시고 다니느냐고 물었다. 그때 훌쩍이던 하가가 다시 대답했다.

"이렇게 술을 마셔야 하는 게 슬퍼서 마십니다."

그러고는 어리둥절하게 바라보는 그 순경에 아랑곳없이 이번에는 손등으로 눈물까지 훔쳐가며 더욱 슬피 흐느꼈다.

하가의 눈물 덕분인지, 아니면 김형과 내가 몹시 취한 데에 비해서는 고분고분했던 탓인지 경찰은 처음부터 우리에게 호의적이었다. 거기다가 따라온 술집 주인아저씨도 학생 신분만은 보증

해 줘서 우리는 밤 열한 시쯤 각서 한 장을 쓰고 풀려나올 수 있었다. 다음 날 오후 다섯 시까지는 술값을 갚겠다는 내용에 우리 셋이 서명 날인한 각서였다. 참으로 기억조차 쓸쓸한 술자리였다.

그렇지만 주점 '찌그노트'의 추억 중에서 아무래도 빼놓을 수 없는 것은 비용제(祭)이다. 정확한 날짜는 모르지만, 몹시 더웠던 것으로 보아 앞서 말한 두 사건의 가운데쯤 되는 여름 어느 날이었다. 전날의 과음으로 낙태한 고양이 같은 상을 하고 등교한 김형이 문득 금주를 선언했는데, 그게 일의 발단이었다. 하가 덩달아 심각한 표정으로 자신도 술을 끊어야겠다고 말하고, 나도 꽤 진심으로 거기에 동의했다. 모두가 술 때문에 여러 가지로 고전하기 시작한 때여서 손쉽게 동의한 것 같다.

그런데 그 다음이 나빴다. 누구로부터인가 ─ 어쩌면 셋 모두의 내심적 합의로서 ─ 금주 결심 기념대회가 발의되고, 하가가 선뜻 오백 원짜리 한 장을 꺼내들고 '그럼 조촐하게' 하며 깃대를 잡았다.

"나는 유혹 이외에는 모든 것에 저항할 수 있다."

김형이 오스카 와일드처럼 중얼거리며 따라 일어섰고, 나도 어떤 흔해빠진 시구로 응수하며 뒤따랐다.

잠시 후 '찌그노트'에 도착한 우리들은 김치 안주에 막걸리 서되를 놓고 기념대회에 들어갔다. 처음에는 제법 진지하게 술의 해악이 지적되고, 그로 인해 헝클어지기 시작한 우리들의 생활에 대한 우려와 그걸 바로잡자는 장한 결심들이 오갔다. 그러나 웬걸,

서 되가 닷 되가 되고 드디어 하가의 오백 원이 거덜 나자 이번에
는 김형이 어디선가 삼엄한 천 원짜리 한 장을 빼들었다. 이왕에
마지막 마시는 술이니 그날만이라도 원 없이 마시고 가자는 게 김
형의 주장이었다.

거기서부터 술자리는 조금씩 빗나가기 시작했다. 한껏 격하됐
던 술이 슬슬 제자리를 찾아오고, 제자리를 찾았는가 싶던 아르
바이트니 학점 같은 문제들이 다시 사소하고 유치한 것으로 무시
당하기 시작했다. 그러나 그 술자리를 이상한 방향으로 이끄는 데
결정적인 역할을 한 것은 김형이었다. 완연히 취한 그가 난데없이
비용의 유언시(遺言詩) 한 구절을 읊었기 때문이다.

"현자(賢者)의 말씀에
'내 아들아, 젊을 때 즐기어라.'
나는 그 뜻을 너무 내게 유리하게 해석했는데,
뒤에는 딴 뜻이 있었나니,
그대로 옮기면
'젊음은 오직 미망(迷妄)과 무지에 지나지 않도다'……."

살인자요, 도둑이요, 싸움꾼이었던 그 괴상한 불란서 시인은
전에도 우리들의 술안주로 가끔 등장한 일이 있었지만, 그날처럼
온전히 우리 자리를 지배한 적은 없었다. 안주 없는 술에 취하긴
해도 확실히 이상한 날이었다. 먼저 남 잘 모르는 거 외고 다니기
좋아하는 하가가 비용의 다른 시구로 김형에게 화답했다.

"아, 미칠 듯한 젊은 시절에,

열심히 공부하고 예의범절을 익혔으면,

나도 집과 부드러운 침상이 있을 것을.

어찌해 악동처럼 학교를 등졌는지

지금 이 노래를 하면서도

가슴이 터질 듯하는구나⋯⋯."

꽤나 처량한 어조였는데, 그때부터 우리들은 때늦은 비용의 제
자가 되어 중구난방 자작(自作)의 유언시로 유증(遺贈)을 하기 시
작했다.

"주점 찌그노트의 주인

대머리 뚱보에게는

그의 생명이 남아 있는 한

매일 찌그러진 동전 하나를 주도록

명하거니와

그 돈을 전매청에서 훔쳐다가

그의 번질거리는 이마에 던져주기를.

그는 우리에게 술값을 떼일까 봐

매일 밤 걱정했기 때문이로다."

내가 그 무렵에는 현저하게 우리에게 불신을 나타내는 주인남
자를 상대로 그런 유증을 하자, 학점을 걱정하던 김형은 주임교수
님을 향해 유증을 시작했다.

"난척대학 국문과 주임교수 김모 씨에겐

좀벌레 몇 마리와 화장지 한 통을 남겨주나니,

줌벌레는 소쉬르의 저서를 파먹게 하고,

화장지로는 자주 코를 풀기를 바라노라.

그는 비교언어학으로 나를 괴롭혔고,

또 매일 코맹맹이 소리로 급우들을

답답하게 만들었기 때문이로다."

그 밖에도 비용을 흉내 낸 우리들의 악의에 찬 유증은 한동안 계속됐다. 그러다가 만취상태에 가까워지면서 우리는 점점 과감한 흉내에 들어갔다. 쉽게 말해 도둑질인데, 발안자는 누구인지 모르나 첫 시범을 보인 것은 하가였다. 오줌 누러 가는 척 밖으로 나간 그는 어린아이 머리만 한 백색 전구 하나를 빼왔는데, 어느 집 현관에 꽂혔던 것인 모양으로 아직도 따뜻한 기운이 남아 있었다. 그걸 보고 나간 김형이 어디선가 스테인리스 대야 하나를 훔쳐 오자 다음은 드디어 내 차례였다.

분위기에 밀려 나오기는 했지만 나는 막막하였다. 여기저기 떠돌면서 제법 거칠게 살아온 적은 있어도 훔치는 것만은 통 자신이 없었다. 그리하여 무턱대고 부근의 골목을 헤매다가, 겨우 길바닥에 떨어진 장난감 권총 하나를 주워 기세 좋게 휘두르며 술집으로 돌아왔다.

다시 두 번째 출전이 시작됐다. 어느새 도둑 흉내는 도둑질대회로 발전한 셈이지만 아무도 그만두자고 나서지 않았다. 이번에는 김형이 맨 먼저 나가더니 골목 안쪽 집안 빨래줄에서 다 말라가는 여자 원피스 한 벌을 걷어와 기세를 올렸다. 지지 않겠다는 듯 달려나간 하가는 얼마 후에 밥이 든 양은솥 하나를 들고 왔다. 날씨가 더워 바깥에 내놓은 화덕에서 저녁 밥솥을 떼어온 듯, 탁자 위에 그걸 내려놓는 하가의 손가락 끝은 뜨거운 솥전에 데어 허옇게 익어 있었다.

다시 괴로운 나의 차례가 되었다. 그러나 원인 모를 호승심(好勝心)으로 마음을 사린 나는 대담하게도 문이 열려 있는 어떤 집으로 들어섰다. 궁하면 통한다더니, 그 집 대문 앞 수도 근처에 마침 적당한 목표물이 눈에 들어왔다. 물이 가득찬 다라에 띄워둔 수박이었다. 나는 마당에 사람이 없기를 기다려 그 수박을 들고 냅다 뛰었다. 퍽 서투른 도둑이었지만, 운 좋게 성공할 수 있었다.

"그러고 보니 우린 지금까지 맨 쓸모없는 것만 들고 왔군. 품목을 제한해야겠소. 첫째는 술 또는 안주, 다음은 그것과 쉽게 바꿀 수 있는 현금 기타."

내가 가져온 수박을 쪼개 먹으면서 드러나게 눈가가 풀린 김형이 마치 노련한 도둑 두목처럼 말했다. 하지만 다시 나간 그가 막상 들고 온 것은 그런 제한과는 먼 고물 세발자전거였다. 하가가 그런 김형에게 핀잔을 주며 나가더니 한참 만에 한 발이나 되는 순대를 들고 왔다. 가까운 시장에서 훔쳤다는 것인데 그게 사실이라면 무지무지하게 악운이 세거나, 전력(前歷)이 의심스러운 길동무였다. 내 차례가 오자 나는 다시 막막했다. 사태는 은연중에 내가 술을 훔쳐야 되도록 몰려 있었지만, 그걸 어디서 훔친단 말인가.

그래도 나는 씩씩하게 그 술집을 나섰다. 이미 몸을 가누기 힘들 만큼 취한 주제에 술을 훔치겠답시고 부근의 주류 도매상을 찾아갔다. 이미 불이 환히 밝혀진 그 상점에 도착한 나는 일없이 그 앞 보도를 오락가락하며 딴에는 호시탐탐 기회를 노렸다.

드디어 기회는 왔다. 점원과 교대한 주인남자가 돌아서서 무언가 다른 일을 하고 있는 사이에 나는 간 크게도 두 홉들이 스물 네 병이 들어 있는 소주 궤짝 하나를 집어 들었다. 하지만 너무 취해 있었다. 한 걸음도 못가 요란한 유리병 부딪는 소리와 함께 땅바닥에 소주 궤짝을 내려놓는 나를 보고 그 중년 남자가 달려왔다.

"뭘 하는 거야?"

"후— 훔치는 중입니다."

나는 얼결에 사실대로 대답했다. 그 남자가 잠시 나를 멀뚱멀뚱 바라보다가 피식 웃었다.

"뭣 하게?"

그렇게 묻는 그의 어조에는, 꼴을 보니 네놈이 얼마나 취했는지 알겠다, 하는 투가 섞여 있었다. 나는 사실대로 대답했다. 이번에는 얼결에 한 것이 아니라 도무지 그가 겁이 나지 않아서였다.

"마시려구요."

"가 봐, 이미 많이 취했어."

"안 됩니다. 나는 이걸 훔쳐가야 합니다. 비용을 위해서요."

"비용이 누군데?"

"불란서 시인입니다. 도둑 시인요."

그러자 그 남자가 히물히물 웃었다. 아니, 적어도 내겐 그렇게 보였다.

"이 대학 학생이지? 날 알아보겠어?"

"누, 누군데요?"

"이 가게 주인이야. 자주 본 것 같은 얼굴이라 하는 말이지만 꼭 필요하면 한 병 가져가고 내일 돈 가져와."

"안 돼요, 나는 반드시 훔쳐가야 합니다."

나는 주머니에서 돈까지 꺼내 보이며 분연하게 외쳤다. 그때 어째서 내가 그렇게 당당할 수 있었을까는 지금도 잘 이해되지 않는다. 그런데도 그 남자는 뭐든 다 안다는 식으로 여전히 히물거리고 있었다.

"주인이 이렇게 지키고 섰는데 훔치기는 어떻게 훔쳐? 잔말 말고 필요하면 한 병 갖구가. 다음에 돈 가져오구."

그러자 나는 까닭 모르게 화가 났다.

"이렇게 훔치지."

나는 그를 무시하고 그중 두 병을 빼어 냅다 뛰었다. 내 딴에는 펄펄 나는 기분이었지만 실제 대단한 속도는 못 됐을 것이다. 그런데도 따라오는 것은 그 남자의 느긋한 목소리뿐이었다.

"술 깬 후에 잊어먹지나 말아."

결국 그것은 좀 이상한 형태의 외상에 불과했지만, 일단 술집으로 돌아가자 대단한 성공으로 변했다. 내가 끝끝내 훔친 것이라고 우긴 데다, 엉터리 무용담까지 곁들인 탓이었다. 김형과 하가는 그런 내게 사심 없는 존경과 찬사를 보냈고 나는 의기양양하게 막걸리 잔에 부은 소주를 들이켰다.

그 소주를 다 비웠을 때는 모두 엉망으로 취해 있었다. 우리들은 한없이 유쾌하고 호탕한 기분으로 그동안의 전리품들을 싸들고 술집을 나섰다. 당시 우리 학교에서 멀지 않은 다리 밑에 빈민들의 움막이 하나 있었다. 우리가 밥까지 들어 있는 양은솥이며 세숫대야, 세발자전거, 원피스 따위를 전하자(전구는 하가의 부주의로 깨져버렸다.) 그들은 어리둥절한 가운데도 그지없이 감사하며 받았다.

"비용의 선물입니다."

보낸 사람을 묻는 이에게 우리는 그렇게 대답했지만, 그가 오백여 년 전에 불란서에서 살았던 자기들의 불행한 동료였다는 것은 아마도 끝내 몰랐으리라.

그 별난 자선이 있은 후에 우리가 어디를 어떻게 쏘다녔는지는 전혀 기억에 없다. 정신없이 취해 거리를 휩쓸고 다녔을 것인데, 다음날 눈을 뜨고 보니 김포공항 근처에 있는 김형의 옛 친구 자취방이었다.

— 비용제의 전말은 그러했다.

5
사랑놀이

혜연(慧燕)

헤어진 지 십 년이 넘는 지금 다시 그대를 불러보는 나의 감회 새롭고도 애련한 바 있다. 근년에야 듣게 된 소식은 대학 전강(專講)인 남편과 두 아이를 둔 그대가 어느 사립 중등학교에서 교편을 잡고 있다는 것이었다. 어떤 사적(私的)인 견해로도 전락이라고는 결코 말할 수 없고, 더더구나 불행과는 도무지 연관 지을 수 없음에도, 그와 같은 그대 삶의 유전(流轉)은 내게 자못 충격적이었다. 모든 것이 불확실한 우리 시대에서 다음 세대를 기른다는 것 이상 더 확실한 가치도 없을 터이지만, 지금 그대가 서 있는 곳이 나의 예측과 너무나도 동떨어져 있기 때문이다. 헤어져 보낸 지난 세월 동안, 나는 종종 어느 화려한 성에서 고귀한 안주인이 되어 있는 그대를 상상했고, 때로는 그대가 아름다운 날개를 하늘거리며 거룩한 천상으로 솟아오르는 것을 꿈꾸기도 했었다. 젊은 나를 괴롭혔던 몽상의 일부에 불과하고, 또 그 때문에 비뚤어진 나는 우리들의 만남을 서둘러 그 우울한 결말에 이끌어간 것이지만, 그렇게 턱없이 그대를 보내고 만 것은 지금에조차도 뉘우침과 아쉬움이다. 그러나 어쩌랴. 그때 우리에게 삶은 다만 몽롱한 가능성이었고 사랑은 혼란과도 비슷한 하나의 추상이었음에. 그리하여 우리가 불같은 열정으로 몰두한 것도 실은 사랑 자체가 아니라 그런 이름을 가진, 가끔 심각하긴 해도 대개는 요란하고 실속 없는 놀이에 지나지 않았음에.

요즈음도 나는 열린 창가에서 회색으로 낮게 드리운 도회의 하늘을 바라보면 까닭 없이 마음 설레는 수가 있다. 내가 그대를 처음 만난 것은 그런 오월의 창가에서였다. 자연과학관의 한 강의실이었는데, 그때 나는 지난 학기에 놓쳐버린 어떤 필수학점 때문에 재수강을 하고 있었고, 과가 다른 그대는 선택으로 그 강의를 듣고 있었다.

내가 그 과목의 학점 때문에 애를 먹은 것은 이상하게 짜여진 시간표 탓이었다고 기억된다. 그 전 학기는 화요일 첫 시간에 덩그러니 얹혀 출석 미달이 되게 만들더니 그 학기에는 앞의 강의와 무려 다섯 시간이나 떨어진 채 금요일 마지막 시간에 얹혀 있었다. 도서관을 드나들 때 같으면 별로 문제가 안 되겠지만, 그때는 술집을 드나들 때라 그 공백은 항상 말썽이 되었다. 태반은 술이 얼큰해 강의를 듣고 나머지는 그나마 빼먹어, 중간고사가 다가왔을 때는 시험에 썩 좋은 성적을 올리지 않는 한 그 학기도 학점 따기가 힘들게 되어 있었다.

내가 그날 강의가 끝난 후 그대에게 노트를 빌리러 간 것은 바로 그런 절박한 사정 때문이었다. 그대가 평소 충실하게 노트를 정리하고 있음을 나는 잘 알고 있었다. 그런데 뜻밖에도, 시간 중에 흘려 쓴 메모를 노트에 깨끗하게 옮기고 있던 그대는 눈 하나 깜박 않고 거절했다. 솔직히 말해 그때 나는 무안당한 기분이었다. 언제나 깔끔하고 우아한 그대와 그 노트로 인연을 맺게 되기를 은근히 기대하는 마음이 있었기에 그 무안함은 더 컸다. 자신 없는 기억이긴 하지만, 그때 나는 분명 얼굴까지 붉히며 돌아섰을 것이다.

그런데 아니었다. 다음날 역시 그대와 함께 듣던 다른 강의실에 만났을 때 그대는 깨끗하게 정리된 노트 한 권을 내밀었다. 표지에는 내 이름까지 예쁘게 적어놓은 노트였다.

그 순간의 감격과 기쁨은, 그리고 당황과 혼란은 지금 회상하기에도 숨 막힌다. 20페이지도 넘는 그 노트를 베끼기 위해 어쩌면 밤을 밝혔을지도 모른다는 생각이 들자 나는 그대의 호의가 두렵기까지 했다. 나중에, 그때 이미 그대는 문학회에 있는 친구를 통해 나를 알고 있었으며, 그 며칠 전에 있은 문학의 밤에 낭독된 내 글을 감탄하며 들었다는 것을 알게 된 후에도, 그 놀라운 호의는 여전히 의문이었다. 하지만 그 오후 학교 앞 다방에서, 원하는 것은 무엇이건 들어주겠다고 한 내 약속은 진심이었다. 언제나 막연한 추상이었던 사랑이 갑자기 한 구체적인 가능성으로 다가온 것 같은 기분에 들뜬 탓이었겠지만, 나는 조금의 과장이나 거짓 없이 그대가 원한다면 학교 옥상에서라도 뛰어내릴 각오가 되어 있었다. 그런데 몇 번인가 장난스러운 미소로 다짐을 받던 그대는 이렇게 말했다.

"그럼 해를 따주시겠어요?"

그때 나는 서슴없이 대답했었다.

"물론이죠. 따드리고말고……."

얼핏 농담을 주고받는 것 같았지만, 나는 정말로 그럴 수 있을 것 같은 기분이었다. 그리고 실제로도 나는 해를 따기 위해 자못 진지하게 노력했는데, 그 초라한 결과에 대해서는 다음에 얘기하겠다. 어쨌든 — 우리들의 사랑놀이는 그렇게 시작되었다.

이제 우리는 그 우울한 결말에 개의함이 없이, 다만 그리움만으로 그 맹렬했던 여름을 돌이켜보자. 먼저 떠오르는 것은 강의가 없을 때마다 둘만의 호젓한 시간을 위해 찾아다니던 넓지 않은 교정의 구석구석이다. 동산 북쪽 변두리에 있던 조그만 바위, 겨우 드럼통 크기밖에 안 되지만 나란히 붙어 앉아 있으면 학교 쪽에서는 결코 발견할 수 없던 그 자리를 다른 학우들도 알고 있었을까. 역시 그 동산 동쪽에 있던 여섯 개의 벤치 중 두 번째, 일부가 부서져 두 사람밖에는 앉을 수 없던 그 벤치를 다른 학우들도 귀찮은 방해자가 끼어드는 것을 막아주는 부적으로 이용할 줄 알았을까. 본관 삼백육 호 강의실, 수요일 날 그곳은 첫 강의시간 외에는 하루 내내 텅텅 비어 있고, 달리 이용하는 서클도 없었다. 구내식당 곁의 휴게실, 그 주방 맞은편 자리 중의 하나는 여러 가지 포스터가 붙은 게시판이 칸막이 구실을 하여 역시 교내에선 은밀한 곳 중의 하나였다. 사랑놀이는 말이든 행동이든 당사자 아닌 사람들에겐 자칫 유치하고 우스꽝스러울 염려가 있다. 그런데 이제 말한 여러 장소들은 잊혀진 다른 몇몇 장소와 함께 바로 그 다른 사람들의 관찰로부터 우리를 보호해 주던 곳들이었다.

일요일의 교외선도 잊을 수 없다. 지금처럼 단장된 전철이 아니라, 낡은 완행열차와 다를 바 없이 복작대고 거칠었지만, 가난한 아낙들이 아기의 젖은 기저귀를 갈고, 술 취한 중년이 승강대에 토물을 쏟아놓기도 했지만, 그래도 그 속에서 둘이 함께 보낸 한나절은 어김없이 즐거웠다. 용하기도 해라, 우리들은. 한번은 무슨 얘기인가를 끊임없이 주고받으며 교외를 세 바퀴나 돈 적이 있다. 역시 그 교외선과 연관된 것이었지만, 그때만 해도 그지없이 맑던 송추(松秋)의 계곡, 그 어디선가 내 낡은 구두 뒤창이 떨어져 절름거리며 돌아온 적도 있다.

정동(貞洞)에 있던 어떤 종교단체의 기숙사, 그대의 아홉 시 귀가시간에 대기 위해 종종걸음을 치곤 하던 그 골목길도 고향의 논두렁길만큼이나 애틋한 정애(情愛)가 느껴지는 길이다. 시청 앞에서 그곳까지 가는 십여 분 동안 그대는 도대체 몇 번이나 시계를 봤던 것일까. 어쩌다 오 분 정도의 여유만 있어도 함께 뛰어들곤 하던 골목 어귀의 다방에서, 언젠가 이상한 디자인의 의자를 가리키며 그대는 말했었다.

"꼭 교황의 의자 같지요?"

한 번도 교황의 의자를 본 적이 없었으나 나는 문제없이 동의했다. 교황이 앉기에는 분명 너무 작고 천박스러워 보였지만, 그대가 그렇게 생각한 이상 나도 당연히 그래야 했다.

그 놀이에 이용된 공간뿐 아니라 소도구들을 갖추려 보는 것도 재미있으리라. 『어린 왕자』는 우리가 함께 몇 번이고 되풀이해 읽던 책들 중의 하나였다. 그리고 나는 정말로 그대를 네 시에 만나기로 되어 있으면 세 시부터 행복해졌고, 어두운 밤하늘조차 그대의 검고 부드러운 머리칼을 연상하지 않고는 바라볼 수 없었다.

가끔씩 함께 드나들던 싸구려 맥주집의 안주는 「목마와 숙녀」였다. 거기서 '우리는 한 잔의 술을 마시고 버지니아 울프의 생애와 목마를 타고 떠난 숙녀의 옷자락을 이야기'했고, '외롭지 않고 그저 잡지의 표지처럼 통속한' 인생을 나름의 짐작대로 주고받았다. 까닭 없이 비감에 젖는 날은 '시인도 아무 위자(慰藉)가 못 되어…… 어느 무서리가 친 아침 목관(木棺)에 실리어 지구를 탈출한 R 씨'를 읊기도 하고, 때로는 '문학이 죽고, 인생이 죽고, 사랑의 진리마저 애증의 그림자를 버릴 때'가 머지않아 올 것 같은 예감으로 우울해하기도 했다. 고흐와 달리의 화집, 그리고 몇 권의 불란서 화집을 가졌던 그대는 가끔씩 그 거추장스러운 책을 들고 내가 가정교사로 입주해 있던 집 근처의 다방으로 나와 해설을 읽어주곤 했다. 명동의 조그만 음악실에 함께 청하곤 하던 슈만과 슈베르트의 몇몇 감미로운 곡들. 지금에 와서는 회상하기조차 낯뜨거울 만큼 감성적이고 김형이나 하가와 함께 벌이던 관념적인 유희에 비하면 저급한 분위기까지 느껴지지만, 그건 어쩔 수 없는 일이었다. 해결할 능력도 없는 거창한 문제를 공연히 심각하게 떠드는 것은 그대가 즐겨하지 않았을 뿐만 아니라, 우리의 놀이에 합당한 소도구가 아니었기 때문이다.

그대의 기숙사에 있던 전화 또한 우리들 소도구 중에서 빼놓을 수 없다. 이십 명 가까운 동숙생(同宿生)들은 물론 사감(舍監)까지도 내 목소리를 알고 있었다. 마음씨 고운 그녀들에게 축복 있으라. 깔깔거리며 놀려대긴 해도 하루에도 몇 번씩 걸려오는 내 전화를 그녀들은 아무도 귀찮아하지 않았다.

"테이머 씨군요. 그새에요?"

'테이머'란 '사랑은 서로에게 길들여지는 것'이란 『어린 왕자』의 구절에서 따온 것으로 내가 생각없이 '길들이는 사람'을 직역한 영어였다. 내가 처음 전화에다 그 이름을 내 이름 대신 사용했을 때 그대는 웃으며 항의했었다.

"어머, 제가 무슨 야생동물인가요? 그건 조련사란 뜻 아녜요?"

그러나 달리 더 적당한 말을 찾을 수 없는 데다 그대의 동료들도 어느새 나를 그렇게 부르기 시작하는 데야 어쩌겠는가. 결국 그것은 그대가 기숙사에 없을 때 전화를 대신 받게 되는 모든 동숙생들에게까지 통하는 내 호칭으로 굳어지고 말았다.

구십 통에 가깝던 편지들 — 우리들의 마지막 날 나는 증거를 인멸하는 비열한 범죄자처럼 그것들을 되찾아 태워버렸는데, 그건 또 무슨 천박이었을까. 오래오래 그대에 대한 내 앞뒤 없는 몰입의 흔적으로 남을 테지만, 그래도 그건 이미 그대에게 주어버린 말이 아니었던가. 언뜻 떠오르는 그대의 귀여운 빈정거림.

"혹시 나를 상대로 습작을 하고 계신 거 아녜요?"

하지만 우리에게 가장 오래 남는 것은 행복한 날을 꾸몄던 보석이나 꽃다발이 아니라 괴로움의 날에 받았던 상처의 흉터이다. 마찬가지로 그대를 추억함에 있어 더욱 선명한 것 역시 밝은 쪽보다는 어두움 쪽에 있다. 돌아보기조차 쓸쓸한, 비뚤어진 자의식의 초상.

우선 그대와 나는 살아온 과정부터가 일부러 대비시키려고 찾아 세운 듯 달랐다. 고아나 다를 바 없이 떠돌며 자랐고, 배움의 태반을 정규 학교를 거치지 못한 채 대학에 온 나에 비해, 그대는 유복한 가정의 울타리 안에서 초등학교부터 명문만을 골라 거쳐 온 영양(令嬢)이었다. 냉정히 돌이켜보면, 우리들의 무분별한 열정을 유발한 것은 바로 그런 상반된 삶의 과정에 대한 서로 간의 호기심이 아니었던가 생각된다. 그리하여 그대가 진실로 사랑했던 것은 나 자신이나 나의 글 자체가 아니라 거기서 풍기는 신산스런 지난 삶에 대한 흥미였던 것처럼, 내가 정말로 매혹된 것 또한 그대의 명석한 사고나 우아한 기품이 아니라 그걸 길러낸 축복받은 삶의 환경이었는지도 모를 일이었다.

그와 같은 첫 번째 다른 점의 당연한 결과겠지만, 의식이나 사고방식에 있어서도 우리는 결코 합치될 수 없는 이질성을 가지고 있었다. 비옥한 토양에서 고르게 양분을 섭취하고 자란 나무처럼 그대의 정신이 균형 있는 의식의 가지를 뻗고 있음에 비해, 결핍과 갈망의 풍토에서 자라난 내 정신은 그대로 뒤틀리고 비꼬인 자의식의 등걸이었다. 그대를 지배하는 것이 아폴로적인 조화라고 할 수 있다면 내가 통상으로 빠져 있는 것은 분명 디오니소스적 광기였고, 그대의 사고가 각종의 친절한 안내판까지 곁들인 넓은 길을 걷는 동안도 내 사고는 뜻 아니한 지름길을 발견한다는 터무니없는 기대에 빠져 인적 드문 가시밭길을 헤매고 있었다. 모두가 처음에는 역시 유쾌한 불일치와 신선한 호기심으로 서로의 열정을 자극한 이질성이었다.

하지만 이윽고 그것들은 차츰 거추장스러운 벽으로 우리를 가로막기 시작했다. 예를 들면, 식당만 해도 처음에는 그대를 따라 경양식집에 들어가는 것이 나에게 낯선 세계로의 진출이었듯, 그대 역시 나를 따라 시장 통의 불결한 순댓국집을 찾는 것은 새로운 모험이었을 것이다. 그러나 결국 내가 더 편한 것은 서민적인 싸구려 한식당이듯 그대가 마음에 드는 것은 분위기 좋고 깔끔한 경양식집이었다.

거기다가 그런 우리 사이를 더욱 거북하게 만든 것은 그대를 알게 된 무렵부터 시작된 내 혹심한 궁핍이었다. 이미 여러 번 말했듯, 나는 그 여름에 접어들면서 술과 불성실한 지도로 번번이 가정교사 자리를 쫓겨났는데, 그것은 가족들로부터 경제적인 도움을 기대할 수 없는 내게는 바로 궁핍을 뜻했다. 그러나 궁핍해지면 질수록 예민해지는 것은 그런 면에 대한 자존심이었다. 나는 언제나 지나치리만치 풍족한 그대에게 화를 내고 또 그만큼 심한 내 가난을 비참하게 여겼다.

내 기억에 우리들 사이에 있었던 최초의 눈에 띄는 충돌은 바로 그런 일로 시작되었다. 연이어 사흘이나 마신 술로 한 달도 안 돼 가정교사에서 쫓겨난 내가 새로운 자리를 구하며 여기저기를 떠돌아다니던 어느 날이었다. 쫓겨날 때 몇 푼 받은 돈은 이미 바닥이 나서 커피 값을 걱정하고 있는 내게 그대는 말했었다.

"몹시 지쳐 보여요. 따라오세요. 오늘은 제가 갈비 한턱 낼게요. 아빠가 용돈을 듬뿍 주셨거든요."

지방에서 직물공장을 경영하는 돈 많은 아버지를 둔 죄밖에 없는 그대에게 나는 불같이 화를 냈다. 우선 화가 난 것은 그대의 풍요함이었지만, 그보다는 그대가 함부로 내 궁핍함을 알아차린 게 더욱 분했다.

"그렇잖아도 한번쯤은 따지려던 참이었어요. 어째서 모든 비용은 영훈 씨 혼자서 대야 하죠? 왜 나는 돈 한 푼 쓰는 데도 죄진 사람처럼 눈치를 살펴야 해요? 친한 사람끼리 나누어 쓰는 것이 그리 분하세요? 너무 옹졸한 자존심 아녜요? 꼭 그렇게 사람을 피로하게 만들어야겠어요?"

만약 그때 그대의 눈에 어린 물기를 보지 못했다면 우리의 충돌은 훨씬 격렬해졌을 것이다. 결국 그대에게 굴복한 나는 그대를 따라나섰지만 고기맛은 그대로 소태맛이었다.

그러나 무엇보다 더 견고한 벽이 되어 우리를 갈라놓기 시작한 것은 앞서 말한 의식의 문제였다. 무엇이건 현대적인 것은 종종 나를 상처 입히고 당황케 하는 어떤 것임에 비해, 그대에게는 그 모든 것이 잘 맞는 옷과 같았다. 이를테면 음악만 해도 내가 아직 서구의 낭만파에서 헤어나지 못한 데 비해 그대는 현대의 팝송 쪽을 더 사랑하고 즐겼고, 또 춤이라면 대뜸 살풀이춤이나 떠올리는 나에게 그대는 제법 당시 유행하던 고고의 묘미를 말해 줄 줄 알았다. 그러나 역시 심했던 것은 문학 쪽이었다. 고전작품에 대한 그대의 지식은 다이제스트로 읽은 줄거리와 신통찮은 평론가의 해설이 결합된 기묘한 것인 대신, 그렇게 번 시간의 대부분은 갑자기 유명해진 여류나 거리에 나앉은 이류 철학자의 어정쩡한 수필집에 바쳤다.

처음에는 재미있게 그런 그대를 관찰하던 나도 시간의 흐름에 따라 차츰 공격적으로 변해 갔다. 나는 그대의 다이제스트식 독서와 평론적 지식의 허구를 지적하고, 그대가 즐겨 취하는 어정쩡한 수필집의 감상적인 사담(私談)이나 값싼 현학을 비난했다. 그리고 스스로 선정한 도서목록을 권한 후에 거부하거나 게을리하면 턱없이 트집을 잡고 화를 냈다.

"피곤해요. 정말로 나를 길들이려나 봐."

그대는 그렇게 항의하면서도 한동안은 잘 참아주었다. 그러나 거기에도 한계는 있었다. 어느 날인가 나는 또 기다란 도서목록을 그대에게 건넨 적이 있는데 그때 그대는 그걸 펴보지도 않고 조용히 돌려주었다.

"학교 공부와 영훈 씨의 편지를 읽기에도 전 바빠요."

그대의 눈은 장난스레 웃고 있었지만, 그리고 나 또한 어이없이 피식 웃고 말았지만, 가슴속에는 이상하게도 썰렁한 바람이 일고 있었음을 그대는 짐작했을는지.

그 밖에, 내 젊음은 그럭저럭 끝났다고 보고, 뒤에 오는 젊은이들에게 권하고 싶은 게 하나 있다. 사랑을 사랑답게 하려면, 첫째 말을 절약하고 다음에는 우정 비슷한 분위기가 되는 것을 경계하라는 점이다. 말의 역할이 지나치면 사랑은 관념적이 되고 반드시 피로와 혼란이 오게 되며 — 우정 비슷한 분위기도 그 나름의 장점은 있지만 결국에는 사랑을 실속 있게 만드는 연애감정을 해치게 된다. 그대와 내가 사랑을 한 게 아니라 손목 한 번 제대로 못 잡았으면서도 요란스럽기만 한 사랑놀이로만 그치게 된 데에도 그 두 가지는 분명 원인이 되었다.

그리하여 은밀히 진행되던 파국은 결정적인 모습을 드러내고, 나는 이제 그대와의 사랑놀이에서 가장 쓸쓸한 밤을 추억하게 된다.

아직도 방학 중이던 팔월 어느 날, 갑자기 서울에 나타난 그대는 나를 만나자마자 수선스럽게 말했다.

"오늘 저녁 즐거운 초대를 받았어요. 함께 가요."

"어디를?"

나를 보기 위해 그대가 상경한 것이 아니라는 것에 약간 실망하며 나는 물었다.

"제 친구의 생일파티예요."

"여자들 생일잔치에 내가 무슨 재미로 가죠?"

"남자 친구예요. 어릴 적부터 소꿉친구. 영훈 씨와 전공은 다르지만 만나보면 금방 친해질 수 있을 거예요."

아마도 남자 친구라는 말에 내 표정이 드러나게 어두워진 모양이었다. 그 무렵에는 어느 정도 내게 익숙해진 그대가 그걸 알아차린 듯 달래는 투로 말했다.

"또, 또……. 염려마세요. 춘향이는 못 돼도 설마하니 더블데이트야 하겠어요? 그 애 파트너는 따로 있고, 내게도 처음부터 파트너를 동반한 초대를 했어요."

그러나 우리들의 불안한 사랑놀이를 위해서는 그날 밤의 초대를 거절하는 편이 옳았다. 나는 더 이상 옹졸해지기 싫어 끌려 들어갔지만 결과로 보아 그것은 우리들의 종말을 턱없이 앞당긴 셈이 되었다.

부친이 저명한 의학박사인 그 친구의 으리으리한 저택에서 들게 된 생일 만찬부터가 내게는 곤욕이었다. 크고 화려한 케이크와 그대가 특별히 사다 꽂은 스물한 개의 색깔 있는 양초, 영화에서나 본 생일노래의 합창, 나올 때마다 당황하게 되는 서양요리 ― 모든 것은 내게 그저 감당하기 낯설고 힘든 일일 뿐이었다.

거기다가 그들의 대화에서 느끼게 되는 이질감이나 소외감도 그 못지않은 괴로움이었다. 운전, 승마, 사격, 설악산의 산장과 동해안의 별장, 외국 친척과 방문계획, 여자애들은 한결같이 외국어가 전공이었고, 사내 녀석들은 법학이나 의학 따위였는데 — 그중에 한 녀석은 다음 학기부터 미국에 가서 공부하기로 되어 있었다. 그들의 고의는 아니었지만 그들의 유쾌한 담화에는 내가 끼어들 여지가 거의 없었다. 그들과 그렇게 자연스럽게 어울리는 그대가 내 사랑놀이의 대역이라는 게 오히려 신기할 지경이었다.

그러다 보니 자연히 죽어나는 것은 술뿐이었다. 양주가 독하다는 것 정도는 알고 있었으나 나는 겁내지 않고 잔을 비워댔다. 그대가 몇 번인가 귓속말로 주의를 주었지만, 술잔이라도 비우지 않으면 정말로 나는 할 일이 없었다.

그러나 내 파탄이 노골적으로 드러난 것은 우리들만의 거실로 옮겨온 후의 일이었다. 미리 준비한 듯 한쪽 구석의 자그만 파티상 말고는 말끔히 치워진 그곳으로 옮기자 곧 음악이 울리고 그들은 포크댄스에 들어갔다. 춤이라고는 도무지 배울 생각도 겨를도 없었으니, 이번에야말로 나는 더욱 완전하게 홀로 남겨졌다. 내가 사용할 수 있는 카드는 다시 파티상에 붙어 서서 술이나 마시는 일뿐이었다. 처음에는 미안한 듯 간간 내 쪽을 돌아보곤 하던 그대마저 완전히 춤에 정신이 팔리자 나는 약간 비참한 기분이 되어 홀로 술을 따르기 시작했다. 독하다는 양주가 맹물 같았다.

그런데 의외의 사태가 그런 내 비참을 더욱 심하게 만들었다.

"왜 자꾸 물만 마시지요?"

한 차례 춤이 끝난 후에 다가온 녀석들 중에 하나가 새로운 술병 하나를 따며 물었다. 나는 언뜻 그 말을 알아듣지 못했지만, 이내 짚이는 게 있었다. 그때껏 내가 마시던 술이 은은한 향기뿐 맹물 같던 것에 문득 의심이 든 까닭이었다.

"목이 말라서요."

그렇게 얼버무리며 내가 마시던 술병을 살피던 나는 취한 중에도 얼굴이 화끈 달아올랐다. 상표를 보니 칵테일용 토닉 워터였다. 다시 말해 나는 약간의 향료가 가미된 맹물을 양주인 줄 알고 반병이나 찔끔찔끔 따라마셨던 셈이었다. 다행히도 상대는 내 실수를 알아채지 못했지만, 나는 거의 처참한 기분이었다. 그러다가 그 처참함은 이내 알 수 없는 분노로 치밀어 올랐다. 그 분노는 다시 술로 — 그리하여 새로운 음악이 울리고 그들이 고고로 신나게 어울리게 되면서부터 나는 진짜 위스키를 물도 안 탄 채 맥주 컵에 부어 벌컥벌컥 마시기 시작했다. 그들 사이에서 즐겁게 춤추고 있는 그대를 향해 마음속으로, 그 자리에 잘 맞지도 않는 말을 조심스러운 주정처럼 중얼거려가며.

"아담, 너는 어디에 있었니. 보 바르스트 두 아담(Wo barst du, Adam)*. 보 바르스트 두 아담……."

---

* 당시 번역되어 읽히던 하인리히 뵐의 소설 제목. 원래는 선악과를 따먹은 뒤 부끄러워 숨은 아담에게 하나님이 물은 말. 여기서는 "아담아, 그때 너는 어디에 있었더냐?" 정도.

그들이 고고 한판을 추는 사이에 나는 조금도 과장 없이 위스키 한 병을 다 비웠다. 알코올 함량을 감안하면 나는 말 그대로 들이붓듯 마신 셈이었다. 아무리 술에는 단련이 되었다고 하지만 그쯤 되고 보면 취하지 않을 도리가 없었다.

그 술기운이 나로 하여금 춤이 끝나고 다시 파티상 주위로 돌아온 그들에게 공격적인 화제를 끌어내게 하였다. 취한 눈에도 난처한 표정을 한 그대의 얼굴이 언뜻 눈에 들어왔지만, 나는 개의치 않고 화제를 주도해 나갔다. 재즈 음악의 본질에 대한 악의에 찬 고찰로부터 그들의 현실적이고 감각 위주인 사고방식에 대한 은근한 비난까지 나는 서슴지 않고 계속했다. 교양 있고 예의 바르게 자라난 양가의 자제답게 그대의 친구들이 분명히 공격적인 내 이야기에도 사근사근 응대하는 것이 더욱 심기를 건드려 — 나는 점점 시비조가 되어갔다.

그런데 갑자기 속이 뒤틀리기 시작했다. 겁 없이 퍼마신 위스키가 끝내 탈을 낸 것이었다. 나는 황급히 화장실로 달려가 정신없이 게워냈다. 그리고 더럽혀진 손과 입가를 씻기 위해 수돗가로 갔을 때, 아, 그대가 새파랗게 질린 얼굴로 그 곁에 서 있었다.

"꼭 그렇게 티를 내야겠어요? 내 친구들 앞에서 그렇게 무례하고 야만스럽게 굴어야만 그 비뚤어진 자존심이 만족하겠어요?"

확실한 기억인지는 몰라도 그때 그대의 눈에는 눈물까지 반짝이고 있었다. 한바탕 게워낸 뒤인데다 찬물로 세수까지 해서 어느 정도 정신이 돌아왔지만, 나는 또 한 번 그대를 성나게 하고 말았다. 마땅히 해야 할 사과 대신에 그대의 손을 거칠게 끌어당겨 수 돗물이 쏟아지는 세면대 속에 집어넣은 일이었다.

"손을 씻으쇼. 더러운 손을."

그때 내게 떠올랐던 것은 그대가 남자 친구들과 손을 잡고 돌 아가던 포크댄스 중의 한 장면이었던 것 같다.

"제 손이 왜요?"

"그대의 손이 아니라 저치들 손 때문이오. 내장이나 피까지 하 얗고 반짝거릴 것처럼 보이지만 분명 더러울 것이오."

그 말을 들은 그대의 얼굴은 더욱 새파랗게 빛났다. 그대는 만난 후 처음으로 나를 노려보더니, 몸을 빼치듯 거실로 돌아가버렸다.

잠시 후 내가 돌아갔을 때, 거실은 어색한 침묵에 빠져 있었고 그대는 여전히 낯선 얼굴로 깎은 듯이 앉아 있었다.

"물고기는 역시 물에서 놀아야 하는 모양이오. 잘 있으시오. 신 사 숙녀 여러분. 오늘 이 촌놈 행패가 좀 심했소."

나는 이상한 오기로 더욱 뻔뻔스러워지면서 그렇게 말하고는 거침없이 그곳을 빠져나왔다. 그제야 얌전한 얼굴에서 파들거리 기 시작한 그들의 분노를 읽는 것이 그지없이 유쾌했다. 아무리 젊 은 날의 어리석음에 탓을 돌려도, 지금 생각하면 참으로 어처구니 없는 짓이었다. 나보다 유복하고 끝까지 예의바르게 처신한 죄밖 에 없는, 그리고 지금은 어디선가 그야말로 신사 숙녀가 되어 있 을 그들에게는 참으로 불쾌한 추억이리라.

내가 비틀거리며 대문께까지 나왔을 때 그대가 집주인인 친구와 함께 급하게 따라나왔다. 그래도 터무니없는 내 악의는 수그러들 줄 몰랐다. 나는 그대의 친구가 듣고 있는 것도 무시한 채 비꼬임 섞인 목소리로 다시 말했다.

"들어가보쇼. 그대는 아무래도 그쪽에 어울리는 사람이니까."

"같이 가요. 어쨌건 영훈 씨는 제 파트너로 왔으니까."

뜻밖에도 그대는 침착한 어조로 그렇게 말하며 가볍게 나를 부축했다. 거기서 내 악의는 잠시 주춤했다. 그대와 작별하는 그 남자 친구의 눈길에 서려 있던 연민도 더 이상 화가 나지 않았다. 그날 말없이 그 집 골목을 빠져나온 우리들은 담담한 인사까지 나누고 헤어졌다.

그 다음은 우리들의 종말이었다. 완전히 냉정을 회복한 내가 회한과 자책으로 괴로워한 날들을 새삼 장황하게 옮기는 것이 무슨 소용이랴. 거기다가 사과를 대신한답시고 내가 한 제안의 엉뚱함이란!

"우리 결혼합시다."

내 딴에는 우리 사이의 벽을 궁극적으로 허물 수 있는 유일한 대안으로 여겨 고심 끝에 내린 결단이었지만, 그 말을 들은 그대는 그저 아연한 표정이었다. 그러다가 아연함도 잠시 그대의 얼굴은 그 어느 때보다 차갑게 굳었다.

"그만 만나자는 말이군요."

내가 거듭 그 말이 진심임을 설명했지만 그대의 얼굴은 끝내 풀리지 않았다.

"그래요, 저도 피곤해요. 우리 얼마 동안은 서로 떨어져서 바라봐요."

내 청혼이 절교 제의로 받아들여질 만큼 그대에게 엉뚱했듯이 그대의 그 제의 또한 나에게는 영원한 결별선언처럼 냉정하게 들렸다. 거기다가 얼굴 못지않게 차가운 그대의 음성 역시 내게는 그어떤 방법으로도 뚫을 수 없는 투명한 벽처럼 느껴졌다. 지난 치열함에 비해 너무도 어이없는 종말이었다.

그러나 단 한 가지, 그대를 향한 미련 때문에 씌어진 것으로 보이는 우화 하나는 옮겨야겠다. 군데군데 낡은 어법과 소년적인 발상이 보이기는 하지만, 또 처음 만난 날의 약속에 비해서는 초라한 이행이 될 테지만 그 글은 애초부터 그대의 추억에 바쳐진 것이므로.

6
해따기

　이제 그 이름은 전해 오지 않지만, 그래도 한때 많은 사람들이 한 번씩은 지나쳐야 했던 어느 메마르고 거친 땅이었습니다. 정오의 따가운 햇살 아래 한 순례자(巡禮者)가 먼지 나는 길을 걷고 있었습니다. 언뜻 보기에는 아직 젊은 것 같았으나, 이상하게도 그의 머리카락은 허옇게 세고 얼굴은 온통 깊은 주름으로 덮여 있었는데, 걸음마저 금세라도 쓰러질 듯 비틀거렸습니다. 아마도 그는 너무 일찍 길을 떠났고, 또 너무 성급하게 먼 길을 걸었기 때문에 그토록 쉬이 늙고 지쳐버린 듯했습니다.

　그에게도 고향과 형제와 이웃은 있었겠지요. 몽롱하여 오히려 그리운 아이 때의 나날과 솟는 뭉게구름에도 가슴 설레던 젊은 시절, 아름답던 봄과 즐거운 잔치, 우정과 사랑, 희망과 노래도. 그러나 이제 그것들은 낯선 길모퉁이의 외로운 잠 속에서만 피어나는 꿈이 되고, 그의 낮은 오랜 순례의 고달픔과 채워지지 않는 갈망 속에 점점 뜨겁게 달아오를 뿐이었습니다.

그렇게 얼마나 걸었을까요. 마침내 순례자의 근육은 피로로 굳어오고 텅 빈 위는 목마름과 주림으로 괴로워하기 시작했습니다.

"아아, 이제 더는 못 견디겠어."

순례자는 그렇게 중얼거리며 잠시 쉴 만한 곳을 찾아 주위를 둘러보았습니다. 마침 거기서 멀지 않은 곳에 한 그루의 나무가 무성한 잎을 자랑하며 서 있는 것이 보였습니다. 그는 돌연한 행운을 기뻐하며 그리로 다가갔습니다. 다행히도 신기루는 아니었습니다. 그는 무너지듯 그 나무 아래 주저앉아 눈을 감고 조용히 피로가 가시기를 기다렸습니다.

주저앉아 졸 듯 쉬고 있던 순례자가 이윽고 눈을 떴을 때, 먼저 그를 감탄시킨 것은 자신이 기대 쉬고 있는 나무의 무성한 잎가지와 거기서 뿜어져 나오는 향기였습니다. 메마르고 거친 벌판에 드리워진 그 나무의 그늘은 지친 나그네에게는 그대로 하나의 축복이었습니다. 그게 너무 고마워 순례자는 손바닥으로 그 우람한 나무 등걸을 쓸며 다정하게 물었습니다.

"참으로 아름답고 갸륵한 나무구나. 너의 축복은 잠시나마 내 지독한 갈증과 피로를 잊게 해 주었다. 네 이름은 무엇이며, 너는 어떻게 여기 서 있게 되었느냐?"

그러자 나무가 대답했습니다.

"자신의 내력을 안다는 것은 자신의 미래를 아는 것만큼이나 어려운 일이지요. 저도 세상의 온갖 지방을 지나온 바람과 구름의 노래며, 항시 눈떠 있는 저 푸른 하늘이 귀띔해 주지 않았더라면 제 내력을 영영 모를 뻔했습니다.

그들이 일러준 바에 따르면 저는 그 옛날 '뮤즈'의 수금(竪琴)이었다고 합니다. 그러나 어느 날 끝내 자기의 노래에 지치고, 그 메아리인 저의 음률에도 싫증을 느끼신 '뮤즈'께서는 저를 지상의 혼돈 속으로 팽개치고 말았습니다. 처음 얼마간 저는 슬프고 괴로운 세월을 겪어야 했지요. 그러나 이윽고 저는 당신들의 공포와 원망(願望) 속에 뿌리를 내리고, 당신들의 눈물과 웃음으로 싹을 틔우게 되었습니다. 그 괴로운 외침을 자양 삼아 가지가 뻗고 외롭고 슬픈 몸부림을 햇볕 삼아 잎이 무성해졌다고도 합니다.

좀 전에 당신은 제 이름을 물으셨지만 그건 너무 많아 저 자신도 다 외지 못할 정도지요. 거창하게는 저를 구원이나 해방이라고도 하지만, 어떤 이는 도피나 미혹이라 부르고 혹은 장식이나 도구라고도 합니다. 심지어는 낭비나 사치라고 불릴 때도 있지요. 그래도 위로가 되는 것은 그런 이름이 대부분 이름 붙인 사람들의 자의(恣意)일 뿐이라는 것입니다."

"그런데 ─."

거기서 순례자는 문득 말머리를 돌렸습니다. 어느 정도 피로가 가시자 못 견디게 배고픔이 느껴진 탓이었습니다.

"결국 네가 줄 수 있는 것은 휴식뿐이냐?"

180

"대강 그런 셈이지요. 제게도 열매와 수액이 있습니다만 그건 반드시 크나큰 대가를 치른 뒤라야만 얻을 수 있으니까요."

"그 대가가 무엇이냐?"

"당신의 심장을 찢어 그 피를 제게 뿌려주십시오. 당신의 뼈와 살도. 그럼 저는 향기롭고 시원한 수액과 달고 자양 많은 열매를 드리겠습니다."

그러나 순례자는 적이 실망한 듯 물었습니다.

"이미 육신이 없어진 후에 그것들이 무슨 소용이냐?"

"비록 육신은 없어져도 당신은 그때부터 영원 속에 머물게 됩니다. 내 열매와 수액은 그 양식이지요."

그 말을 들은 순례자는 한동안 생각에 잠겼다가 다시 물었습니다.

"내가 내 심장을 찢고, 이 살과 뼈를 바치기만 한다면 그것들을 꼭 얻을 수는 있느냐?"

그러나 나무는 자신 없는 듯 머뭇거리다가 대답했습니다.

"확실히 몇몇 사람은 그것들을 얻었습니다. 하지만 솔직히 말씀드리면 헛되이 희생만 치른 쪽이 더 많았지요. 특히 심장까지는 쉽게 찢었다가 살을 다지고 뼈를 바수는 데 겁을 먹고 떠난 이들에게 심했습니다. 온전히 자신을 바치기만 하면 크건 작건 여기서도 무엇인가를 얻게 되지만, 그렇게 떠난 이들은 여기에서처럼 다른 곳에서도 끝내 아무것도 얻을 수 없었지요. 거기다가 이미 심장이 찢긴 탓인지 대개는 이 앞 언덕도 넘지 못하고 죽어가기 일쑤였습니다."

"실은 나도 겁난다. 확실하지도 못한 것을 위해 애써 기른 내 몸이 여기서 썩고, 슬기로운 심장이 찢겨 그 피로 이 땅을 적셔야 한다는 것은. 나는 다시 떠나보련다. 그래도 나는 아직 젊고, 근육엔 힘도 남았으니. 잘 쉬었다, 나무여."

자신의 백발과 주름을 모르는 순례자는 그렇게 말하고 용기 있게 출발했습니다. 그러나 오래잖아 그의 목은 다시 타는 듯하고 다리는 휘청거리기 시작했습니다. 그 나무 아래서 쉬기 전보다 몇 배나 심한 갈증과 피로였습니다. 그리하여 마침내는 그도 많은 불행한 이들의 뼈가 널려 있는 조그만 언덕에 주저앉게 되고 말았습니다. 그 언덕 아래 멀지 않은 곳에는 무성한 숲이 시원한 샘과 풍성한 열매를 암시하며 손짓하고 있는 듯이 보였습니다. 그리고 그 반대편에서는 방금 떠나온 나무가 구원의 약속 같은 애매한 빛으로 때늦은 애착을 자아내는 것이었습니다.

그러나 그는 어느 쪽을 향해서도 몸을 움직일 수 없었습니다. 설령 움직일 수 있다 하더라도 너무나도 정확하게 일치하는 양쪽까지의 거리와 양쪽 모두에 대한 기대 때문에 어느 쪽도 선택하지 못할 위치였습니다. 그는 막연한 절망 속에서 마침내는 길게 드러눕고 말았습니다.

"할 수 없는 일이었어. 여기까지는 쉬지 않고 열심히, 그리고 남보다 다소 빨리 왔지만 그건 결국 나를 이렇게 쓰러뜨릴 운명의 저주에 지나지 않았어. 하지만 — 어쩔 수 없지……. 이게 나를 지으신 이의 뜻이라면."

그러고는 다시는 뜨지 않을 듯 두 눈을 지그시 감아버렸습니다.

그런데 얼마나 시간이 흘렀을까요. 정신을 잃고 쓰러져 있던 순례자는 부드러운 손길이 어깨를 흔드는 바람에 눈을 떴습니다.

"이보세요. 일어나세요. 이런 데서 잠드시면 당신도 저기 저 백골들처럼 영원히 일어나지 못하게 돼요."

귓가에 아련하게 들려오는 것은 의외에도 젊은 여자의 목소리였습니다. 간신히 초점을 모아 살피니 한 여순례(女巡禮)가 측은하다는 표정으로 그를 내려다보고 있었습니다. 아마도 길 떠난 지 얼마 안 된 모양으로 혈색 돌고 팽팽한 얼굴에는 아직 낯선 세계를 향한 동경과 방금 지나온 풍경에 대한 감탄이 지워지지 않고 있었습니다. 깨어난 그에게서 손길을 거두는 그녀의 몸짓에는 한점 피로의 그늘도 없었고, 옷깃에는 먼지조차 앉지 않은 산뜻한 차림이었습니다.

"아아, 하지만 여순례여, 나는 이제 한 발짝도 더 걸을 수가 없소. 나는 지금 지쳐 있고, 목마름과 주림에 시달리고 있소……."

그러자 그녀는 잠시 연민의 눈길로 그를 내려다보더니, 지니고 있던 물통을 열어 물 한 모금을 나누어주었습니다. 순례자는 다디달게 그 물을 마셨습니다. 갑자기 눈앞이 환히 밝아오는 느낌이었습니다.

"지금 어디로 가시는 중이죠?"

그녀는 그가 정신이 든 것을 반가워하며 물었습니다.

"실은 나도 그걸 모르고 있소. 나는 한때 영원의 도시나 완전의 숲 같은 곳을 열렬히 동경하며 헤매다녔지만 결국 그런 곳은 찾지 못했소. 다만 남은 것은 이 지독한 피로와 갈망뿐 — 이제는 어디든 이 한 몸 기르며 쉴 수 있는 곳이면 거기에 머물 작정이었는데, 그만 이렇게 쓰러지고 말았소……."

"듣고 보니 참 안됐군요. 아참, 그리고 생각하니, 이리로 오던 길에 당신 같은 분이 쉬기 알맞은 곳이 있던데…… 혹 아실는지 모르지만 이 언덕 저쪽에 나무 한 그루가 서 있었어요. 누구에게든 휴식을 허락한다고 들었는데……."

"알고 있소이다. 여순례여. 나도 잠깐 그 그늘에서 휴식을 취해 본 바 있었소. 하지만 유감스럽게도 목마름과 주림 때문에 떠나지 않을 수 없었소. 물론 가장 좋은 휴식은 잠이고, 잠 중에서 가장 깊은 것은 죽음이란 말이 있지만, 그래도 우리가 살아 있는 한 목마름과 주림은 어쩔 수 없이 고통일 뿐이오."

"그 나무에는 열매가 맺고 수액도 흐르는 것 같던데요."

"그러나 그 나무는 내게 그것들을 주는 대가로 내 전부를 원했소. 나는 그 나무를 위해 심장을 찢고 뼈와 살을 바수어야 하는 것이 두렵소. 하지만 더욱 두려운 것은 그 불확실한 보상이오. 내가 온몸의 피를 쏟아 그 뿌리를 적시고 뼈와 살을 짓찧어 거름으로 바쳐도 반드시 그 열매와 수액을 얻을 수 있을지는 알 수 없다는 것이오. 생각해 보시오. 모든 것을 다 바치고도 끝내 아무것도 얻을 수 없다면 그보다 더 끔찍한 일이 어디 있겠소……."

"그럼 어떻게 하시겠어요?"

"우선은 저쪽에 보이는 저 숲으로 가 보겠소."

"거긴 공룡과 까마귀들의 숲인데요."

"내 근육으로 몸을 기를 수 있고 피로할 때 누울 한 조각의 땅만 있다면 따지지 않을 작정이오."

"하지만 거기서는 그 대가로 당신의 머리를 원할지 몰라요."

"그래도 — 아, 내 타락을 비웃지는 마십시오. 저 나무보다는 차라리 그쪽이 나을 것 같소. 지금 내게는 불확실한 전부보다는 확실한 일부가 필요하오."

"그러세요? 그럼 이제 헤어져야겠네요. 제가 가는 곳은 다르니까요."

"잠깐만, 여순례여. 제발 한마디만 들어주십시오."

그때 순례자는 갑자기 이상한 충동에 사로잡힌 듯 떠나려는 그녀를 불러 세웠습니다. 그리고 자못 열정에 들뜬 목소리로 말하는 것이었습니다.

"당신을 대하고부터 내 가슴에는 알지 못할 힘이 샘솟는 듯하오. 만약 당신께서 나와 함께 걸어주신다면 세상 어디에라도 훌륭히 이를 수 있을 것 같소이다만……. 혹, 그런 보시를 내게 베풀 수는 없소?"

혼신의 힘으로 그렇게 말한 순례자는 간절한 눈길로 그녀를 올려다보았습니다. 그러나 그사이에도 갈 길이 늦어지는 게 초초한

듯 줄곧 주위를 살피고 있던 그녀는 그 말을 듣자 상냥스럽기는
하나 냉정하게 잘라 말했습니다.

"순례님, 저를 좋게 보아주시는 것은 고맙지만 결국 우리들의
길은 각기 다른걸요. 작은 인연으로 너무 큰 부탁은 말아주세요.
제가 당신에게 물을 나누어준 것은 당신이 쓰러져 있었기 때문이
었지, 그 밖에 다른 뜻이 있었던 것은 아니니까요."

그 말을 들은 순례자는 힘없이 고개를 떨어뜨리며 말했습니다.

"아 그러셨습니까. 여순례여. 제 무례를 용서해 주십시오. 제가
그만……. 그럼 안녕히 가십시오."

그러자 그녀는 안심한 듯 가벼운 발길로 자기의 길을 걷기 시작
했습니다. 하지만 그녀가 몇 발자국 옮기기도 전에 순례자가 다시
그녀를 불러 세웠습니다.

"인정 많은 여순례님이여. 나는 당신에게 귀한 빚을 지고 갚을
약속도 않았소. 혹 당신은 제게 무얼 원하는 게 없으신지요? 무어
든 당신에게 보답할 수 있는 길은 없을는지요?"

그녀는 걸음을 멈추고 잠시 무얼 생각하는 눈치였습니다. 그러
나 이내 가볍게 웃으면서 대답했습니다.

"있긴 하지만 — 당신께선 해 주실 수는 없을 텐데요."

"그게 무엇인지……."

"해를 따주세요, 해를."

"해라고요? 저 하늘의 해?"

"그래요. 하지만 어쩌다 베푼 물 한 잔 값으로가 아니고 — 제

모든 것을 걸 수도 있는 소망이에요. 해를 따주신다면 조금 전 제게 하신 부탁까지 들어드릴 수도 있어요. 당신이 원하는 곳까지 어디까지든 함께 걸어드리죠."

그러면서 그녀는 정말로 열렬한 눈빛이 되어 하늘을 쳐다보는 것이었습니다.

"저는 지금 무지개의 도시를 찾아가는 길이에요. 그런데 사람들이 말하기를 만약 해를 가진 남자를 만나면 힘들여 그곳을 찾아가지 않아도 무지개를 얻을 수 있다는 거예요."

그런 그녀를 본 그 순례자는 문득 이상한 힘에 내몰려 자신도 모르게 놀랄 만한 약속을 하고 말았습니다.

"네, 따드리지요. 그러나 지금 하늘에 있는 저것은 이 세상 모두의 것으로 두어 두십시다. 약속하건대 분명 저것에 못지않게 크고 밝고 뜨거운 해를 따드리겠습니다.

나는 이 긴 순례 도중에 '태양의 도시'에 대해 들은 적이 있습니다. 그곳 주민들은 모두 정원에 '해나무'를 가꾸고 있고 그 가지에는 해가 주렁주렁 열린다고 하였소. 어디에 있건 그 도시를 찾아내 그중 가장 훌륭하고 또 당신의 마음에 들 놈을 따오겠습니다."

그리고 그는 벌떡 일어나서 계속했습니다.

"그러고 보니 더욱 감사하고 싶소. 오랜만에 내게도 목표가 생기게 되었으니 나도 이제 힘을 내어 다시 떠나보겠습니다. 아름다운 여순례시여. 무지개의 도시를 찾아 세상을 돌다가도 삼 년마다 한 번씩은 저 나무 아래로 와주십시오. 혹, 오랜 세월이 걸리게 되더라도 결코 포기하지 마십시오. 나는 어느 때고 해를 손에 넣기만 하면 그리로 달려가 당신을 기다릴 테니까요. 그러나 — 거기서 그의 목소리는 지금까지와는 달리 쓸쓸하게 변했습니다.

"불행히도 끝내 해를 얻지 못하고 어느 낯선 길 위에서 내가 죽게 되는지도 모르지요. 세상 어느 길을 걷다가도 심장이 뜨거워 썩지 않고 있는 시체를 보거든 그게 나인 줄 알고 물 한 잔이라도 끼얹어주십시오. 설령 그렇게 숨을 거두더라도 내 심장은 당신을 향해 타오르던 열정으로 오랫동안 식지 않을 테니까요."

그녀가 약간의 감동을 나타내며 승낙하자 순례자는 가벼운 목례와 함께 자기의 길을 떠났습니다. 얼마 전까지만 해도 지쳐 길가에 쓰러져 있던 이라고는 아무도 짐작할 수 없을 만큼 씩씩한 발걸음이었습니다. 여순례도 이윽고 그곳을 떠나 제 갈 길을 갔습니다.

도중 몇 번인가 다시 목마름과 어지럼증을 느꼈지만, 그때마다 떠오르는 그 여순례의 환상과 이상하게 더워 오는 심장에 힘입어 그 순례자는 무사히 첫 번째 숲에 이르렀습니다. 가까이 가 보니 지난날에 한 번 부근을 지나쳤던 기억이 났습니다. 그때는 이상한 두려움과 혐오감으로 들어가 보기를 거부했던 숲이었습니다. 그는 우선 그곳에서 쉬면서 '태양의 도시'로 가는 길을 좀 더 자세히 알아볼 작정이었습니다.

그 숲 입구에는 유난히 몸집이 큰 공룡과 새까만 까마귀 한 마리가 파수를 보고 있다가 다가오는 그를 맞았습니다.

"당신은 이 숲의 주민이 아닌 것 같은데요?"

"그렇습니다. 저는 한 순례자입니다."

"이 숲에 머물 작정이신가요?"

"잠시 동안은. 실은 '태양의 도시'를 찾아 해를 따려고 합니다만, 혹 그 도시가 이 숲에 있다면 바로 이곳이 목적지가 되는 셈이죠. 그래서 해를 손에 넣거나, 또는 그런 도시가 이 숲에 없다는 것이 명백해지면 어쨌든 저는 이곳을 떠날 겁니다."

"태양의 도시라고요? 그런 건 이 숲속에 없어요. 해는 몇 개 있습니다. 그러나 따기는 힘들 것입니다. 그건 대단히 높은 곳에 달려 있으니까요."

"그래도 해만 있다면 한번 노력해 보겠습니다. 저는 어떤 고귀한 사람에게 해 하나를 빚졌으니까요. 꼭 — 갚아야 합니다."

순례자는 문득 그 고귀한 사람이 누구인가를 자랑하고 싶어졌습니다. 그사이 여순례의 환상은 그의 머릿속에서 전보다 몇 배나 아름답고 신비한 것으로 자라 있었던 것입니다. 그러나 공룡은 사무적으로 답했습니다.

"굳이 그렇다면 들어가 보십시오, 하지만 머리는 이곳에 맡겨두고 들어가십시오. 당신이 이 숲에 영주할 생각이라면 소각 처분해 버리겠지만, 잠시 머물 것이라니 주의해서 보관하겠습니다."

"하지만 그래서는 도무지 아무것도 할 수 없을 텐데요."

순례자가 놀라 항의했습니다. 그러나 공룡은 타이르듯 설명했습니다.

"제 말을 믿으시오. 이 숲에서는 그렇게 큰 머리가 필요 없어요. 오히려 거추장스러울 뿐이죠. 저를 보세요. 제 이 육중한 체구에 비해 거의 있으나마나 한 머리지만 이 숲에서 살기에는 아무런 어려움이 없습니다. 그리고 —."

아직도 잘 알아듣지 못해 멍하니 서 있는 그를 힐끗 살핀 공룡은 다시 덧붙였습니다.

"몸에도 먹칠을 하고 가십시오."

"그러면 혹시 아는 사람이 있어도 저를 알아보지 못할 텐데요."

그러자 이번에는 옆에 서 있던 까마귀가 거들었습니다.

"한번 들어가 보면 아시겠지만 이곳에서는 서로 알 필요가 없어요. 모든 사람이 당신의 적이고 경쟁자니까. 당신은 그 검은색 속에다가 자신을 감추지 않으면 안 됩니다. 두고 보세요. 당신은 오래잖아 우리의 충고가 얼마나 유익했는지 아시게 될 겁니다."

그래서 그 순례는 보관증을 받고 머리를 맡긴 후 몸은 검게 염색을 하고 안으로 들어갔습니다. 얼마 되지 않아 숲은 성난 외침과 신음, 욕설, 저주 따위로 시끄러워지고 피비린내와 썩은 냄새로 역겹기 시작했습니다. 그러나 순례자는 꾹 참고 해가 걸려 있다는 숲 가운데로 걸어 들어갔습니다.

과연 해는 있었습니다. 숲 가운데 높직한 곳에 걸려 있는 그 해 아래는 수많은 그 숲의 주민들이 모여 저마다 그걸 따려고 아우성을 치는 중이었습니다. 그는 잠시 한구석에 지켜 서서 그들이

190

하는 양을 살폈습니다. 얼핏 보기에 그들이 해에 접근하려는 노력은 구구각색이었지만 실제로는 몇 가지로 대별할 수 있었습니다.

그중에 하나는 동료를 이용하는 것이었습니다. 그들은 무지막지한 힘이나 달콤한 속임수로 동료들을 끌어모아 인간의 산을 만들었습니다. 아홉 명 위에 세 명이 서고, 세 명 위에 우두머리 하나가 올라서는 식인데, 높아지면 높아질수록 엄청난 숫자의 사람들이 필요했습니다. 그 숲의 소란은 대부분이 그 때문에 더 많은 사람들을 끌어들이려는 위협이나 거짓 약속 탓이었습니다.

다른 한 방법은 자기의 소유를 쌓아 올리는 방법이었습니다. 그들은 열매며, 고기며, 가죽이며, 무엇이든 그들의 손에 닿는 것이면 닥치는 대로 끌어모았습니다. 그러나 정직한 근육이 모을 수 있는 것은 보잘것없었습니다. 거기서 갖가지 참혹하고 추악한 일들이 벌어졌습니다. 높이 오를수록 더 많은 소유가 필요한 그들은 이웃의 다음 끼니를 서슴없이 빼앗고 헐벗은 자의 마지막 껍데기를 벗겨갔습니다. 나머지 숲의 소란은 바로 그 빼앗기고 도둑맞은 자들의 탄식과 저주 때문이었던 것입니다.

한동안 그런 그들을 살피며 요령을 터득한 그 순례자는 먼저 그 숲의 열매와 샘으로 원기를 회복한 후 그들 가운데로 뛰어들었습니다. 그리고 이윽고는 원하던 해 하나를 따 내렸습니다. 그가 어떤 방법을 이용했는지는 모르지만, 그곳 사람들에게서 보고 배운 방법 중 하나를 택했을 것입니다. 거기다가 오랜 순례로 단련된 근육과 넓어진 견문도 그의 성공을 도왔을 것임에 틀림없습니다.

기쁨에 찬 그는 급히 그 숲을 빠져나왔습니다. 머리도 찾고 몸도 씻고 — 올 때와는 딴판으로 날듯이 약속장소로 돌아갔습니다.

"나무여, 나는 마침내 해를 땄다. 너는 잘 모를 테지만 이 해는 내게 새로운 삶을 가져올 것이다. 나는 곧 아름답고 슬기로운 길동무를 얻게 될 것이고, 그녀와 함께 내가 일찍이 잃어버린 영원의 도시나 완성의 숲으로 다시 출발할 것이다."

그는 자랑스레 그 나무에게 말했습니다. 그리고 그때 그곳을 떠난 후 어떤 일이 있었던가를 자세히 털어놓았습니다. 흥미롭게 그의 얘기를 듣던 나무는 한참 동안 말없이 생각에 잠겼다가 조용히 말했습니다.

"순례여, 당신은 무얼 잘못 보신 거나 아닌가요? 해란 그렇게 쉽게 딸 수 있는 것이 아닙니다. 당신의 행운을 의심하기는 안됐지만 이제 다시 그걸 꺼내 확인해 보시지요."

그 목소리에는 어딘가 비웃으면서도 측은하게 여기는 투가 섞여 있었습니다. 순례는 그걸 이상하게 여기며 품 안에 고이 싸안고 온 해를 꺼내 보았습니다. 그런데 이게 웬일입니까. 그가 여태껏 해라고 믿었던 것은 하나의 하얀 사기 공[瓷球]에 지나지 않았습니다. 그는 놀라움과 슬픔으로 말이 막힌 채 아득히 서 있기만 했습니다. 그때 나무가 슬기로운 목소리로 말했습니다.

"가엾으신 분이여. 그건 그 숲에서 흔히 해로 오인되는 사기공일 뿐입니다. 그것이 그토록 빛났던 것은 그걸 열망하는 숱한 이들의 눈빛 때문이었지요. 그 눈빛들이 반사되어 해처럼 빛났던 것입니다.

안됐지만 어서 빨리 이곳을 떠나십시오. 그 여순례분이 와서 당신의 형편없는 안목을 비웃기 전에. 가서 진짜 해를 따오십시오.”

적이 실망하여 새로운 길을 떠난 순례자는 그 후 오랜 세월을 헤맨 끝에 어느 이상한 얼음벌판에 이르렀습니다. 대지의 끝에서 불어오는 바람은 그의 영혼까지도 얼게 할 만큼 차고 매서웠습니다. 해를 향한 무서운 집념으로 나아가고 있기는 하지만 그는 차츰 절망과 죽음의 공포에 빠져들기 시작했습니다. 결국 자신은 그 이름 모를 얼음벌판에 쓰러져 죽게 운명 지어져 있는 것이나 아닌가 하고.

그러다가 그 한 곳에서 겨우 그는 한 줄기 희망의 징표를 찾아냈습니다. 그것은 작은 팻말이었는데 거기에는 이렇게 씌어 있었습니다.

‘나를 넘어서면 멸망당한 노래가 있고,

나를 넘어서면 저주받은 환상과 유폐된 열정이 있나니.

내 땅에서는 아무것도 썩지 않고 변하지 않으며,

사라지지 않고 잊혀지지 않으리니.’

그리고 그 곁에는 더운 피를 가진 자는 심장을 그곳에 남겨두고 들어올 것을 요구하고 있었습니다. 좀 요령부득인 팻말이었으나 순례자는 시키는 대로 했습니다. 그 한구석에 잘 만들어져 있는 보관함에다 심장을 맡긴 뒤 앞으로 나아갔습니다.

불어오는 바람이 간간 실어오는 인가의 소음을 따라 걷던 그 순례자는 이윽고 어떤 마을에 도착했습니다. 먼저 그의 눈에 띈 것은 그곳 주민들의 기괴한 모습이었습니다. 머리통이 몸보다 큰 대신 팔다리는 턱없이 가늘고 약해 문어처럼 생긴 탓이었습니다. 그들은 그런 머리로 무언가를 끊임없이 생각하고, 읽고, 조사하고 기억했습니다. 다가오는 그에 대해서는 전혀 알은체도 않으면서 말입니다.

순례자는 그들의 철저한 무관심에 갑자기 야릇한 불안을 느끼며 마을 가운데에 있는 어느 집으로 들어갔습니다.

"여보십시오. 저는 지나가는 나그네입니다만……."

그러나 무엇인가 자기의 일에 골몰한 채, 전혀 듣고 있는 기색이 없었습니다.

"보십시오, 주인어른. 저는 이곳을 지나가는 나그네인데……."

그는 한 번 더 말했습니다. 그러나 여전히 주인은 자기의 생각에서 깨어나지 않으면서 짜증스레 말했습니다.

"계속하라니까."

"이곳은 어디며―."

"팻말을 보았을 텐데."

"부근에 태양의 도시가 있는지―."

"그런 어리석은 지명은 없어."

"해는 ―."

"거의 집집마다 하나씩 있지."

"또 저는 지금 추위와 굶주림으로……."

"용건만."

"따뜻한 화덕 가와 먹을 것을 좀……."

"이곳에서는 불이 금지돼 있어. 그것은 모든 부패와 게으름의 원인이지. 찬 고기포라면 좀 나눠줄 수 있지만."

별수 없이 그는 찬 고기포 한 조각으로 배를 채운 후 쫓기듯 그 집을 나왔습니다. 심장을 마을 어귀에 남겨둠으로써 물고기처럼 피를 식힌 것은 참으로 잘한 일이었습니다.

그 나라 대부분을 덮고 있는 눈과 얼음처럼 그곳 사람들의 마음 역시 맑았으나 또한 그처럼 차고 딱딱했습니다. 이미 들은 대로, 해라고 불리는 것은 여기저기 있었지만 오히려 너무 흔한 것이 문제였습니다. 저마다 하나씩 해를 따가지고 있는데도 하늘에는 여전히 수많은 해가 걸려 있었기 때문입니다. 한 번 쓴맛을 본 적이 있는 그는 진짜 해가 어떤 것인지를 조심스레 살폈습니다.

하지만 그 모든 해들이 어찌나 어슷비슷한지 그 역시 그중의 하나를 따는 수밖에 없었습니다. 그는 강파르고 미끄러운 얼음산 꼭대기에 있는 해 하나를 땄던 것인데, 위로가 있다면 그게 다른 것들보다 좀 크고 빛난다는 정도일까요.

그가 그 해를 따는 과정에서 겪은 고생은 새삼 말할 필요가 없겠지요. 그러나 막상 그걸 손에 넣자 그는 한 번 더 근심에 빠지지 않을 수 없었습니다. 그가 약속한 것은 뜨겁고 밝고, 빛나는 해였는데, 방금 따 내린 것은 적은 온기도 느낄 수 없는 싸늘한 것이었습니다.

그는 한동안 망설였습니다. 어차피 그곳의 해는 모두 싸늘하다는 것과 그때쯤 한결 깊어진 여순례에 대한 그리움이 아니었던들, 그는 다시 다른 해를 따려 들었을 것입니다. 어쨌든 속으로는 어느 정도 불안하면서도 그는 일단 여순례와 약속한 나무 아래로 돌아갈 결심을 했습니다.

그런데 ─ 곧 놀라운 일이 벌어졌습니다. 순례자가 그 나라를 벗어나 점차 따뜻한 지방으로 접어들게 되면서 그 해가 천천히 녹기 시작한 것입니다. 그리하여 그가 가까스로 그 나무 아래 도착했을 때, 그때껏 해라고 믿고 소중히 안고 온 그것은 겨우 주먹만한 얼음덩어리로 변해 있었습니다. 그는 다시 놀라움과 슬픔으로 미칠 것만 같았습니다.

"아아, 나는 아직도 얼마나 먼 길을 걸어야 태양의 도시에 이를 것인가? 얼마나 많은 땀과 눈물이 뿌려져야 참된 해를 딸 수 있다는 것인가? 세월은 속절없이 흐르고, 나의 몸과 마음은 이렇게 지쳐 있건만……."

그때 그 나무는 속삭이듯 나직이 말했습니다.

"아마도 그런 곳은 없을지 모릅니다. 순례여. 세상에 확실한 것이라고는 하나도 없다고 하니까요. 차라리 그 열정과 노력으로 나를 가꾸며 이곳에 머무는 게 어떠하신지."

그러나 순례자는 마지막 남은 힘을 모아 새로운 길을 떠났습니다. 설령 어느 낯선 길모퉁이가 외로운 무덤이 된다 해도, 그런 그의 시체 위에 부어줄 여순례의 물 한 잔이면 보람으로 충분할 것 같았습니다. 그간의 어려움을 통하여 그녀에 대한 연모는 그만큼 더 깊어져 있었던 것입니다.

그 출발에서 순례자가 먼저 들렀던 곳은 '은혜의 도시' 혹은 '약속된 땅'이라고 불리는 곳이었습니다. 그곳에는 '해나무'도, 딸 수 있는 해도 없지만 믿고 기다리면 하늘에서 해가 떨어진다는 전설이 있어 많은 사람들이 몰려 있었습니다. 순례자도 그 사람들 틈에 끼어 기다리기 시작했습니다. 그러나 있는 것은 오래된 전설과 자기만이 그 전설의 수혜자로 선택되었다는 근거 없는 믿음뿐, 아무리 기다려도 해가 떨어져 주는 일은 없었습니다.

"저, 실례지만 얼마나 기다리셨습니까?"

기다리다 지친 순례자는 곁의 사람에게 물어보았습니다.

"오십 년째 됩니다. 이제 나는 곧 해를 얻게 될 겁니다."

그 사람은 광신에 번쩍이는 눈으로 그렇게 대답했습니다. 놀란 순례자는 이번에는 다른 사람에게 물어보았습니다. 그 사람은 무려 이백 년이나 기다려온 사람이었지만 대답은 한결같았습니다. 그제야 놀란 순례자는 이 사람 저 사람에게 물어보았습니다. 그런데 이게 웬일입니까. 이천 년 삼천 년씩 기다린 사람도 있었지만, 휘황한 것은 전설뿐 누구도 해를 얻기는커녕 해를 얻는 것조차 본 사람이 없었습니다.

"설령 해를 얻는다고 해도 그렇게 기다릴 순 없어. 거기다가 아무도 해를 얻는 것조차 본 적이 없으니……."

그런 탄식과 함께 그곳을 떠난 순례자는 다시 한없이 걸었습니다. 수많은 산을 넘고 벌판을 가로지르며 갖가지 피부의 주민들이 사는 도시와 마을을 지났습니다. 그리하여 마침내 그는 어떤 넓은 강가에 도착했습니다. 멀리서 보기에는 붉은 탁류가 흐르는 것 같았으나 가까이서 보니 그 물결 하나하나는 작으나 맹렬한 불꽃이었습니다.

그는 잠시 뜨겁게 타오르는 그 강을 바라보며 망연히 서 있었습니다. 그런데 그때 그 강물 속 깊은 곳에서 유혹의 노랫소리가 들려왔습니다.

'나를 지나면 다함없는 봄,
꽃은 시들지 않고 사랑은 영원하여라.'

순례자는 잠시 그 노래를 의심했지만, 어쨌든 그 강을 건너보기로 마음먹었습니다. 어쩌면 맞은편 언덕이야말로 그가 찾고 있는 태양의 도시일지도 모른다는 의심이 들었던 것입니다. 과연 그 불꽃들은 뜨겁고 맹렬했습니다. 그리하여 그가 간신히 맞은편 언덕에 이르렀을 때는 머리와 팔다리는 형편없이 오그라들고 부푼 심장만이 유난히 큰 이상한 모습이 되고 말았습니다.

처음에는 순례자도 너무나 기형적으로 변한 자기의 모습에 당황했습니다. 그러나 막상 마을로 접어들자 그는 이내 안도의 숨을 내쉴 수 있었습니다. 그곳 주민들의 모습 역시 그와 같아서 조금도 외로움이나 거리감을 느낄 필요가 없기 때문이었습니다.

자신을 얻은 그는 그제야 주위를 둘러보았습니다. 정말로 아름다운 나라였습니다. 들판은 온통 향기로운 꽃과 진귀한 나무들로 뒤덮이고, 그윽한 골짜기마다 수정처럼 맑은 냇물이 흐르고 있었습니다. 그 모든 것들이 얼마나 황홀했던지 그는 한동안 자신의 목적도 잊고 무작정 나아가기만 했습니다.

그러다가 지금껏 그가 보아온 그 어떤 것보다 아름다운 풍경 속에 자리 잡은 작은 도시를 만나고서야 그는 퍼뜩 정신이 들었습니다. 말로만 들은 태양의 도시와 여러 가지로 흡사한 곳이었습니다. 그는 가슴을 두근거리며, 그곳으로 들어가 그중 가장 훌륭한 정원을 가진 집 대문을 두드렸습니다. 그리고 친절히 맞는 주인에게 태양의 도시를 물었습니다. 주인은 잠시 생각에 잠겼다가 천천히 대답했습니다.

"나그네여, 당신은 내게 태양의 도시를 물었소. 그러나 나는 선뜻 대답하기 어렵소이다. 과연 우리는 스스로 이 도시를 태양의 도시라고 부르고, 정원에 무성한 나무를 해나무[太陽木]라고 이름 짓기는 했소이다만, 실제로 그런지는 아무도 모르오. 우리는 다만 그렇게 믿을 뿐이외다."

"그 나무는 어떻게 기르는데요?"

"사랑이오. 우리의 심장이 유독 발달하게 된 것은 바로 그 사랑을 위해서요. 열매 또한 그 사랑의 크기에 비례하지요. 보고 싶다면 보여드리겠소이다."

그 말을 들은 순례자는 기대에 차 정원으로 따라 들어갔습니다. 거기에는 여태껏 한 번도 본 적이 없는 나무 한 그루가 금빛 줄기와 녹옥(綠玉) 같은 잎새를 번쩍이고 서 있었습니다. 그리고 잎새 사이에 탐스럽게 열려 있는 것은 분명 그렇게도 애써 찾아다니던 해였습니다. 그는 그걸 확인하자마자 앞뒤 없이 주인에게 간청했습니다.

"저건 해가 틀림없습니다. 자비롭고, 인정 많으신 주인이여, 제게 저 열매 하나를 주실 수는 없으신지요?"

"당신이 저걸 해라고 믿으신다면 기꺼이 드리겠소. 비록 가꾸는 것은 우리지만 그 소유는 누구든 믿는 사람에 속하게 되어 있으니까."

주인은 뜻밖에도 쉽게 승낙하며 그중에서 가장 굵고 충실한 것을 따 내려주었습니다. 그걸 얻은 순례자는 기쁨 속에 돌아가는 발걸음을 곱절이나 빨리했습니다.

"아, 나는 드디어 해를 땄다!"

순례자는 다시 먼 길을 걸어 약속된 나무 아래로 돌아갔습니다. 그러나 그 여순례는 아직도 돌아오지 않고 있었습니다. 그가 까닭 없이 초조하게 기다리는 동안 그 나무가 전처럼 말을 걸었습니다.

"이번에는 정말로 태양의 도시를 찾으신 모양이군요."

"그래, 그것은 저 불타는 강 건너에 있었지. 나는 거기서 이 해를 얻었다."

순례자는 그렇게 자랑스레 말하면서 해를 꺼냈습니다. 그걸 본 나무는 돌연 이상한 듯 가지를 떨며 말했습니다.

"그 해는 제 열매와 퍽 닮은 것이네요. 약간 뜨겁게 빛나는 것 외에는……. 어디 그 껍질을 한번 벗겨 보세요. 왠지 제 열매에 무엇을 씌운 것 같아서요."

이미 여러 번 그 나무의 예리한 관찰력을 경험한 바 있는 순례는 그 해의 한 귀퉁이를 벗겨 보았습니다. 아! 그런데 이게 웬일입니까? 뜨겁고 빛나던 것은 한 꺼풀의 껍질뿐이었고, 속은 한낱 나무열매에 불과했던 것입니다.

"그것 보세요. 당신은 또 속은 겁니다. 그 뜨겁고 빛나는 껍질은 그들의 억지스런 믿음과 맹목적인 사랑이 더께 앉은 것에 지나지 않았지요."

그리고 실망에 빠진 순례자를 그윽하게 바라보다가 이야기를 계속했습니다.

"애초에 당신은 무리한 약속을 하신 셈이지요. 아마도 태양의 도시 같은 것은 없고, 해도 사람이 딸 수 있는 물건이 아닐 겁니다. 그건 다만 인간의 허영과 갈망이 지어낸 미신에 지나지 않을 거예요. 당신이 일찍 찾아다니다가 포기해 버린 영원의 도시나 완성의 숲처럼……. 자, 이제 어떻게 하시렵니까? 그래도 다시 떠나보시렵니까?"

"아니, 이제 나는 늙고 지쳤다. 설령 다시 떠난다 해도 나는 너의 그늘조차 벗어날 기력이 없다. 다만 쉬고 싶다……."

순례자는 서글프게 대답했습니다. 그리고 자신의 초라한 몸을 훑어보고는 회한에 찬 독백을 계속하는 것이었습니다.

"그렇다. 결국 우리는 목적 없는 길을 홀로 걷게 숙명 지어져 있다. 그 허망함과 외로움을 달리기 위해 수많은 신화를 지어내고 자진하여 미신에 젖어들지만 우리는 누구도 그 숙명에서 벗어날 순 없다. 아아, 좀 더 일찍 깨달았다면 나는 지나쳐온 아무 곳에나 머물러 그 평범한 주민이 되었을 것을 — 그리고 가엾은 육신이나 평안하게 길렀을 것을……."

그러는 사이 그의 머리는 전보다 몇 배나 희어지고 수염이며 눈썹까지 하얗게 변했습니다. 등도 활처럼 굽고 온몸은 깊은 주름과 노년의 윤기 없는 피부에 감싸였습니다. 스스로 깨닫게 되는 그 순간을 기다렸다는 듯 한꺼번에 늙음이 덮쳐온 것이었습니다. 그의 얼굴에는 절망과 비통의 굵은 눈물이 번쩍이며 흘러내렸습니다.

"나무여!"

그는 갈퀴 같은 손으로 그 나무의 밑둥치를 만지며 쉬엄쉬엄 말했습니다.

"이제 나는 이처럼 늙음을 맞았으니 죽음도 머지않을 것이다. 뒷날 그녀가 오거든 전해 다오. 그래도 나는 가진 힘을 다하여 약속을 지키려 했으며 온 삶을 들어 그녀를 열망하였음을. 그리고 또 전해 다오. 내가 눈물 속에 죽어갔음을……."

순례자는 잠시 숨을 모은 후에 다시 계속했습니다.

"내 뒤에 올 수많은 나그네들에게도 전해 다오. 어떤 이유로든 해 같은 걸 따겠다는 어리석은 야망을 품지 않도록. 어떤 신화가 어떤 약속을 하든, 가장 좋은 것은 언제나 이 땅과 우리들에게는 속해 있지 않음을 잊지 말도록⋯⋯."

그리고 오래잖아 그는 숨졌습니다.

그 뒤 눈비 오고 바람 부는 계절이 수없이 바뀌었습니다. 순례자의 몸은 그 사이 뼈까지 온전히 썩었습니다. 나무는 그의 시체로부터 자양을 얻어 몇 개의 임자 없는 열매까지 맺게 되었습니다. 그런데 이상하게도 유독 그의 심장만 썩지 않고 남아 세월이 갈수록 서서히 빛과 열을 뿜기 시작했습니다.

그 무렵 여순례가 돌아왔습니다. 그녀 역시 늙은 데다 벌써 오래전부터 피로와 굶주림에 시달려온 듯 예전의 모습은 거의 찾아볼 길이 없었습니다.

"희미하지만 이곳은 내 기억에 있는 곳이다. 아직 젊었을 때 나는 무지개의 도시를 찾아가다 이곳을 지난 적이 있지. 그리고 저 언덕 너머에서 지금의 나만큼이나 지치고 주린 사람을 만난 적이 있었다. 그때는 근거 없는 동정으로만 그를 대했지. 그러나 이제는 그를 알 듯하다. 아아, 이 피로와 주림과 목마름⋯⋯."

그때 그 나무가 그녀의 탄식에 대답했습니다.

"여순례시여, 여기 약간의 열매가 있습니다. 다른 사람의 것이지만 그분도 당신께서 드신다면 기뻐할 것입니다."

그 말을 들은 그녀는 사양 없이 그 열매를 받았습니다. 그리고 허겁지겁 주림과 갈증을 면한 그녀는 다시 그 나무에게 물었습니다.

"그런데 누가 네게 이 열매를 맺도록 하였느냐? 지금 그는 어디에 있지?"

"그는 눈물 속에 죽어갔습니다. 절망과 비통의 눈물 속에……. 벌써 잊으셨습니까, 무정한 분이시여. 당신은 그에게 해를 따달라고 청하지 않으셨습니까?"

"오, 그 순례자. 하지만 내가 그를 전혀 잊은 것은 아니었다. 나는 진작부터 우리에게 속한 것은 무지개뿐이라는 것을 알고 있었다. 그에게 해를 요구한 것은 다만 그때껏 무지개의 환상을 품고 있던 내 젊음의 치기였지. 하지만 그 환상조차 깨어지자 나는 그에 대한 기대는커녕 그와의 약속조차 잊어버렸다. 그래, 그가 해를 따오기라도 했단 말이냐?"

"아닙니다. 하지만 그래도 그는 몇 개의 모조품을 가져오기는 했습니다."

"어떤 것들이냐?"

"아마도 당신 정도는 충분히 속일 만큼 진짜를 닮은 것이었지요. 하지만 그게 모조품이란 걸 알자마자 그는 또 새로운 길을 떠나곤 했습니다. 절망 속에 죽어갈 때까지."

"그런데—."

그녀가 돌연 나무의 말을 중단시키며 놀란 얼굴로 나무 그늘 한쪽을 손가락질했습니다. 그곳에서 어느 때보다 찬연히 빛을 뿜고 있는 것은 바로 죽은 순례자의 심장이었습니다.

"저건 무엇이냐? 비록 작고 초라하지만, 그가 가져왔다는 모조품 같지는 않구나."

그런 그녀의 말에 나무도 놀라 그것을 바라보았습니다. 그러다가 얼마 뒤 나무는 마침내 모든 것을 알았다는 듯 숙연한 목소리로 설명했습니다.

"저건 오랜 세월이 지나도 썩지 않고 남아 있던 그의 심장입니다. 그리고 동시에 저것은 그가 그토록 원하던 진짜 해임에 틀림없습니다. 왜 그의 심장이 해가 되었는지는 저도 모르겠습니다만."

그 말을 들은 여순례는 놀라움과 기쁨으로 그 작은 해를 향해 손을 내밀었습니다. 그러나 순간 그 작은 해는 그녀의 손이 닿지 못할 높이로 훌쩍 떠올랐습니다. 나무가 무어라고 그녀를 나무라기도 전이었습니다. 이어 그것은 점점 높이 떠올라 — 이윽고는 푸른 하늘 한가운데로 사라져버렸습니다.

그 뒤 세상에는 새로운 전설이 떠돌았습니다. 밤마다 하늘에 수없이 반짝이는 별들은 바로 그만한 수의 겸손한 태양으로, 그 순례자의 심장도 그중의 하나가 되었다고. 또 그 일이 있은 뒤 쓸쓸하기 그지없이 죽어간 여순례의 영혼도 하느님의 긍휼히 여기심을 받아 어느 폭포수에 이는 물보라로 되었다고. 그리하여 별이 반짝이는 밤마다 그 폭포에서는 그 별들 못지않게 작은 무지개가 수없이 서고 진다는 것이었습니다.

7
새지 않는 밤

아아, 나는 마침내 영락하고 말았다. 그 무렵, 그러니까 1960년
대 말의 서울에서 나 같은 빈털터리가 안정된 주소를 가진다는 것
은 쉽지 않은 행운에 속했다. 그런데 나는 용케 얻은 그 행운조차
술과 낭비로 망쳐버리고 다시 거리로 쫓겨나고 말았다. 라디오에
서는 벌써 가을이 방매되고 있었지만 한낮의 햇살은 아직도 아스
팔트를 녹일 만큼 뜨겁던 그해 구월 중순의 일이었다.

그전의 일 년 반은 그래도 참으로 좋은 세월이었다. 무엇보다도
하루 세 끼 먹을 것과 누울 잠자리를 근심할 필요가 없었고, 비록
하찮은 생각일망정 언제든 홀로 들어앉아 끄적거릴 수 있는 방과
책상이 있었다. 하지만 그런 기억들이 무슨 소용이란 말인가. 나
는 벌써 여러 날째 그 도시의 이 끝에서 저 끝까지를 터덜거리며

헤매는 아스팔트 위의 방랑자였다.

　물론 그 지경이 될 때까지 내가 두 손 처매놓고 기다리고만 있었던 것은 아니었다. 나도 한때는 막장으로 굴러 떨어지는 내 생활을 어떻게든 되돌려보려고 애를 썼다. 어느 정도 살림살이가 나아진 형에게 간청하여 하숙비를 송금받으면서도 가정교사로 입주했고, 또 따로 시간을 쪼개 그룹 지도까지 겸한 적도 있었다.

　하지만 그때 이미 모든 것은 늦어버린 뒤였다. 조금이라도 값나갈 만한 물건은 모조리 전당포에 가 있었고, 겨울 옷가지는 시장통 술집에, 애써 사 모은 책들은 헌책방에 기한부로 팔려 있었다. 친구건 친척이건 손 벌릴 수 있는 곳이면 모조리 돈을 빌려 썼는데, 그것들까지 합치면 이래저래 내가 메워야 할 빚은 오만 원에 가까웠다. 하숙비가 한 달에 팔천 원 하던 시절이니 그 빚이 얼마만 한 무게로 나를 짓눌렀을까는 쉽게 짐작이 간다.

　거의 견딜 수 없게 된 객지생활의 피로와 단 한 번의 사랑놀이도 한몫을 단단히 했다. 앞의 것은 내 장한 결심을 한 달도 안 돼 허물기 시작했고, 뒤의 것은 하필이면 가장 중요한 시기에 내 시간과 열정을 다른 곳으로 돌리게 만들었다. 거기다가 뒤늦게 내 방탕한 생활 — 형의 표현을 빌리면 — 을 전해 들은 형이 역시 한 달 만에 송금을 끊자 나는 속절없는 영락의 길을 걷지 않으면 안 되었다.

　가정교사로 입주해 있는 집에서는 늦은 귀가와 술 때문에 번번이 쫓겨나고 애써 모은 과외그룹도 불성실한 지도로 흩어지고 말았다. 그리고 할 수 없이 구해 든 하숙집에서조차 돈을 못 내 보름 만에 쫓겨나오고, 그때부터 나는 그야말로 동가식서가숙(東家食西家宿)하는 신세가 되었다. 일이 나빠지려고 그랬는지 그해는 여름방학마저 기약 없이 늘어져 내 비참은 한결 심했다. 낮 동안은 이 다방 저 다방을 전전하며 이미 더 이상 남아 있지도 않은 구원자를 기다렸고, 이것저것 다 틀어진 밤은 서울역 대합실로 가서 밤을 보냈다.

그래도 내가 이제 얘기하려는 밤은 그중 운수 좋은 날에 속했다. 그날 낮에 나는 무슨 계시처럼 꽤 큰 출판사에 근무하는 고향 선배 하나를 떠올리고 그를 찾아갔던 것인데 거기서 뜻밖의 행운을 만났다. 그 선배가 마침 자기들 출판사에서 기획중인 외국 수사물 전집의 번역일 일부를 나에게 빼내준 것이었다. 어차피 번역자의 이름을 빌려줄 사람은 따로 있을 바에야 번역료를 절약하자는 뜻이었겠지만, 어쨌든 경험도 없는 내게 그런 일이 떨어진 것은 분명 그 선배의 호의 덕택이었다. 독립된 두 도막의 수사실화로, 대강 원고지 삼백 장분의 장당 오십 원 — 그것도 내 곤궁을 짐작한 그 선배의 배려로 이천 원이 선불이었다.

저녁까지 배불리 얻어먹고 그 선배와 헤어진 나는 참으로 오랜만에 계획다운 계획을 세워 보았다. 그 돈을 선금으로 어디 하숙을 구해 보자. 열흘 정도면 일은 끝날 것이고, 그러면 나머지 하숙비도 낼 수 있지 않은가. 하지만 이미 날이 저문 뒤여서 그런 하숙집을 구하기에는 너무 늦어 있었다.

할 수 없이 이튿날 하숙집을 구하기로 작정한 나는 한 푼이라도 절약하기 위해 그날 밤은 청량리역 부근의 무허가 여인숙으로 들어갔다. 그러나 막상 자리를 잡고 누우니 새삼 자신이 처량해졌다. 지난날의 떠돌이 시절에도 여러 번 어려운 지경에 빠져보았지만 그때처럼 참담한 기분을 느꼈던 적은 없었다. 한 평도 못 될 것 같은 좁은 방, 이마가 닿을 듯 낮은 천장, 옆방의 기척이 그대로 건너오는 판자벽과 더러운 도배지, 흉측하게 성기만 두드러지게 그려진 음화(淫畵)와 낙서들. 그나마 백오십 원으로 하룻밤을 보내기 위해선 한 사람의 동숙자가 더 들어오기로 되어 있었다.

나는 무엇보다도 그 참담한 기분에서 빠져나오기 위해 일을 시작했다. 몇몇 속어(俗語)를 제외하면 대개 쉬운 문장인 데다 다행스럽게도 그때까지 내가 끌고 다니던 가방에는 제법 큰 영어사전이 남아 있어 번역은 그럭저럭할 만했다. 한때 내 글만은 스스로 영역하겠다는 엄청난 야심을 품었던 적이 있는데 그것도 상당히 도움이 되었다. 나는 차츰 일에 깊이 빠져들어 갔다.

나의 동숙자가 들어온 것은 미연방 무슨 수사요원이 맨홀에서 중년의 남자 시체를 발견하는 대목을 번역하고 있을 때였다. 방값을 놓고 한동안의 실랑이 끝에 방문을 열고 들어선 것은 생각 밖에도 겨우 열너덧 정도로 뵈는 소년이었다. 곤드레가 된 술꾼이거나 우락부락한 불량배가 아닌 것이 안심이긴 했지만, 나란히 누워 잘 상대로는 한심할 정도로 꾀죄죄한 차림이었다. 낡고 조그마한 가방 하나를 들여놓고 세수라도 하러 가는 모양으로 방문을 나가는 소년을 바라보며 나는 다소 어두운 기분으로 하던 일을 멈추었다.

그때 주인 아낙이 문간에 나타났다. 어딘가 예전에 창녀였거나 그 비슷한 출신인 것 같은 사십대의 여자였다.

"귀중품이 있으면 맡겨요. 저런 애들이 제일 무서우니까."

귀중품이라고는 하나도 가진 게 없었지만 마음속으로 나는 그런 그녀의 말에 대뜸 동의했다. 주머니에 남은 천 몇백 원을 그녀에게 맡기지 않은 까닭은 그처럼 복잡을 떨어가며 지키기에는 너무 적은 액수였기 때문이었다. 하지만 그녀가 문을 닫기 바쁘게 나는 동전을 제외한 돈 전부를 영한사전의 비닐 표지에 끼우고 잠잘 때는 때 묻은 베개 대신 그걸 이용하기로 마음먹었다. 그만큼 나와 함께 방을 쓸 소년은 다른 사람의 경계심을 자극하는 데가 있었다.

잠시 후에 그 소년이 다시 방 안에 들어섰을 때 나는 또 한 번 그런 내 조치가 온당했음을 확인했다. 이번에는 가까이서 본 녀석의 세파에 깎인 얼굴 때문이었다. 무언가 송구스럽고 불안해하는 녀석의 행동도 나에게는 의심스럽기만 했다. 녀석도 그와 같은 내 기분을 알아차렸는지 잠깐 방 안을 머뭇거리다가 말없이 자기 이부자리를 폈다. 그리고 거기서 남루한 겉옷을 벗었는데, 무심코 그런 녀석을 보고 있던 나는 기어이 고개를 돌리지 않을 수 없었다. 노랗게 땟국에 절은 러닝셔츠에 팬티는 그보다 더 심했다. 나 역시 열흘이 넘도록 속옷을 갈아입지 못했고 양말도 사흘째 그냥 신고 다니는 신세라는 것은 그 순간에는 전혀 떠오르지 않았다.

나는 이상한 불쾌감 — 정말이지 가진 것이나 겉모양으로 다른 사람을 판단하지 않기 위해 나는 얼마나 진지한 노력을 했던가 — 을 잊기 위해 다시 하던 일로 돌아갔다. 그러나 일은 전처럼 손에 잡히지 않았다. 찾아보면 번연히 아는 단어가 막히고 대단찮은 관용구가 골탕을 먹였다. 처음 일을 시작할 때 호기롭게 번호를 매겨 둔 원고지를 자꾸 찢어내야 한다는 것은 참으로 성가신 노릇이었다…….

그중에서도 가장 신경이 곤두서는 것은 녀석이 몸을 뒤척거릴 때였다. 호청 아래 비닐을 누벼 서그럭거리는 이불잇 소리, 녀석의 때 묻은 몸이 나에게 닿지나 않을까, 이불이 겹쳐지지나 않나 — 그러다가 난데없이 콩알만 한 이[蝨]가 줄지어 내 이불 속으로 기어드는 것 같은 느낌으로 온몸이 근질거리기까지 했다.

나는 끝내 일을 단념하고 말았다. 실은 낮 동안 이리저리 쏘다니느라 피곤하기도 했다. 나는 쓰던 것을 챙긴 후 처음 마음먹은 대로 영한사전에 수건을 감아 베개로 삼았다. 그리고 나와 대등한 방값을 치른 그 어린 동숙자(同宿者)에게는 한마디 동의도 구하지 않은 채 불을 껐다.

기대했던 것처럼 잠은 쉽게 와주지 않았다. 엉망이 돼버린 생활, 이를테면 주머니마다 한 장씩 튀어나올 것 같은 전당표 따위가 끊임없이 눈앞에 어른거렸다. 거기다가 싫다 못해 밉기까지 한 동숙자, 이웃 방에 든 불결한 남녀의 시시덕거리는 소리, 점점 심해지는 고약한 냄새. 우리의 감각 중에서 후각이 가장 쉽게 마비된다는 생물학적 지식도 거기서는 통하지 않았다.

이윽고 나는 욕지거리라도 뱉고 싶은 기분이 되어 거의 발작적으로 불을 켰다. 이번에도 녀석의 동의를 구하지 않고서였는데, 녀석도 잠이 오지 않는지 그런 나를 잠깐 의아스럽다는 눈길로 쳐다보았다. 나는 녀석에 아랑곳없이 소리 나게 일거리를 다시 폈다. 일이 잘될 리가 없었다. 내가 석 장째인가 넉 장째인가 파지를 거칠게 구겨 던졌을 때 녀석이 조심스레 물었다.

"아저씨는 저 뭐라던가 ─ 소설가시죠?"

갑작스런 물음이었다. 원고지에 쓰는 것을 보고 하는 말 같았는데, 나는 왠지 그때부터 조금씩 짜증이 가라앉는 느낌이었다. 그 목소리가 뜻밖에 맑고 애잔한 여운을 가진 탓이기도 하지만 그보다는 우선 녀석의 단순과 무지에 대한 측은함 때문이었다.

"아니, 지금 번역을 하고 있어. 하지만 어쩌면 앞으로 그렇게 될는지도 모르지."

나는 짧고 무뚝뚝하게 대답했다.

"그러세요 ─?"

녀석은 약간 실망에 찬 표정으로 말했다.

"소설가였다면 참 좋았을 텐데……."

"왜 그러지?"

녀석의 실망이 까닭 없이 강하게 내 가슴에 닿아와 나는 조금 부드러운 목소리로 되물었다. 녀석은 내 물음에 다시 물었다.

"저 — 소설가는 정말로 거짓말을 진짜처럼 지어내는 사람들인가요?"

"글쎄 — 그렇게도 말할 수 있겠지."

"참말은 쓰지 않나요?"

"그렇지는 않아. 지어냈다는 뜻에서는 거짓말이지만, 있을 수 있다는 점에서는 참말일 수도 있어. 또 짓는다는 것 역시 대부분은 실제로 있었던 일에서 시작하는 경우가 많지."

나는 어떻게든 픽션의 개념을 녀석이 알아들을 수 있도록 설명해 보려 했으나 잘되지 않았다. 그런데도 녀석은 어느 정도 알아들은 눈치여서 나는 다시 물었다.

"그런데 왜 묻지?"

"그저요……."

그러면서 녀석은 짧은 한숨으로 말끝을 맺고는 돌아누웠다. 아이답지 않게 깊고 절실한 한숨 소리였다. 그걸 듣자 이번에는 내 쪽에서 강한 호기심이 일기 시작했다. 녀석은 무엇인가 나를 통해 얘기하고 싶은 것이 있음에 틀림없었다.

"아직 어려 보이는데 올해 몇 살이냐?"

"열다섯이에요."

"무얼 하고 지내니?"

"신문도 팔고 껌도 팔고, 비가 올 때는 우산 같은 것도……."

"부모님은? 왜 집을 두고 이런 데서 자니?"

그러자 녀석이 내 쪽으로 고개를 돌리며 말했다.

"부모님은 없어요. 집도. 실은 아저씨가 소설가라면 그 얘길 하고 싶었어요. 아주 슬픈 얘기예요, 아주."

그러는 녀석에게는 일순 기다리던 것을 때맞춰 물어주었다는 기쁨의 표정 같은 것이 희미하게 떠올랐다.

"어떻게 됐길래?"

"한번 들어보시겠어요?"

"그러지."

"제 아버지는요, 정말 이상한 분이었어요. 제게는 어머니가 넷이나 돼요—."

겉보기와는 달리 거기서부터 녀석은 조리 있게 자신의 얘기를 엮어가기 시작했다. 내가 녀석에게 품었던 의심과 혐오감이 차츰 엷어지기 시작한 것도 그때부터였다.

"원래 아버지는 많이 배우고 재산도 있는 분이었대요. 어머니와 결혼할 때만 해도 큰 집에 살았고 무슨 회사에 나갔다더군요. 그런데 몇 년 만에 어머니가 저를 배자 집을 나가신 후 돌아오지 않았어요. 어머니는 제가 다섯 살 때까지 홀로 사시다가 딴 데로 시집가고 저는 할머니에게 맡겨졌죠.

제가 아버지에게 넘겨진 것은 이듬해였어요. 아버지는 새엄마를 얻어 조그만 점포를 하고 있었는데, 한동안 저는 거기서 잘 지냈죠. 너무 어려 뚜렷하게 기억나진 않지만 새엄마도 제게 잘 대해 준 것 같애요. 그런데 제가 초등학교에 입학하던 해에 또 아버지가 없어졌어요. 나중에 안 것이지만 새엄마가 아기를 뱄던 거예요.

그래도 새엄마는 한동안 저를 돌봐주셨어요. 아버지에게 샀다면서 낯선 사람이 점포를 차지한 후에도 2년 가까이나. 그러다가 다른 남자가 생기자 새엄마는 저를 아버지에게로 데려다주더군요.

아버지는 시장통 입구에서 초라한 대폿집을 하고 있데요. 또 새로운 엄마를 만났더군요. 언제나 요란스런 화장을 하고 목소리는 남자처럼 걸걸했지만 마음씨는 고운 분이었어요. 그 새엄마만 아니었더라면 저는 벌써 쫓겨났을 거예요. 아버지는 그때부터 이유 없이 저를 욕하고 때렸거든요. 어쨌든 초등학교 오학년 때까지는 그럭저럭 아버지 밑에서 지냈죠. 그런데 이번에는 그 새엄마가 달아나버렸어요. 단골인 생선가게 아저씨와 눈이 맞은 거래요.

그 다음부터는 모든 게 엉망이었어요. 아버지는 노상 술에 취해 살면서 나만 보면 당장 죽일 듯 때렸어요. 한 번은 정말로 식칼을 들고 저를 쫓아온 적도 있어요. 결국 나는 겁이 나서 부산으로 도망쳤죠. 제 친엄마가 거기 산다는 막연한 소문만 듣고……."

그 무렵부터 한동안은 신문 사회면에서 가끔씩 볼 수 있는 어둡고 우울한 얘기들이었다. 부산에서 친엄마를 찾지 못한 채 구두닦이패의 똘마니로 고생한 얘기, 고아원에 수용되었다가 못 견뎌 도망친 얘기, 다시 앵벌이 패거리에게 끌려갔다가 왕초가 감옥에 가자 그들로부터 놓여난 얘기…….

"제가 서울로 돌아온 것은 작년 봄이었어요. 먼저 아버지의 대폿집으로 가 보았죠. 주인이 바뀌었더군요. 할 수 없이 저는 또 나쁜 사람들에게 붙들릴까 봐 경찰에 찾아가 사정을 했어요. 그래서 한동안 개미회(會)에 섞여 일하다가 이제는 이렇게 홀로 지내요."

어느새 밤이 꽤 깊어진 모양이었다. 이따금씩 들려오는 술꾼들의 취한 목소리뿐 거리는 어느새 조용했다. 그리 신기하다고도 할 수 없는 녀석의 신세타령이었으나 나는 잠자코 들어주었다. 무언가 중요한 이야기를 아직도 하지 않았다는 듯한 녀석의 표정 때문이었다.

"그 뒤에 저는 다시 한번 아버지를 만났어요. 엿수레를 끌고 있더군요. 그래도 반가워서 인사를 했더니 놀라기는 해도 여전히 남남처럼 대하더군요. 억지로 집까지 따라가 보았는데 정말로 비참한 생활이었어요. 초라한 사글세방에 또 새로 얻은 엄마는 뭔가 큰 병을 앓고 누워 있었죠. 마침 제게 가진 게 몇 푼 있어 내밀었지만 아버지는 받지 않더군요. 대신 눈물이 흥건한 눈으로 한동안 나를 보더니 놀라운 얘기를 해 주었어요. 자기는 진짜로 제 아버지가 아니라고요. 자기는 원래 아이를 낳지 못하는 사람이래요……."

그제야 나는 녀석의 아버지가 임신만 하면 아내를 버리던 이유를 알 것 같았다. 녀석은 또 계속했다.

"아버지는 제게 또 말했어요. '이제는 더 이상 나를 찾아올 필요가 없다. 네 아버지는 따로 있으니까. 더구나 나는 지금 이 여자와 함께 그 어느 때보다 행복하다. 이 여자는 죽어서 나를 떠나면 떠났지 살아서 나를 배신하지는 않을 테니.'라고요. 생각하면 그분도 퍽 불쌍한 분이에요."

녀석은 다시 어른스런 한숨을 푹 내쉬었다. 나는 차츰 기묘한 감동에 빠져들고 있었다. 녀석의 어두운 과거나 그 아버지의 불행보다는 모든 것을 담담하게 받아들이는 녀석의 마음가짐 때문이었다. 그러자 녀석에 대한 의심이나 혐오감은 완전히 사라지고 대신 그 때문에 잊고 있었던 나 자신의 비참이 상기되었다. 결국 현실로 보아서는 나 또한 녀석과 별반 다를 바 없는 처지였다.

녀석은 그 뒤로도 몇 가지 음울한 밑바닥 삶을 이야기했다. 점점 자신의 생각에 깊이 빠져들면서 나는 건성으로 듣고 있었지만, 녀석의 맑고 가라앉은 목소리와 그 잔잔한 여운은 내게 이상한 동료의식 같은 것을 느끼게 했다.

"그래 앞으로는 어쩔 작정이냐?"

"무얼 말이에요?"

"어떻게 살아갈 거냔 말이다. 무엇이 되고 싶니?"

"당장이야 무슨 수가 있겠어요? 그럭저럭 견뎌보는 거죠."

전혀 열다섯의 소년답지 않은 말투였다. 나는 함부로 감상에 젖지 않으려고 노력하면서도 까닭 모를 연민에 젖어 물었다.

"나중에는?"

"장사를 해 볼까 해요. 이래봬도 그 밑천을 모으는 중이에요. 십만 원만 차면 무어든 해 볼 수 있을 거예요. 한두 해만 고생하면 될 것도 같아요."

그러는 녀석의 목소리는 전과 달리 한 가닥 생기를 띠고 있었다.

"그래서는?"

"돈을 버는 거죠."

"돈을 벌면?"

"하고 싶은 게 많아요. 무엇보다 그게 반드시 필요한 곳에 있도록 하겠어요."

"일테면 어떤 곳이냐?"

"그게 없어 굶는 사람, 떠는 사람, 앓는 사람 — 뭐 수없이 많죠."

"널 위해서 버는 게 아니고?"

"제가 보니까요, 세상에는 무엇이든 넉넉한 것 같데요. 그게 공평하게 나누어져 있지 않고 한군데 몰려 있기 때문에 없는 사람은 꼭 필요한 것도 모자라고, 있는 사람은 흔전만전 쓰고도 남아도는 것 같았어요."

"그렇지만 공평히 나누기 위해서는 세상의 모든 돈을 다 모아야 한다. 어떤 부자도 그건 안 돼."

"반드시 그럴 필요는 없어요. 우선 한 사람이라도 그렇게 시작하면 누군가가 따라오겠죠. 그래서 그런 사람들이 점점 늘어나면 결국 세상 전부가 공평해질 것 아니에요?"

그 말을 듣자 나는 문득 녀석에 대해 의혹이 일었다. 아무래도 그와 같은 생각이 녀석 혼자 깨우친 것으로는 느껴지지 않은 탓이었다.

"정말 그렇게 생각하니?"

"실은 어떤 형에게 들은 말이에요. 개미회에 있을 때 밤마다 들러 공부를 가르치거나 얘기를 들려주던 사람이요. 그는 또 말했어요. 하느님도 국가도 그걸 해 주지 않으니 우리 스스로 작은 것부터 하나씩 실천해 가야 한다고.

하지만 무슨 상관이에요? 누구에게 들은 말이건 그걸 진심으로 옳다고 믿고 실천한다면 자기 자신의 생각이라고 해도 되잖겠어요?"

나는 우선 녀석의 돈에 대한 집착이 비뚤어진 보상심리나 천박한 복수욕에서 비롯되지 않은 점에 마음을 놓았다. 그리고 이어 녀석에게 돌연하면서도 끈끈한 애착을 느꼈다.

"공부를 하고 싶지는 않니?"

"이미 늦은걸요. 그리고 제 기억에는 학교 때의 성적도 시원치 못했어요. 공부하는 일은 거기에 또 알맞은 아이들이 있겠죠."

"그래도 배움이라는 건 중요하다."

"저도 그러리라 짐작은 해요. 그러나 많이 아는 것이 반드시 살아가는 가장 유리한 방법 같지는 않아요. 또 그래서도 안 되겠지만……"

"그것도 들은 말이냐?"

"아녜요 이건. 하지만 뻔하잖아요? 학교에서 일등 했다고 사회에 나와서도 제일 잘사는 것 같지도 않더군요."

"학교 성적이 배움의 전부는 아니니까."

"세상에 저렇게 학교가 많고 배우는 사람이 늘어도 크게 달라지는 것도 없고……"

"그런 것이 눈에 뜨일 만큼 금방 드러나는 건 아니지."

"그럴지도 모르지만 — 어쨌든 전 이미 늦은걸요. 제 또래 아이들을 따라가려면 적어도 오 년은 더 공부해야 될 거예요. 그러고서도 그 애들보다 나을 자신 또한 별루 없죠. 하지만 장사라면 자신 있어요. 다른 애들이 배운 것을 이용해 하는 일을 나는 돈으로 대신하면 되잖겠어요?"

무엇이든 돈으로 대신할 수 있다는 투의 말에 여태껏 개어온 마음 한구석이 흐려왔다. 결국 녀석이 숭배하고 있는 것은 물신(物神)에 지나지 않구나. 어떤 일없는 소(小)인텔리가 녀석에게 제법 그럴듯한 이념의 껍질을 제공해 주었지만 그것은 언젠가 이 물신의 유혹에 패배하겠지. 이 녀석에게 일러줘야겠다. 삶에 있어서 배움이란 어떤 의미를 가진 것인지, 학문은 우리에게 무엇을 줄 수 있는지에 대해. 그리고 녀석의 물신에 대해서도 경고를 해야겠다…….

그러나 그런 내 생각은 뒤이은 녀석의 뜻 아니한 행동으로 주춤했다. 녀석이 문득 몸을 일으켜 윗목에 개어둔 겉옷을 끌어당기더니, 그 윗주머니에서 무언가를 부스럭거리며 꺼냈다.

"이것 보세요. 오만삼천 원이 든 저금통장이에요. 순전히 제 힘으로 모았어요. 이만하면 제 또래 아이들이 영어 단어 몇천 개 외운 것만큼은 되겠죠?"

녀석이 그렇게만 말하고 그만두었더라도 나는 심중의 얘기를 꺼내기 시작했을 것이다. 내가 걸은 순탄치 않은 배움의 길을 교훈으로 들려주면서까지. 그러나 그 어린 물신숭배자는 틈을 주지 않고 주머니에서 다른 것을 꺼냈다. 지전 몇 장과 동전 한 줌, 그리고 조그만 잡기장이었다.

"피로해서 깜박 잊었군요. 오늘 계산을 안 했어요."

그러고는 몽당연필 한 자루를 꺼내 침을 발라가며 계산을 하고, 되풀이 돈을 세었다. 나는 갑자기 멍해지는 기분으로 그런 녀석을 바라보았다. 한참 후에야 녀석은 드디어 계산이 끝났다는 듯 찡긋 눈웃음을 치며 말했다.

"오늘은 겨우 삼백육십 원이에요."

나는 왠지 송연한 기분이 되어 말없이 녀석의 하는 양을 살폈다. 녀석은 꺼낸 것들을 다시 주머니에 집어넣기 시작했다. 종이돈은 접어서 잡기장과 함께 윗옷 겉주머니에, 저금통장은 속주머니에 넣고 동전은 색 바랜 카키색 바지주머니에 넣었다. 그리고 옷을 차근차근 개어서는 머리맡에 밀어놓았다.

"밖이 조용한 걸 보니 열두 시가 넘었나 봐요. 전 자야겠어요. 새벽에 조간을 받아야 하걸랑요."

녀석이 이불을 뒤집어쓰면서 하는 말이었다. 그걸 보며 나는 자신도 모르게 벌떡 몸을 일으켰다. 녀석이 편히 잠들 수 있도록 불을 꺼주어야겠다는 생각에서였다. 그러나 스위치로 손을 뻗으려던 나는 갑작스레 나를 죄어오는 까닭 모를 부끄러움으로 굳어진 채 물었다.

"얘, 너 이름이 뭐니?"

"김순동이예요. 왜 그러시죠?"

"너를 다시 만나려면 어떻게 하면 되니?"

"이 부근 아이들에게 뻔데기를 물어보면 돼요. 제 별명이 뻔데기거든요."

그러고 보니 녀석은 정말로 번데기 같았다. 검고 찌든 피부와 이마에 여러 겹 져 있는 이상하게 골 깊은 주름 때문이 아니라 — 곧 아름다운 나비가 되어 날게 될, 그래서 당장은 더욱 흉측하게 보일지도 모른다는 의미로서의 번데기였다.

"내 한번 찾아가마."

나는 무슨 구체적인 계획도 없이 불쑥 그렇게 말했다. 그래야만 여전히 뚜렷한 원인도 없이 가슴속에서만 자라나는 부끄러움의 무게를 감당할 수 있을 것 같았다.

"아저씨가요?"

녀석이 알 수 없다는 눈길로 나를 올려보았다. 나는 짐짓 확고한 목소리로 대답하며 불을 껐다.

"그래 꼭 한번 찾아가지."

불을 끄고 오래잖아 녀석은 고른 숨소리를 내며 잠이 들었다. 그러나 나는 여전히 쉽게 잠들 수 없었다. 녀석과의 다시 만날 약속에도 불구하고 또 그때 어떻게든 보상을 하리라는 결심에도 불구하고, 점점 나를 짓누르는 그 원인 모를 부끄러움 때문이었다.

나는 한동안 그 부끄러움의 원인을 생각해 보았다. 그러다가 아, 드디어 나는 그 원인을 깨달았다. 나는 거의 주체할 수 없는 흥분 속에 불을 켜고 잠든 소년을 흔들었다.

"얘, 얘, 자니? 일어나 봐."

"무, 무슨 일이세요?"

녀석은 다행히도 잠귀가 밝은 편이었다. 두어 번 흔들자 휘둥그레 눈을 떴다.

"너는 도대체 어째서 그렇게도 쉽게 나를 믿었지?"

"무슨 말씀이세요?"

"나를 어떻게 보고 함부로 너의 전 재산을 보였니? 가령 말이다. 내일 새벽에라도 너의 통장과 돈을 빼내 달아난다면—?"

"에이, 아저씨두. 난 또 무슨 말이라고. 아무럼 아저씨 같은 분이……"

녀석은 아직도 잠에서 덜 깬 얼굴이었지만 비시시 웃었다.

"아니다. 사람을 그렇게 함부로 믿어서는 못 쓰는 법이야. 겉만 보고는 알 수가 없어."

"저도 사람깨나 겪었다면 겪은 셈이죠. 적어도 아저씨는 아니에요."

나는 왠지 녀석이 무언가 일부러 꾸며대는 느낌이 들었다. 이 어린놈이 — 나는 짐짓 정색을 했다.

"사람이 따로 없다. 더구나 나는 지금 몹시 궁해. 너의 오만 원이면 모든 게 풀릴 수 있단 말이다."

"사람들은 모두 궁해요. 돈은 항상 누구에게나 필요하죠. 있는 사람이든 없는 사람이든 말예요."

"그럼 너는 아무나 믿을 수 있단 말이냐? 그렇게도 사람 보는 데 자신이 있어?"

나는 거의 분한 기분까지 들며 다그치듯 물었다. 그러자 녀석은 웃음기를 거두고 한동안 나를 말끄러미 쳐다보다가 되물었다.

"그럼 아저씨는 지금까지 대략 몇 번이나 속고 도둑맞아보셨어요?"

몹시 차분한 어조였다. 그 돌연한 반문에 나는 찔끔했다. 잠깐 기억을 더듬어보았지만 이렇다 할 만큼 떠오르는 게 별로 없었다. 하지만 나는 그걸 개인적인 행운으로 단정하며 무뚝뚝하게 대답했다.

"큰 것만도 서너 번."

"몹시 재수가 없으신 편이군요. 믿어드리죠. 그런데 다른 사람의 도움을 받은 일은요?"

다시 말끄러미 올려보는 녀석의 눈이 어쩐지 내 거짓말을 알아채고 있는 것 같았다. 게다가 녀석이 덧붙인 질문이 나를 더욱 당황스럽게 했다. 그것이야말로 얼른 떠오르는 큰 것만도 서너 번은 넘었다. 하지만 나는 태연을 가장했다.

"글쎄, 그것도 도합 서너 번?"

"이번에는 운이 좋으신 편이군요. 아저씨 나이가 되도록 그 정도의 도움밖에 받지 않고 견딜 수 있으셨다니 말예요. 어쩌면 기억이 잘못됐을지도 몰라요. 흔히 남이 도와준 것은 잊기 쉬운 반면 해를 당한 것은 잘 기억되니까요. 하지만 저 같은 것도 차근차근 기억해 보면 해코지당한 것보다는 도움받은 적이 많은 것 같아요."

"……."

"거기다가 또 하나 이상한 게 있더군요. 사람들은 왜 자기가 겪어보지도 않은 일을 남의 말만 듣고도 그렇게 잘 믿죠? 옆에 도둑맞은 사람이 있으면 마치 자기가 도둑맞은 것처럼 법석을 떨며 세상을 무조건 의심하려 들죠. 정말 알 수 없는 일이에요."

녀석의 말에는 여전히 꾸밈의 흔적이 있었지만 태도는 더 이상 의심할 수 없을 만큼 진지했다. 나는 이번에는 설득조로 말했다.

"그래도 정말로 나쁜 사람들은 있단다."

"그것도 그렇죠. 생각해 보세요. 아저씨는 여태껏 한 번도 남을 속이거나 남의 것을 훔친 적이 없으세요?"

"하기야 그럴 때도 있었겠지. 어쩔 수 없이……."

"바로 그거예요. 누구든 어쩔 수 없을 때만 나쁜 짓을 하죠. 그리고 실제로도 그런 일의 대부분은 서로 잊고 용서할 수 있는 정도예요. 그런데도 사람들은 조그만 일을 당해도 그걸 떠벌리고, 남을 미워하고 의심하도록 권해요."

"아니야, 분명 용서받지 못할 사람들도 있어. 아니, 아주 많아."

나의 설득조는 차츰 간청하는 투로 변해 갔다. 녀석과 얘기를 해 나가면 나갈수록 번지르르하게 나를 감추고 있는 옷들이 벗겨지고 추악한 내 몸뚱어리가 하나하나씩 겉으로 드러나는 듯한 느낌에 나는 혼란되고 있었다. 그런 나에게는 아랑곳없이 녀석은 꿋꿋하게 내 말을 받았다.

"용서받지 못할 사람들이라구요? 그런 사람들은 세상에 없어요. 그런 사람들이라면 아저씨보단 제가 오히려 더 많이 겪었을 테죠. 그러나 필요 없는 친절로 남을 괴롭히는 경우보다 그쪽이 더 드문 것 같았어요. 그것도 모두 어쩔 수 없이……."

그 말을 듣자 나는 갑자기 암담해졌다. 나야말로 분명 녀석에게 무언가를 당하고 있었지만 어이없게도 그걸 받아들이는 나의 정조는 아득한 슬픔이었다. 이윽고 나는 볼품없이 허물어져 내렸다.

"얘, 얘—."

나는 앞뒤 없이, 마치 허우적거리듯 녀석을 불렀다.

"너, 나를 용서해 주겠니?"

"무얼요?"

"나, 나는 말이다. 네가 의심스러워서 여기다 몇 푼 안 되는 돈을 감췄지……."

나는 사전의 비닐 표지를 쥐어뜯다시피 감추어둔 돈을 꺼내며 진심으로 괴롭게 고백했다.

"팔아봤자 오백 원이 안 될 이 사전도 — 네가 훔쳐갈까 봐 이렇게 베개로 삼고……."

녀석은 그런 내가 정말로 뜻밖이라는 표정이었다. 잠시 어리둥절한 눈으로 나를 보다가 쓸쓸하게 웃었다.

"그건 어쩔 수 없는 일이죠. 여기 역 광장에서 사주점을 보는 할아버지가 그러시는데, 사람은 자기의 관상에 책임을 져야 한댔어요. 아저씨가 절 그렇게 보셨다면 그건 당연히 제 책임이죠."

"정말로 용서해 주겠니?"

나는 더욱 절망적으로 물었다.

"당연하다고 하잖아요? 세상에 정말로 용서받지 못할 일이 있다면 그건 바로 용서하지 못하는 것 아니겠어요?"

나는 그대로 풀썩 주저앉고 싶은 심경이었다. 내 지식과 논리가 그렇게 맥없이 허물어지는 것을 경험한 것은 그때가 처음이었다. 오오, 너. 나는 작은 거리낌도 없이 그 어린놈을 껴안았다.

― 그 밤 나는 늦도록 잠들지 못했다. 영원히 새지 않을 것 같은 그 밤의 어둠 속에서 나는 탄식처럼 중얼거렸다. 허망한 도회여, 허망한 삶이여, 배움이여, 그리고 그런 내 귓가에는 한 줄기 뜨거운 눈물이 흘러내렸다. 육신의 영락(零落)보다 몇 배나 더 처참한 영혼의 영락을 슬퍼하는 눈물이었다.

8
여름의 끝

    유난히 길던 그 여름방학이 끝나고 위수령으로 닫혀 있던 대학 학교 문이 다시 열린 것은 구월 하순이었다. 선배의 호의 덕분에 생긴 약간의 돈으로 나는 임시 거처를 마련할 수 있었지만 나머지는 여전히 속수무책이었다. 내 헝클어진 생활을 수습하는 길은 누군가가 내 모든 빚과 등록금을 갚아주고, 다시 자리를 잡을 때까지 뒤를 돌보아주는 것이었다. 그러나 그 유일한 가능성인 형은 그 전까지 보내오던 등록금마저 보내지 않고 있었다. 나는 초조한 마음으로 추가등록 마감일자가 다가오는 것을 바라보면서 맥없는 등교를 계속했다.

    개학해 만나보니 김형도 하가도 어지간히 지친 기색들이었다. 하가는 긴긴 여름방학 동안에 해병에 지원을 해서 입소(入所) 날

짜를 기다리고 있었고, 김형은 그 학기만 마치고 1년 정도 휴학을 계획하고 있었다.

"정말 못 견디겠어. 좀 저급한 도피 같지만 지원해서 월남에라도 다녀와야겠어. 푹 익는다는 것까지는 기대할 수 없을지는 모르지만 결이라도 좀 삭게 되겠지."

월남전이 마치 자기를 위해 있기라도 하다는 듯이, 하가는 그렇게 말했고,

"소설을 한 권 써야겠소. 이왕이면 백만 원쯤 상금이 붙어 있는 현상모집용으로. 그래서 그 돈으로 정말 옳은 소설 공부를 해볼 작정이오."

김형은 그렇게 휴학 이유를 설명했다. 그리고 며칠 안 돼 하가는 정말로 등교를 중단했고, 김형도 자료조사다 현장견학이다 해서 학교에서는 잘 만나볼 수가 없었다. 결국 나만 외롭게 남은 셈이었다.

그러던 어느 날이었다. 하릴없이 교정을 어슬렁거리는 내 앞에 같은 학과의 친구들이 셋 나타났다. 과(科) 대표와 몇 푼 안 되지만 그래도 장학금을 받고 있는 두 명으로 셋 모두 비교적 착실한 축이었는데, 시간이 있으면 술이나 한 잔 하자는 제의였다. 2년이 가깝도록 그들과는 거의 무관하게 지나오던 나에게는 뜻밖이라고밖에 할 수 없는 제의였다. 그렇잖아도 그 무렵 자못 외로움에 젖어 있는 나는 제의를 기꺼이 받아들였다.

술을 나누면서 그들이 물어온 것은 우리 과를 중심으로 한 민

속연구 서클에 들어올 의사가 없느냐는 것이었다. 그들 셋이 중심이 된 모양으로, 그 여름방학 동안에는 전라도 어딘가에서 탈춤의 현지 교습까지 받은 것 같았다. 만신창이의 나날을 보내는 내게는, 그리고 이곳저곳 들락거리며 그런 일에 이미 지쳐버린 내게는 처음부터 그리 달갑지 않은 얘기였다.

"가장 고유한 것이 곧 가장 보편적인 것이며, 가장 한국적인 것이 곧 가장 세계적일 수 있으리라고 우리는 믿고 있소. 어정쩡한 세계주의나 뿌리 없는 서구 지향에 오염돼 있는 우리 시대의 지성에게 반드시 필요한 작업일 거요."

그들의 열기에 비해 시큰둥하게 반응하는 나를 보며 그중의 하나가 한층 강한 어조로 자기들의 취지를 설명했다. 그런데 거기서 문득 일은 이상하게 꼬여들기 시작했다. 모든 것이 뜻대로 안 돼 신경이 곤두설 대로 곤두서 있는 내게는 그 말이 이상하게 비난조로 들렸다. 김형이나 하가와 벌여온 나의 관념적인 유희가 바탕하고 있는 서구취향 내지 세계주의에 대한 은근한 비꼼으로 여겨진 탓이었다. 거기서 자극받은 내 악의가 조금씩 꿈틀거리기 시작했다.

"하지만 그 역명제(逆命題)라고 성립하지 말란 법은 없소. 즉 가장 보편적인 것이야말로 가장 고유하며, 가장 세계적인 것이 곧 가장 한국적이 될 수도 있소. 그리하여 어쭙잖은 토속취향이나 근거 없는 문화적 국수주의야말로 우리들의 정신적인 성취를 왜소하고 고립된 것으로 만들어 버릴 수도 있을 거요. 이를테면, 인디

언의 춤이나 아프리카 토인들의 노래는 과연 고유하고 토속적이지만 아무래도 그걸 보편적이고 세계적인 문화, 특히 그 정수라고 잘라 말할 수는 없는 것 아니겠소?"

내가 그렇게 말하자, 그 술자리는 이내 삼 대 일의 열띤 토론장으로 변해 갔다. 하지만 그런 종류의 논쟁이라면 그들보다는 내가 훨씬 익숙해 있었다. 공들여 얽어놓기는 해도 불의의 공격에는 거의 무방비 상태나 다름없는 그들의 논리는 내 궤변과 독설에 차츰 허물어져 갔다.

나는 그들의 토속취향 내지 로컬리즘을 통속적인 국수주의나 얄팍한 민족주의 감정에 대한 아첨으로 몰아세웠을 뿐만 아니라 민속 그 자체의 가치도 여지없이 깎아내렸다. 진정으로 고유한 민족문화란 각 시대를 주도한 소수 엘리트의 정신적인 성취로 대표되는 것이며, 잡다한 천민들의 기예일 수는 없다고. 물론 그것들 역시 소중한 문화유산이고 또 누군가에 의해 전승돼 가야 할 것이지만, 팝송이나 고고를 배우는 것처럼 유행적인 감정으로 대중화되는 것은 오히려 그것들을 격하시킬 위험이 있다고. 이 시대의 엘리트가 해야 할 일은 계승을 위해서든 비판을 위해서든 우선 전 시대의 엘리트를 이해하는 것이며, 따라서 탈춤 따위에 바칠 시간과 열정이 있으면 그걸로 먼저 사서삼경(四書三經)이나 한번 읽어두는 게 옳을 거라고.

그때 내가 사용한 언어나 논리가 정당했는지는 모르지만, 적어도 그들 셋의 답변을 궁하게 만든 것만은 틀림이 없다. 한 시대의 문화를 대표하는 것이 소수 엘리트냐 일반대중이냐는 분명 논의의 여지가 많은 문제였는데도 그들은 논리를 포기하고 가장 어리석은 논쟁방법을 택했다. 인신공격과 폭력으로 응수해 온 것뿐이었다.

"건방진 자식. 처음부터 이리 나올 줄 알았어. 하도 고고한 척 거만을 떨고 우리를 상대하려 들지도 않길래 한 번 떠본 것뿐이야. 꺼져버려. 너 같은 자식과 한 강의실에 앉는다는 것 자체가 불쾌해."

성난 그들 중의 하나가 내게 술을 끼얹었고, 내 주먹이 그 대답으로 녀석의 입술을 찢어놓자 다시 누군가가 사기사발로 내 이마를 내리치고 — 술 탓도 있겠지만 어쨌든 그렇게 처음이자 마지막인 그들과의 개별적인 접촉은 유혈이 낭자한 채 끝나고 말았다.

싸움 중에 찢어진 눈썹 위를 세 바늘이나 꿰매고 피투성이로 하숙집에 돌아오자 나는 갑자기 서글퍼졌다. 그 거리에서 내가 소속된 유일한 집단이 내 학교였고 그중에서도 과(科)였다. 비록 그들이 그 정당한 대표는 아니라 해도 그 싸움을 통해 전해진 감정의 일부는 분명 우리 과의 전체적인 감정을 대표하고 있었다.

내 날은 다했다 — 갑작스레 그런 기분에 빠져든 나는 이튿날부터 학교를 나가지 않았다. 하기도 김형도 없는 학교는 그러잖아도 적막했다. 거기다가 이따금씩 혜연(慧燕)과 마주치는 것도 그때는 아직 거의 고통이었다. 그리고 아, 그 학점. 그 당시 우리들의 표현을 빌리면 권총(F학점)이 다섯 자루여서 서부영화에 나오는 앨런 라드처럼 양쪽에 차고 007처럼 겨드랑이에 하나 감춰도 두 자루는 남아도는 형편이었다. 진작부터 전공에서 마음이 떠 신통찮았던 학점에다 그 분탕질을 쳐놓았으니, 유급은 따놓은 당상이었다.

하지만 정작 이제 그만 떠나야겠다는 기분이 든 것은 아무래도 그 며칠 후 김형이 끔찍한 일을 당하고 나서부터였다. 추가등록 마감 하루 전에야 형으로부터 등록금만 덩그렇게 올라온 걸 두고 망설이고 있을 때, 이미 입영한 걸로 알았던 하가가 불쑥 내 하숙집으로 찾아왔다. 몹시 침울한 얼굴이었다.

"김형 소식 들었어?"

"무슨 소식?"

영문을 모르는 나는 방바닥에 엎드린 채 물었다.

"죽었어. 지금 시립병원 시체실에 있다는 거야."

그 말을 들은 나는 자신도 모르게 벌떡 일어나 앉았다. 너무나도 뜻밖이었다. 전날 오후 늦게 전화로, 어떤 선배의 출판기념회에 가는데 함께 가지 않겠느냐고 물었던 김형이었기에 더욱 그랬다.

"무슨 말이야? 어떻게?"

"뇌진탕이라더군. 술에 취해 지하도 층계에서 굴러 떨어졌대."

우리들은 택시를 타고 그의 시체가 있다는 병원으로 달려갔다. 시체실 앞에 쳐진 천막 안에서 달려온 김형의 가족들과 몇몇 문학회 회원들이 둘러선 가운데 장의사가 염을 하고 있었다. 알코올로 깨끗이 닦아내고 단정한 수의를 입혀둔 김형은 죽었다기보다는 깊이 잠들어 있는 것 같았다. 염이 끝나고 그의 자그만 몸매가 관 속으로 자취를 감춘 후에까지도 도무지 실감나지 않는 죽음이었다.

"그렇게 차려놓으니 김형도 고운 데가 있네."

하가가 눈물을 질금거리며 입관하는 그의 시신을 보고 하는 말도 내게는 농담으로밖에는 들리지 않았다. 그러다가 화장터에서, 그의 24년 영욕이 어린 육신이, 거기 깃들였던 남다른 문학적 야망과 자부심이, 그렇게도 자주 나를 감탄시키던 그 예리한 통찰과 번득이던 감각이 아직 불기 있는 몇 개의 뼛조각으로 변하자 비로소 나는 그의 죽음이 실감났다.

소년적인 허세로 비뚤어져 겉으로는 완전히 손을 뗀 것처럼 행세하고 있었지만 김형은 언제나 나와 문학 사이를 묶고 있는 보이지 않는 끈이었다. 그는 내 예술적인 인식을 눈뜨게 하였으며 ─ 드물기는 하지만 그 무렵 나는 몇몇에게서 내 문학에 대해 분에 넘치는 승인을 받고 고양된 적이 있지만 누구도 일찍이 김형이 내게 베푼 것만큼은 되지 않았다……. 거기서 나는 진정으로 돌이킬 수 없는 상실의 슬픔에 빠져들고, 그것은 또 까닭 모를 허무와 절망으로 번져갔다. 내 삶은 무언가 결단을 요구하고 있다 ─ 그 밤 나는 하가와 밤새워 술을 마시며 몇 번이고 앞뒤 없이 외쳐댔다.

"서울에서의 내 날은 끝났다. 나는 이제 이 도시를 떠난다……."

이튿날 술에서 깨어나자마자 나는 정말로 서울을 떠날 준비를 했다. 뒤늦게 올라온 등록금으로는 우선 몇 군데 급한 빚을 갚고, 형에게는 전당표와 함께 편지를 보내 잡힌 물건들과 하숙집의 짐 보따리를 찾아가 주십사 하는 간곡하긴 하나 뻔뻔스럽기 짝이 없는 부탁을 했다. 그리고 한창 경기 좋은 때 큰맘 먹고 사들였으나 한 번도 제대로 읽지 못한 채, 몇 번인가 고본상에 기한부로 팔았다가 어렵게 되찾아온 몇 권의 값나가는 원서들을 처분해 출발의 밑천을 삼았다.

"보다 확실하게 알기 위해 지금 알고 있는 모든 것을 버릴 것. 더욱 큰 가치를 붙들기 위해 이미 접근해 있는 모든 가치로부터 떠날 것. 미래의 더 큰 사랑을 위해 현재의 자질구레한 애착에서 용감히 벗어날 것."

출발에 즈음하여 새로 마련한 두툼한 수첩의 맨 앞장에는 그렇게 적혀 있다. 내 생각이라기보다는 이제는 잘 기억나지 않는 어떤 책의 한 구절로 생각된다. 그리고 좀 엉뚱하게도 강릉행 열차를 탔던 것인데, 그때 기실 나를 내몬 것은 그와 같이 이지적인 이유라기보다는 그 이 년의 피로와 혼란, 그리고 김형의 죽음으로 자극된 까닭 모를 허무와 절망의 분위기였다. 철 이른 낙엽이 날리는 어느 스산한 시월의 오후였다. 한때는 아픔이요 시련이었으되 이제는 다만 애틋함이요 그리움일 뿐인, 아, 그 기쁜 우리 젊은 날.

그해 겨울

이제 그 겨울을 이야기할 수 있을 것 같다. 나는 이미 한 가정을 거느렸고, 매일매일 점잖은 복장과 성실한 표정으로 나가야 할 직장도 있다. 또 나이는 어느새 서른을 훌쩍 넘어 감정은 절제와 여과를 거쳐야 하며, 과장과 곡필로 이루어진 미문(美文)의 부끄러움도 알게 되었다.

　지금부터 꼭 십이 년 전이 되는 그해 겨울 나는 경상북도 어느 산촌의 술집에 '방우'로 있었다. '방우'라는 말은 원래 옛적 시골 사람들 사이에서 흔했던 고유명사였지만, 당시 그 술집에서는 허드레 일꾼, 또는 불목하니 정도의 뜻을 가진 보통명사로 쓰이고 있었다.

　물론 내가 애초에 나의 도시와 학교를 떠난 것은 그런 곳에서 방우 노릇이나 하기 위해서는 아니었다.

처음 나는 광부가 될 작정으로 강원도로 갔었다. 하지만 그때만 해도 밥벌이가 쉽지 않을 때라, 난데서 굴러 들어온 신통찮은 건달에게 일자리는 쉽게 구해지지 않았다. 그러다가 꼭 한 번 개인탄광의 갱에 들어가 볼 기회를 얻었는데 그때는, 그만 내가 질려버렸다. 개인탄광이란 — 그렇다, 요즘에도 가끔 신문에다 끔찍한 사건기사를 내는 정도이니, 십여 년 전 그때야 오죽했으랴. 갱에 들어간 첫날에 막장이 내려앉아 두 사람이 석탄더미에 묻히는 것을 보고 질겁을 한 나는 그날로 광부 노릇을 단념하고 말았다. 내 조그만 여행가방 한구석에는 언제든 나를 몇 분 안으로 치사(致死)시키기에 충분한 화공약품이 들어 있었고, 또 관념적으로는 항상 죽음과 가까이 있던 나였지만, 적어도 그런 형태의 죽음은 받아들일 수가 없었다.

그래서 일단 남하한 내가 다음에 찾아간 곳은 동해안의 조그만 어촌이었다. 거기서 고기잡이배나 한번 타볼까 했던 것인데, 그것도 뜻대로는 되지 않았다. 대부분의 주민이 작고 낡은 목선으로 연안어업에 종사하고 있는 어촌의 선창 부근을 열흘이나 얼씬거렸지만 이건 숫제 거들떠보지도 않았다. 한번 나는 용기를 내어 고대구리(코가 작은 그물로 하는 싹슬이식 불법어로) 배의 선주라는 자를 잡고 사정을 해 본 적이 있었다. 그때 그 해적같이 거칠게 생긴 사내는 내 흰 얼굴과 굳은살 박이지 않은 손을 번갈아 살피더니 노골적으로 이죽거렸다.

240

"거 보니 귀한 집 도련님 같은데, 그만 돌아가 책이나 보시지. 괜히 십 리도 못 나가 지난 설에 먹은 떡국까지 게워내지 말고."

할 수 없었다. 나는 거기서 무턱대고 내륙으로 걸었다. 고집스레 도보로 넘은 이름 모를 영마루의 아름답던 단풍과 쪽빛 하늘이 기억난다. 그리고 어디가 어딘지도 모를 길을 닷새나 걸어 내가 도착하게 된 곳이 바로 그 여관 겸 술집이었다.

그 집에 든 첫날 나는 내 마지막 돈으로 숙박비를 치르고, 술까지 청해 거나하게 마신 후 배포 유하게 잠이 들었다. 그러나 아침에 눈을 뜨니 암담하였다. 완전히 빈털터리가 된 채 생판 낯선 곳에 버려진 셈이었다. 별수 없이 나는 마음 좋아 뵈는 아저씨에게 어디 머슴자리라도 하나 소개해 달라고 매달렸던 것인데, 바로 그 자신이 나를 받아주었다. 월급 같은 것은 없고 먹고 자는 것 외에 잠비나 몇 푼 보태주겠다는 조건이었다. 단 것 쓴 것 가릴 처지가 못 되었음으로 나는 군말 없이 그 조건에 동의했다.

사실 내가 하게 된 일로 보면, 그 정도도 그리 박한 대우라고는 할 수 없었다.

그런데 이제 본격적으로 그 겨울을 얘기하기에 앞서 서울을 떠난 후부터 그곳에서 방우로 자리 잡을 때까지 내 정신이 겪은 변화와 굴곡부터 좀 살펴봐야겠다. 처음 강원도로 방향을 잡은 것부터가 그렇지만, 내가 거기서 광부 노릇을 하려고 했던 것이나 고대구리 배를 타려고 했던 것은 스스로 돌아보기에도 엉뚱스러운 데가 있다. 하지만 그와 같은 내 행동이 다소 조리에 닿지 않는다고 해서, 내면에서 진행된 감정의 전개까지 전혀 설명할 수 없는 것은 아니다.

이미 말한 대로, 내가 그 길을 나선 것은 어떤 이지적인 동기에서가 아니라 그전 이 년 동안의 대학생활이 가져온 피로와 혼란, 그리고 가까운 친구의 죽음으로 자극된 까닭 모를 허무와 절망의 분위기에서였다. 그리고 그것들은 갈수록 과장되어 — 마침내 삶이 내게 무언가 그 근원적인 결단을 요구하고 있는 듯한 느낌으로까지 변했다. 이를테면 쓴 이 삶의 잔을 던져버릴 것이냐, 참고 마저 마실 것이냐 따위로. 설령 그런 결단의 요구가 지나친 감정의 과장에서 비롯된 것이라 해도 그때 내 나이 스물하나였다는 것을 대면 어느 정도는 용서받을 수 있으리라.

그러나 한편으로 나는 또, 내가 빠져 있는 어려움은 누구나 한 번씩 겪게 마련인 삶의 과정에 불과하며, 따라서 언젠가 그 혼란과 피로는 극복되고 끝내는 젊은 날의 값진 체험으로 전화(轉化)되리라는 희미하나마 낙관적인 기대도 가지고 있었다. 아마도 내가 광부나 선원이 되고자 한 것에는 바로 그런 기대에 접근하려는 노력의 뜻도 있었던 것으로 보인다. 당시 나는 내 그 지독한 피로와 혼란이 오랫동안 공허한 관념과 뿌리 없는 사유에 의지해 살아온 탓일지도 모른다는 의심과 함께, 우리의 두뇌는 종종 우리의 근육이 가장 혹사당할 때 최적의 휴식을 얻게 된다는 것도 알고 있었다. 거기서 나는 삶에 대한 성급한 결론에 떨어지는 대신,

땀 흘려 일하면서 내 머리를 충분히 쉬게 한 뒤에 어떤 온당한 해결의 실마리를 찾아보고자 한 것 같기도 하다.

그 밖에 또 하나 내가 구태여 힘들고 거친 일자리와 극단적인 상황으로 자신을 몰아넣은 이유로 짐작되는 것은 얼핏 수행과도 혼동되기 쉬운 계산된 자학이다. 다시 말해서, 자신의 비참과 고통을 극대화함으로써 지난 잘못이나 어리석음을 스스로 용서할 구실을 만듦과 아울러 어떤 위기의식으로 내부의 잠재력을 최대한으로 끌어내기 위해 자신을 그렇게 몰아갔던 것 같다.

하지만 이 모든 것은 지금에 와서야 곰곰이 돌이켜본 내면의 전개와 추이일 뿐 당시 나를 사로잡고 있던 의식의 외면은 오히려 무감각과 방심이었다. 나는 될 수 있는 한 내 이목을 번거롭게 하거나 감당하기 힘든 사유를 자극하는 사물을 피했고, 때로는 거의 치매상태와도 흡사한 침묵과 무위에 젖어들기도 했다. 어쩌면 더할 나위 없는 전락일 수도 있는 시골 술집의 방우 노릇을 내가 그처럼 아무런 저항 없이 받아들인 것도 실은 그 무렵의 당면한 곤궁보다는 그런 무감각과 방심 때문이었을 것이다.

내가 있던 그 술집은 조그만 산골 면소재지에는 지나치리만큼 큰 규모였다. 평소 여관으로 쓰이는 그 집의 아홉이나 되는 방은 때가 오면 그 하나하나에 모두 색시가 있는 시골 요정으로 변하는 것이었는데, 그 '때'에 대해서는 다음에 말하겠다.

내가 거기서 맡은 일은 주로 그 아홉 개의 방에 걸린 남포등이 항상 밝고 고른 빛을 내게 하는 것과 그 온돌을 밤새도록 따뜻하게 데워놓는 것이었다.

그 밖에 오십 평이 넘어 뵈는 마당을 쓰는 일과 술상을 나르는 일, 술도가에 술 주문을 하는 일 등이었지만, 마당은 대개 부지런한 주인아저씨가 맡아 쓸었고, 술상은 항상 예닐곱이 넘던 색시들이 직접 날라 갔으며, 또 술도가에는 그 집 속내를 잘 아는 배달원이 있어 내가 헐떡이며 달려갈 필요가 없었다.

그래도 일은 처음 상당히 어렵고 또 꽤 오랜 시간이 걸려서야 마칠 수 있었다. 우선 밤새 그을음이 두껍게 층져 앉은 아홉 개의 등피를 매일같이 깨끗하게 닦아놓는 것도 그랬지만, 방 안이 골고루 환하고 높게 올려도 그을음이 나지 않도록 심지를 반듯하게 자르는 것도 제법 까다로웠다. 가까운 산판에서 차로 실어 온 끝다리 통나무를 잘라 아홉 방을 데울 만큼의 장작으로 만드는 일도 여간 힘들지 않았다. 거기다 아직 덜 마른 나무라도 실려 오는 날이면 쏘시개가 또 걱정이었다. 마른 솔잎의 화력으로 젖은 장작을 말려가며 아홉 방의 군불을 때고 나면 자정을 넘기기가 일쑤였다.

하지만 모든 일에는 요령이 따르는 법이어서 한 달이 되지 않아도 그런 일들에 익숙해졌다. 그리고 달포가 지나서는 오히려 그런 일들을 즐기고, 그걸 해 나가는 과정의 사소한 성취들을 은근히 자랑스러워하게까지 되었다.

해질 무렵이 되면 나는 먼저 간밤 늦게까지 질탕한 술자리와 그 도취, 그 욕정, 그리고 그 허망을 밝히느라 두텁게 그을음 낀 남포등의 등피부터 닦았다. 거기 더께 앉은 그을음을 대강 털어내고 데운 물에 비누칠해 씻은 뒤, 맑은 물로 헹구고 마른 수건으로 말갛게 닦아놓으면 내 마음마저 맑아오는 기분이었다. 거기다가 불꽃이 갈라지거나 그을음 꼬리를 달지 않도록 가지런히 자른 남포등의 심지에 불을 붙이면, 그 맑은 등피 속에 타고 있는 고른 불꽃마저도 마치 내가 힘들여 창조한 예술품과 같은 느낌이 들었다.

군불도 마찬가지였다. 나는 장작을 준비하는 데 결코 욕심 부리거나 변덕스럽지 않았다. 넓은 마당가에 함부로 부려놓은 산판 끝다리 소나무 중에서 내가 그날 몫으로 골라내는 것은 대개 여섯 대[本] 정도였다.

꾸불꾸불하고 옹이가 많은 놈으로 셋, 밋밋하고 결이 골라 한 도끼에 쪼개질 놈으로 셋, 그 다음 그걸 자[尺] 반 길이로 톱질한 후 엷은 겨울 오후의 햇살 아래서 윗옷을 벗고 장작을 패기 시작한다. 밋밋한 적송(赤松) 줄기가 한 도끼에 퍽퍽 갈라지는 것도 시원스럽지만, 옹이 투성이로 뒤틀린 다복솔 밑둥치를 애써 찾아낸 결을 따라 한 도끼질로 쪼갤 때의 통쾌함은 지금도 잊혀지지 않는다.

그러나 무엇보다도 인상적인 것은 바로 그 장작으로 불을 지피는 일이었다. 당시의 그런 나를 본 사람들의 눈에는 내가 어떻게 비쳤을까. 그들은 내가 막 엄숙한 배화(拜火)의 의식에 참례하려고 하고 있다는 것을 알고 있었을까.

저물 무렵 아홉 방의 남포등에 불을 붙인 후 이른 저녁을 마친 나는 먼저 아궁이마다 한 아름씩 장작을 날라놓는다. 그리고 신문지 몇 장과 됫병 둘을 끼고 각 성지를 순례하기 시작한다. 됫병 하나에는 막걸리가 담겨 있고 다른 하나에는 석유가 담겨 있다. 막걸리는 항상 차 있는 부엌의 술독에서 퍼온 것인데, 주인 내외는 그런 것에 그리 인색하게 굴지 않았다. 석유는 가끔씩 얻는 내 잡비를 주고 산 것으로 말썽 많은 불쏘시개 문제를 해결해 줄 것이었다.

그렇게 아홉 아궁이를 다 돌고 나면 대개 두 개의 병은 비게 마련이었다. 부엌에서 집어온 어포 같은 안주거리로 불룩하던 내 점퍼 주머니도. 얼큰해진 나는 내게 배당된 구석방으로 돌아가 눕는다. 때로 흥에 겨우면 부엌으로 가서 몇 잔 더 얻어마실 때도 있지만, 대개는 그대로 잠들거나 아니면 아직도 내 눈앞에 아른거리는 장작불의 잔영을 망연히 바라보았다.

정말이지 나는 언젠가 기회가 오면 배화교의 교의를 깊이 알아볼 작정이다. 그때 내가 아홉 아궁이 앞에서 매일 저녁 경건하게 바라본 것은, 비록 침묵하고는 있었지만, 그들 선악 배화교의 두 신의 그림자임이 분명하였다. 또 나는 거기서 엄숙한 정화와 희생의 제전을 보았으며, 연소하고 사라지는 가운데서 무엇인가 다시 살아나고 피어오르는 것을 느꼈다. 이대로 영원인들 어때, 하는 그 무렵의 내 이해 못할 만족과 평안도 그런 불에게서 받은 어떤 신비한 느낌 때문이 아니었던가 싶다.

이제 그 '때'를 얘기하겠다. 내가 몸담아 있던 그 집이 조용한 산골 면소재지 여관에서 갑자기 색시 예닐곱과 아홉 개의 밀실을 가

246

진, 그리고 하루에도 수십 명의 손님이 드나드는 도회의 요정처럼
변하는 때를.

　봄·여름 내내 어쩌다 한둘 있는 뜨내기 손이나 가까운 산판
의 서사(書士), 아직 숙소를 못 정한 부임초의 초등학교 교원 같은
하숙생만으로 적막하기까지 하던 그 집은 가을바람과 함께 활기
를 되찾는다. 우선 여름내 버려져 있던 마당의 화단이 손질되고,
더럽혀진 회벽과 칠이 벗겨진 기둥이며 대문이 새롭게 단장된다.
누렇게 변색하고 뚫어진 창호지를 새로 바르고, 도배며 장판까지
다시 한다. 창호지 바른 들창에 어설픈 커튼이 드리워지는 것도
그 무렵이 된다.

　그렇게 집 꾸미기가 끝나면 주인 내외는 또 다른 준비에 들어
간다. 주인아저씨는 멀리 D시까지 나가 색시들을 데려오고, 아주
머니는 또 가까운 A시에 나가 대도시의 어떤 요정 못지않은 고급
안줏거리를 사들인다. 그동안 다른 손님은 일체 받지 않는다. 그
래서 모든 준비가 끝났을 때 그곳을 찾아드는 사람은 통칭 '감정
원'이라 불리는 일단의 별정직 공무원들이었다.

　얼핏 들으면, 몇 명의 공무원이 온다고 해서 그 많은 방과 색시,
그리고 매주 한 리어카가 넘는 고급 안주가 필요하다는 게 이상할
지 모르겠다. 주인 내외가 그 모든 준비에 들어가기 전부터 그 집
에 있게 된 나는 처음에는 그 법석이 언뜻 이해되지 않았다. 그러
나 감정원들이 도착하고 얼마 되지 않아 나는 알 것도 같았다. 그
들이야말로 그 지방의 주산물인 잎담배의 등급을 매기고 무게를

달 사람들이었다. 당시 그 면의 인구는 만 명 남짓했는데, 수납대금은 칠억 원에 이르고 있었다. 아직 70년대에도 들지 못한 때임을 생각하면 대단한 금액으로 잎담배 재배는, 그 지방 사람들의 농사 전부라고 해도 지나친 말은 아니었다.

그런데 그때만 해도 잎담배의 등급판정은 전혀 그들 감정원의 육안에 맡겨져 있었다. 물론 그들에게는 나름대로의 기준이 있을 테지만, 아무래도 기계적인 정확성은 기대할 수 없었다. 감정원의 주관에 따라 한두 등급은 차이가 날 수도 있는데, 그것도 객관적인 증명이나 책임추궁이 거의 불가능한 차이였다.

경작자들에게 중요한 것은 바로 그 한두 등급이었다. 그 때문에 그들은 다 지은 농사를 두고도 상당한 액수를 덕 볼 수도 있고, 손해 볼 수도 있었다. 그 밖에 저울질도 수납대금에 영향을 미쳤다. 일정한 규격이야 있지만, 잎담배 포장이 항상 정확한 무게로 되는 것은 아니어서 그것이 또 저울질하는 사람에 따라 어느 정도의 가감을 가능하게 했다. 내가 들은 바로는, 보통의 농가라도 감정을 잘하고 못하는 데 따라 십여 만 원의 차액이 날 수 있었다. 당시 사립대학 등록금이 오만 원 안팎이었다는 것을 생각하면 누군들 가만히 있겠는가.

지금이야 물론 그럴 리 없겠지만, 그때 그곳 주민들이 이용하던 증회(贈賄) 루트는 대개 두 갈래였다. 하나는 연초조합 총대(總代)를 통하는 것으로, 수가 많고 드러나기 쉬워 종종 효과를 못 보는 수가 있었다. 거기 비해 내가 방우로 일하는 그 술집 주인아저씨를 통하는 다른 한 길은 은밀하면서도 정확했다. 그 산골 여관이 그렇게 흥청대는 이유는 바로 그런 데에 있었다.

지금도 선명히 떠오른다. 매일매일 벌어지던 술자리와 색시들의 간드러진 웃음소리, 그리고 경작자들의 아첨에 둘러싸인 그 감정원들. 그중에서도 갑·을 감정으로 불리던 두 사람은 무슨 당당한 제왕과도 같았다. 후일 나는 우연히 그들의 직급을 살펴볼 기회가 있었는데, 그게 그때 추측한 것만큼 그리 대단한 게 아니어서 몹시 놀란 적이 있다.

하지만 오해하지 않기를 바란다. 비록 그들은 내게 무례하고 거만스럽게 대했고, 나 또한 그들에게 적잖은 악의를 가진 것은 사실이지만, 그렇다고 이 글이 그들의 오래된 비리를 들추기 위해 씌어지고 있는 것은 아니다.

그곳의 추억 속에서 아무래도 잊지 못할 것은 색시들이다. 아름답고 사랑스럽던, 그러나 더 자주는 쓸쓸하고 가엾던 그녀들. 그녀들은 정말 여러 곳에서 왔다.

주인아저씨는 한결같이 D시의 직업소개소에서 데려왔다고 하지만 그녀들의 고향과 출신은 모두 달랐다. 남해의 섬 아가씨가 있는가 하면 강원도 산골에서 온 색시가 있었고, 기지촌에서 밀려난 양공주가 있는가 하면, 드물게는 전문학교를 중퇴해 되다 만 이른바 인텔리도 있었다. 내가 그곳에 있는 두 달 동안에 그렇게 모두 열두 명의 색시가 다녀갔다.

그녀들의 생활은 일견 유쾌하면서도 눈물겨웠다. 이른 저녁 물

찬 제비와 같이 맵시 있는 한복 차림에 정성 들인 화장을 마친 그녀들은 정말로 아름다웠다. 알맞게 술이 오른 그녀들이 신나게 유행가 가락을 뽑아 올리거나 깔깔거리고 있는 걸 보면 나도 모르게 즐거운 인생도 있구나 싶었다. 갑·을 감정의 사랑을 받는 색시가 경작자들의 간접적인 아첨 덕분에 옷깃이나 버선목에서 당시 가장 고액권이던 오백 원짜리를 몇 장이고 꺼내는 것을 볼 때는 괜찮은 직업도 있구나, 하는 생각까지 들었다.

그러나 완전히 알몸인 채 짓궂은 손님에게 곤욕을 당하거나, 무리하게 섞어 마신 술로 정신없이 게워내고 축 늘어져 있는 것을 보면 그녀들은 그대로 연민이었다. 늦은 아침 세수를 마치고 들어서는 그녀들의 얼굴을 대하는 것은 언제나 섬뜩했다. 알코올과 값싼 화장품의 납독으로 그녀들의 피부는 푸르뎅뎅했고 더러는 벌겋게 성나 있었다.

그녀들은 아무도 아침을 먹지 못했고, 점심은 맵고 짠 국수나 비빔밥으로 때웠다. 그리고 — 저녁은 다시 아무것도 먹지 않았는데, 그 이유를 알고 보니 끔찍했다. 손님방에 들어가서 더 많은 술과 안주를 없애기 위해서였다. 도회의 잔인한 업주들에게서 받은 단련이 몸에 밴 탓인지 그녀들은 주인 내외의 강요가 없어도 무슨 불문율처럼 그걸 지켰다. 그렇게 시달린 위와 간장 때문에 그녀들은 가끔 왝왝 헛구역질을 해댔다.

한번은 이런 일이 있었다. 김양이라고 불리는 아주 나이 어린 색시가 있었는데 그 무렵 갑 감정의 사랑을 받고 있었다. 어느 날 우리가 늦은 점심을 들고 있는데 갑 감정이 불쑥 들어와서는 김 양을 찾았다. 맛있게 밥을 비벼놓고 막 첫술을 뜨려던 그녀는 숟가락을 밥그릇에 걸쳐놓은 채 그의 방으로 갔다.

십여 분 후에 흐트러진 매무새로 돌아온 그녀는 밥그릇에 걸쳐둔 숟가락을 소리 나게 상 위에 내려놓았다. '개새끼' 하며 내뱉는 그녀의 두 눈에는 알아볼 만큼 눈물이 홍건했다. 그녀의 스웨터 주머니에 방금 함부로 쑤셔 넣은 듯한 오백 원 권 몇 장이 그런 그녀를 조소하듯 비죽이 고개를 내밀고 있었다. 나도 왠지 콧마루가 시큰하고 목이 메어와 들고 있던 밥숟갈을 놓고 말았다.

젖먹이를 떼놓고 와 불어 오른 젖 때문에 며칠이나 잠 못 자던 색시, 복역 중인 남편을 면회하러 주일마다 교도소가 있는 A시로 나가던 색시, 계모 밑에 남겨둔 오랍동생이 그리워 밤마다 눈물짓던 색시…… 쓸쓸한 기억이다. 온몸에 담뱃불과 매질로 흉터투성이이던 색시, 그러나 바로 자기를 그렇게 만든 남자를 못 잊어 술만 취하면 아무나 붙들고 늦도록 신세타령을 하던 그녀의 치정도 추억하면 눈물겹다.

그 밖에 조나 옥수수밖에 안 되는 개골짝 비탈밭에 담배를 심어 갑자기 큰돈을 만지게 된 시골 사람들의 소비 광태, 도벌꾼에 불과한 엉터리 사장들의 거드름. 연일 계속되던 골방의 마작판과 그 열기도 나는 잊을 수 없다. 그들 중 몇몇은 손가락 끝으로 어찌나 열심히 '젠바완[間八萬] 벤치통[邊七桶]'을 훑었던지 마작의 음각(陰刻) 문양이나 숫자에 지문이 지워져 나중에 경찰에 불려가서도 조서에 찍을 지문이 없었다. 그리고 각다귀처럼 몰려오던 무보수 주재 기자들, 기상천외한 그 면의 신문인협회 회원들 — 그들은 모두 백 부 미만을 가진 일간지의 지국장들이었다……. 그러나 그만하련다. 나는 아직 그들 중 누구도 나무라거나 동정할 처지가 못 되고, 또 이 글도 그들에게 바쳐지는 것은 아니므로.

어쨌든 처음 얼마 동안 그곳의 생활은 그런대로 만족스런 것이었다. 무엇보다도 그 무렵의 내게 유쾌했던 것은 내가 자신의 근육에 의지해 살아가고 있다는 점이었다. 이미 나는 그때까지 몇 번인가 자신의 생계를 스스로 해결해 본 적이 있었지만, 그 겨울의 그런 느낌은 분명 새롭고 특이한 경험이었다.

거기다가 그곳의 생활에는 내 이목을 번거롭게 하거나 감당하기 힘든 사유를 자극하는 것이 없었다. 그 잎담배 감정원들, 색시들, 경작자들……. 나는 제법 생생하게 그들의 얘기를 했지만, 사실 그들은 내가 저 아득한 기억의 어둠 속에서 상당히 고심하여 불러낸 사람들이다. 당시의 내게 그들의 존재란 내 두터운 무의식과 방심의 벽 너머를 어른거리던 어떤 허상 또는 환상에 불과하였다.

하지만 그렇다고 그 생활이 언제까지고 계속될 수는 없는 일이었다. 채 두 달이 되기도 전에 나는 깊은 동면에 빠진 내 의식을 자극하는 두 개의 상반된 목소리를 내부로부터 들었다.

그중 하나는 음흉하게 이죽거렸다.

'너는 무슨 대단한 구도의 길이라도 나서는 것처럼 네 도시와 학교를 떠났다. 가장 엄숙하고 진지한 표정으로 지난 몇 개월을 어지러이 돌아다녔다.

그래, 이제 너는 까닭 없이 너를 몰아낸 그 허무와 절망의 실체를 파악했는가. 그렇게도 열렬하게 도달하고자 했던 이른바 그 '결단'이란 것에 조금이라도 접근했는가. 혹 너는 자신의 비겁과 우유부단을 피상적인 자기학대로 변명하고 있는 것은 아닌가. 오직 네가 안주하고 있는 것은 회피나 유예에 불과하지 않은가…….'

다른 하나는 우울한 목소리로 이렇게 중얼거렸다.

'어쩌면 너의 출발은 용감하고 뜻 깊은 것이었다. 너는 이미 만들어져 있는 세상의 여러 가치를 거부하고 스스로 찾고 확인하기 위해 떠났다. 그렇지만 지금 너는 엉뚱한 곳에서 젊음과 재능을 낭비하고 있는 것이나 아닌지. 이 시간도 영악하고 날랜 아이들은 수없이 너를 앞질러가고 있다…….'

전날 밤 과음한 탓으로 목이 타 깬 어떤 새벽 우연히 듣게 된 그 목소리들은 날이 갈수록 치열해졌다.

거기다가 그곳에는 또 언제부터인가 내가 그런 방우 노릇을 마냥 이어가지 못하도록 가로막는 사람도 둘이나 생겼다.

그 하나는 온 지 얼마 안 되는 윤양이란 색시였다. 어딘가 느슨해 보이는 여자로, 시간만 나면 두툼한 대학 노트에 유행가 가사 같은 글을 끄적여댔는데, 그녀는 곧잘 엉뚱한 상상으로 나를 당황하게 만들었다.

"저, 방우 씨는 말이죠?, 시인이죠? 그죠? 난 다 알아요. 방우 씨, 전에는 도회에 살았죠? 대학도 다녔죠? 그죠? 난 다 알아요. 이래봬도 난 방우 씨 같은 사람과 사랑해 본 적이 있거든요. 지금은 사랑하기 때문에 서로를 위해 헤어졌지만."

대개 그런 식이었다. 그 맺힌 데 없는, 철저하게 유행가 가사 같은 여자는 시도 때도 없이 나를 괴롭혔다. 내가 없는 사이에 내 가방을 들쑤셔놓는가 하면, 손님방을 빠져나와 내가 군불을 때고 있는 아궁이로 달려들었다. 말이 없으면 무시한다고 성을 내고, 대꾸를 하면 금방 자기의 터무니없는 상상을 더욱 비약시켰다. 당신 아버지는 큰 회사 사장이죠? 그죠? 당신 애인은 백혈병으로 죽었죠. 그죠? …… 미칠 지경이었다.

또 다른 한 사람은 뭉툭한 턱에 왕방울 눈을 가진 그곳 지서(支署) 차석(次席)이었다. 우연히 그 술집에 들러 방우 노릇을 하고 있는 나를 본 후 그는 왠지 내게 비상한 관심을 나타냈다. 당하는 쪽으로 보아서는 괴롭기 짝이 없는 관심이었다. 그는 내가 자기의 늦은 출세를 벌충해 줄 무슨 끔찍한 범죄자로 지레짐작을 하고 있었다. 몇 번 지서로 불려 다니다 못 견딘 내가 그만 학생증을 보이고 말았는데, 그게 오히려 그의 확신에 불을 지르고 말았다. 데모에 몇 번이나 가담했느냐, 반정부 활동을 한 적은 없느냐, 방금 재판이 진행 중인 무슨, 무슨 당 사건과는 무슨 관련이 있느냐 — 정말 성가신 노릇이었다.

이래저래 나는 결국 그곳을 떠날 결심을 했다. 이웃집 감나무에 무서리가 번쩍이는 어느 아침이었는데, 나는 주인아저씨에게

만 간단히 작별을 하고 종종걸음으로 그 면소재지를 빠져나왔다.

그곳의 추억에 덧붙일 게 있다면 그것은 윤양과의 기묘한 작별이었다. 내가 오 리쯤 걸어 나왔을 때 뒤에서 나를 부르는 소리가 들렸다. 어디서 들었는지 윤양이 헐떡이며 뛰어오고 있었다. 애써 지은 내 냉담한 표정이 아니었더라면 그대로 달려와 안길 기세였다. 그녀는 고운 포장지에 싸인 조그만 물건을 내밀었다.

"손수건이에요. 방우 씨를 위해 진작에 준비해 뒀어요. 이렇게 불쑥 떠날 줄 알고 있었거든요."

그리고 잠시 숨을 가다듬더니, 쓸쓸한 목소리로 덧붙였다.

"사실 그 사람은 시인이 아니었어요. 저를 짓밟고 돈이나 뜯어간 사기꾼이에요. 그렇지만 저는 시인을 사랑하고 싶었거든요……. 오래오래 절 기억해 주시겠어요?"

그런 그녀의 두 눈엔 원인 모를 물기가 어려 있었다. 그때만은 나에게도 그녀의 두 눈이 멍청하게 느껴지지 않았다. 지금에 와서 생각해 보면, 그녀야말로 시인이 아니었던가 싶다.

겨울은 이미 깊어 있었다. 나는 단숨에 이십 리를 걸어 내륙으로 통하는 도로와 바닷가로 가게 되는 도로의 분기점에 이르렀다. 그런데 이상도 하지, 내가 택한 길은 바다 쪽이었다. 나는 바닷가 태생도 아니고, 자라서도 그것과 특별한 인연을 맺은 적도 없었다. 더구나 그때는 이미 배를 타겠다든가 하는 따위 현실적인 이유도 없는 데다, 그리로 가는 길은 또 내가 돌아가야 할 집과는 반대 방향이었다.

지금도 보관돼 있는 그때의 수첩에는 바다가 나를 부른 것으로 되어 있다. 거의 꾸밈이나 과장의 기색 없이, 바다가 오래전부터 나를 손짓하고 유혹했다고 적혀 있다. 그것으로 보아 그때 내가 귀를 기울인 내부의 목소리는 무언가 결단을 재촉하던 과격한 쪽이었던 것 같다.

나는 그 목소리에 따라, 쓴 이 잔을 던져버릴 것이냐 참고 마저 마실 것이냐를 결정할 장소를 바다로 택했음에 분명하다. 그리고 그런 갑작스러워 엉뚱해 보이기까지 하는 선택 뒤에는 무엇보다도 스물을 갓 벗어난 내 나이가 있었다. 솔직히 말해 그 나이에 무슨 일을 한들 엉뚱하지 않을 수 있으랴.

어쨌든 나는 바다를 향해 떠났다. 바다는 그곳에서 직선거리로는 백 리도 안 됐지만, 험준한 태백산맥의 봉우리들을 피해 가다 보면 이백 리에 가까웠다. 편평족인 내게는 사흘길이 빡빡하였는데도 나는 고집스레 걸어서 갔다.

처음 얼마간 길을 걷는 내 마음은 무거웠다. 사실 그런 길은 누구에게도 유쾌할 수 없는 길이었다. 바닷가에서 나를 기다리는 선택 때문인지, 다시는 못 돌아올지도 모른다는 불길한 예감으로 어떤 비장감까지 느꼈던 게 언뜻 기억난다.

그러나 첫 번째 만난 도로변의 주막을 나서면서부터 그런 내 기분은 말끔히 사라졌다. 서둘러 떠나느라 거른 아침 겸해서 마신 술로 얼큰해진 나는 곧 낯선 곳을 향해서 떠나고 있다는 소년적인 흥취에 젖고 말았다. 이름 모를 산굽이를 돌아 끝없이 이어진 가로길, 백양나무의 쓸쓸한 가지들과 거기 걸린 옅은 겨울하늘, 지나가는 차량이 일으키는 먼지 속의 그 산뜻한 가솔린 내음. 나중에 나는 여행을 찬미한 버질의 시구까지 흥얼거렸다.

'만약에 내 운명을 스스로 결정할 수 있다면, 나는 안장 위에서의 일생을 택하겠노라……'

그날 하루 나는 정말 유쾌한 여행자였다. 찬바람에 술이 깨기만 하면 시골 주막이건 도로변의 구멍가게건 가리지 않고 들러 마셨고 마음에 드는 경치가 있으면 땀이 식고 온몸이 으스스할 때까지 앉아 쉬었다.

추운 날씨 때문에 종종걸음 치는 행인은 모두가 나의 좋은 길동무였다. 나는 그들의 행색과 표정이 요구하는 대로 나를 변형시켜 그들을 즐겁게 하고, 감격시키고 놀라게 했다.

그 십 년 내내 한 번도 집권해 본 적이 없는 야당의 시골 당원을 만났을 때 나는 데모 주동자로 쫓기는 대학생이 됐다. 전해 들은 시국 얘기로 그를 감탄시켰고 기억나는 과격한 논문으로 정부의 한심한 농촌정책을 매도해서 그를 유쾌하게 해 주었다. 자기의 거창한 포부와 함께 박육문(朴六文)이란 쉽게 잊혀지지 않을 이름을 대며 그가 내 이름을 물어왔을 때, 나는 슬쩍 그쪽으로 유명한 선배 이름을 대주었다. 헤어지기 앞서 그가 진심으로 자기 집에 하룻밤 묵어갈 것을 청해 왔을 때는 오히려 난처했었다.

나처럼 얼큰한 시골 건달을 만나서는 나도 한때 명동 골목을 익숙해졌고 마음도 황혼과 고독에는 무디어져 있었다.

　예상대로 그 마을에는 여관 같은 것이 없었다. 무슨 대순가. 그런 산골 마을은 밤늦도록 어슬렁거리다 보면 어딘가 한군데 불이 켜진 채 두런거리는 방이 있게 되어 있고, 또 대체로 그 방에서는 동리 젊은이들이 모여 새끼를 꼬거나 내기화투를 치고 있기 마련이었다. 그런 데서 잠자기를 얻기는 어려운 일이 아니었다. 일 년에 모곡(募穀) 서너 말을 받는 시골동장을 찾아가도 마찬가지였다.

　이도저도 안 될 때는 동방(洞房)이나 4H회관을 이용할 수도 있었다. 대개 냉방이기 십상이지만 하룻밤 웅크리고 지내기에는 그런대로 견딜 만했다. 그 밖에 당시만 해도 주민등록증만 제대로 갖고 있으면 뜨뜻하게 쉬어 갈 수 있는 향군초소가 그 지방에는 총총히 박혀 있었다. 아무튼 밤늦게 민가에 뛰어들어 돈 내고 사정해야 할 일은 별로 없었다.

　그날도 그랬다. 길가 구멍가게에서 태평스럽게 저녁을 시켜 먹고 마을을 어슬렁거리던 나는 마을 어귀 향군 초소에서 대뜸 검문에 걸리고 말았는데, 그게 바로 그 밤의 숙소 문제를 해결해 주었다. 젊은 전투경찰과 그날 밤 근무인 두 명의 동네 예비군 젊은이는 내 신분이 확인되자 이내 친절해졌다. 그들은 자기들의 술추렴에 나를 끼워주었고, 따뜻한 아랫목을 기꺼이 내게 양보했다. 다음날 내 내의 속에서 스멀거리던 이를 제외하면 그들이 내게 베푼 것은 온통 호의뿐이었다.

　전날 이것저것 섞어 마신 술로 머리는 지끈거리고 위는 쓰렸지만, 이튿날도 유쾌한 기분은 그대로였다. 그 젊은 전투경찰의 하숙집에서 따뜻한 아침과 해장술까지 대접받은 나는 곧 길을 나섰다. 전날 기껏해야 육십 리 정도밖에 걷지 않았는데도 발이 약간 부르터 있었다. 썩 못 견딜 것은 아니었지만, 나는 주워들은 대로 내 정글화 바닥에 세탁비누를 깎아 넣었다. 그리고 먼지를 일으키며 지나가는 버스들을 여전히 심드렁하게 바라보며 길을 재촉했다.

만약 그날 내가 두 번째의 길동무로 그 창백한 폐병쟁이만 만나지 않았더라면 그 여행은 적어도 바다까지는 유쾌하고 만족스런 것이 될 수 있었으리라. 녀석을 처음 만날 때부터 나는 왠지 창백한 얼굴과 함부로 기른 검고 긴 머리칼이 마음에 들지 않았다. 그저 몸이 아파 몇 년째 고향에서 요양 중이라고만 자기를 소개할 때도 어딘가 미심쩍은 데가 있었다. 나는 진작 곱고 흰 녀석의 손과 중지(中脂)의 커다란 펜 혹에 유의했어야 했다. 내가 그 낭패를 당한 것은 아마도 간밤의 술에서 덜 깨 흐릿한 정신 때문이었을 것이다.

나는 잠깐 그를 가늠한 후 또 전날과 같은 짓을 되풀이했다. 녀석에게서 풍기는 무언가 지적이고 사변적인 분위기에 맞추어 나는 대뜸 한 구도자가 됐다. 나는 떠벌리기 시작했다. 신과 인간에 대해 도덕과 가치에 대해 그리고 세계와 존재에 대해. 그때는 대학 동급생이었던 김형과 하가로부터 받은 그 방면의 단련이 적잖이 도움이 됐다. 실제로 처음에는 녀석의 얼굴에서도 전날 내가 만났던 여러 길동무들의 얼굴에서와 마찬가지로 감동과 감탄의 빛이 떠올랐다. 그걸 확인하고 나는 더욱 신이 나 떠들었다.

그런데 — 시간이 갈수록 녀석의 표정은 담담해져 갔다. 끝까지 조용히 듣고는 있었지만 헤어지기 전의 마지막 몇 분 동안 녀석의 얼굴에 떠올라 있던 것은 분명 일종의 경멸과 조소였다. 녀석의 그런 변화를 곧 알아차린 나는 원인 모를 초조로 더욱 열렬해졌다. 나중에는 어떤 절박감에까지 빠져 내가 이해하지 못한 책만 골라 그 해설서대로 떠들었다.

끝내 녀석의 얼굴에서 최초의 표정이 회복되는 것을 보지 못하고 만 내가 참담한 실패를 확인한 것은 녀석과 헤어지고 채 오십 미터도 못 갔을 때였다. 녀석이 돌아간 산굽이 쪽에서 괴상한 비명 소리 같은 것을 듣고 나는 놀라 달려가 보았다. 그것은 비명이 아니었다. 참고 참았던 녀석의 웃음소리와 거기에 자극된 기침 소리가 함께 어울려 나에게 그렇게 들려왔을 뿐이었다. 녀석은 산모퉁이의 조그만 바위에 기댄 채 그 발작과도 같은 웃음과 받은기침 소리로 거의 정신을 잃고 있었다. 그런 녀석의 입가와 손바닥에는 몇 점 선혈이 묻어 있었다.

"미안하오, 콜록, 콜록, 왠지 웃음이…… 콜록, 콜록…… 당신이 강의한 철학개론은, 콜록, 잘, 콜록, 잘 들었소…… 하이데거는 콜록, 콜록, 잘못 이해되고, 콜록, 일상언어학파는 전혀 읽지 않은 것이…… 분명하지만, 콜록, 콜록, 콜록……."

한참 후에야 나를 알아본 녀석이 간신히 짜낸 말은 그러했다.

솔직히 말해서 나는 그때 녀석에 대해 강렬한 살의까지 느꼈다. 내 무슨 재주로 그때의 참담했던 심경을 표현하랴. 줄에서 떨어진 그 어떤 광대가 나보다 더 비참하였으랴. 십 년이 지난 지금에도 그때 일을 생각하면 얼굴이 달아오른다. 하이데거와 옥스포드 일상언어학파에 원한을 품게 된 것도 그때부터였다. 아직도 나는 그들을 읽지 못하고 있다.

그날의 나머지 길은 참으로 우울하였다. 바람은 갑자기 몇 배나 차고 날카로워지고, 하늘은 무겁고 어둡게 내려앉았다. 내 허망한 방황이 서글퍼지면서 바다가 비로소 실감나는 존재로 다가왔다. 녀석이 한눈에 알아본 것은 틀림없이 내 진정한 모습이었다.

나는 선배들의 신화와 모험을 동경했지만, 그들의 이념에는 투철하지 못했다. 내가 처음 그들에게 매혹됐던 것은 그들의 강인한 의지와 신념이 아니라 화려했던 지난 승리의 기억이었다. 그리하여 그것들이 저항할 수 없는 힘에 의해 분쇄되고 부인되자 나는 미련 없이 떠났다. 몇 개의 추상적인 이념의 껍질과 과장된 울분만을 품은 채.

다음에 내가 몸담았던 문예 서클과 탐미의 세계에서도 그랬다. 그때 진실로 내가 추구한 것은 진정한 아름다움의 실체였던가. 아니었다. 사이비의 것, 촛불 문학의 밤에 낭독한 시 한 줄, 초라한 동인지에 실린 몇십 매의 잡문이 가져다준 갈채에 취하고, 그 너머에 있는 보다 큰 허명에 갈급했었다.

그래, 그때 나는 천 권의 책을 읽었다. 그렇지만 그 또한 탐구였다고 말할 수 있는가. 내 가슴에 불타고 있던 것이 진정한 이데아

누비던 주먹이 되었다. 나는 누구누구 그런 세계에서 알려진 사람들의 이름과 계보를 대서 그를 위압했고, 그들의 유명한 싸움을 목격하거나 직접 거든 자로서 존경을 받았다. 당시에는 한물간 어떤 뒷골목 소설이 크게 도움이 됐다. 그 우직스러워 뵈는 녀석이 직접 내게 주먹을 겨루어보자고 덤비지 않은 게 참으로 다행이었다.

시골 교회의 장로도 만났는데 오십대의 그 근엄한 농부는 시종 술을 공격하는 것으로 내 말문을 막아버렸다. 구정을 앞두고 귀향하는 여공과는 오 리쯤을 함께 걸었다. 그녀는 자기가 어떤 도회지 회사의 사무원이라고 말했지만 나는 한눈에 그녀의 저임과 피로를 알아보았다. 이번 귀향길로 눌러앉아 마땅한 혼처라도 구하지 않으면 다음에 우리가 만나는 것은 술집이나 홍등가가 되기 십상이라는 것도.

당직근무를 위해 학교로 돌아가는 중등교원 — 그와 소주 한 병을 나눴다. 아들이 월남서 가져온 군용 라이터를 자랑하던 소장수 영감, 다시 말하자면, 참으로 유쾌한 여행이었다. 나중에는 나자신도 무엇 때문에 그 길을 걷고 있는가를 잊어버릴 지경이었다.

언덕 위에 조그만 교회당이 서 있는 산모퉁이의 마을에서 날이 저물었다고 해서 내가 우울할 까닭은 하나도 없었다.

나는 그 후미진 산골에서 고색창연한 성과 음유시인을 반기는 성주를 기대하지도 않았고, 따뜻이 손잡아 줄 왕녀를 구하지도 않았다. 지난 몇 개월의 떠돌이 생활로 몸은 조식(粗食)과 피로에의 광휘였을까. 아니다. 세 번 아니었다. 소년의 허영심으로, 목로주점의 탁자를 위하여, 어쭙잖은 숙녀와 마주 앉은 다방의 찻잔을 위하여 읽었을 뿐이었다.

그런데도 나는 감히 말하였다. 이념은 나를 배반했고, 아름다움은 내 접근을 거부했으며, 학문은 아무것도 주지 않았다, 라고. 판단을 얻기도 전에 가치를 부인했고, 근거 없는 절망과 허무를 과장했다. 그리고 끝내는 말초적인 도취와 탐락에 빠져 모든 것을 망쳐버렸을 뿐이었다.

나는 괴로운 상념 속에서, 무엇을 좀 먹어야 한다는 것도 술을 마실 것도 모두 잊고 터덜거리며 걸었다. 이미 주위의 변화는 내 심경에 아무런 자극이 되지 않았다. 몇몇 행인이 지나쳐 갔지만 나는 그들도 못 본 체했다. 분명 인상적이어야 했을 '그 사람'과의 첫 대면을 그렇게 무감동하게 받아들이게 된 것도 아마 내 괴로운 상념 탓이었다.

그날 오후 늦게 나는 조그만 개울을 따라 나 있는 가로수 길을 걷고 있었는데, 문득 그 개울가에서 피어오르는 한 가닥 모닥불의 연기가 내 시선을 끌었다. 누군가가 그 모닥불 곁에서 무얼 열심히 갈고 있었다. 무심코 다가가 보니 한 노인이 숫돌에다 칼을 갈고 있는 중이었다. 그 곁에는 멜빵이 달린 나무상자가 놓여 있었고, 열린 뚜껑을 통해 상자 벽에 여러 가지 크고 작은 칼들이 가지런히 꽂혀 있는 것이 보였다. 몇 종류의 숫돌과 조그만 그라인더는 모닥불 곁에 나와 있었다.

내가 서너 걸음 거리로 접근했을 때 마침 그 노인은 고개를 들어 갈던 칼날을 살폈다. 얼핏 노인 같아 보였지만 생각보다 늙은 편이 아니었다. 칼날은 새파랗게 빛을 뿜고 있었다. 부엌칼과 비슷한 형태였는데 여느 것보다는 배가 좁고 끝이 예리했다. 칼날을 찬찬히 살피던 그는 이어 접근하는 나를 쏘아 보았다. 언뜻 지나쳐 가는 눈길이었지만, 이상하게도 서늘하게 가슴을 찌르는 데가 있었다. 마치 그의 손에 들린 칼날처럼 깊게 주름진 그 얼굴에도 어딘가 예사롭지 않은 원한과 살기가 서려 있었다.

퍼뜩 정신이 든 나는 어느새 자기 일에 몰두하고 있는 그를 다시 살펴보았다. 그러나 그때 그는 이미 평범한 칼갈이 노인에 지나지 않았다. 그가 새로 골라내어 갈고 있는 칼도 약간 녹이 슬었을 뿐 흔히 볼 수 있는 부엌칼이었다. 갑작스런 호기심으로 발길을 멈추었던 나는 이내 멋쩍게 그곳을 떠났다.

거기서 십 리 가까이나 걸은 후에야 나는 그 호기심의 원인을 알아냈다. 이런 산골에는 거의 집집마다 숫돌이 있다는 것, 따라서 그와 같이 직업적인 칼갈이는 필요치 않으며, 더구나 추운 개울가에 모닥불을 피우고 얼음을 깬 물로 칼을 갈아야 할 필요는 없다는 것 등이 그 이유였다. 하지만 나는 더 이상 그런 것들을 생각할 여유가 없었다. 이미 날은 저물어 오고, 멀리엔 낯설기만 한 Y면이 저녁연기에 싸인 채 지친 나를 기다리고 있었다.

아아, 참으로 쓸쓸한 황혼이었다. 그 후 별로 축복받지 못한 결혼을 한 내가 싸구려 여관방에서 흐느끼는 아내를 달래며 지새운 첫날밤만큼이나. 그날 내가 무거운 몸과 마음으로 찾게 된 Y면은 왜 그리 황량하게 보이던지. 군 소재지인데도 가로등 하나 없고, 아직 어둡지도 않은 거리에는 거의 사람의 자취가 없었다. 전주를 울리는 바람 소리뿐 골목에서 개 짖는 소리조차 들리지 않았다.

지칠 대로 지친 나는 넉넉지 못한 여비에도 불구하고 여관을 찾았지만, 손바닥만 한 거리를 다 돌아도 찾을 수가 없었다. 나는 별수 없이 우선 눈에 띄는 조그만 중국 음식점으로 향했다. 간단히 저녁을 때우고 거기서 여관이나 여인숙을 물어볼 작정이었다.

그런데 내가 막 그 중국 음식점의 먼지 앉은 발[簾]을 들치려 할 무렵이었다. 누군가가 뒤에서 내 이름을 불렀다.

"영훈아, 너 영훈이지?"

나는 놀라 돌아보았다. 저녁 으스름 속에서 얼른 얼굴을 알아볼 수 없는 젊은 여자 하나가 자기도 못 미더운 듯 나를 살피며 다가오고 있었다. 그 깊은 산골에 나를 아는 사람이 있으리라고는 생각지 않으면서도 나는 반사적으로 그쪽을 살폈다.

"역시 너였구나. 그럴 리 없다고 하면서도 불러보길 잘했다."

먼저 나를 확인한 것은 그쪽이었다.

그제야 나도 그녀를 알아보았다.

"누나가 어떻게 여길······?"

"접장이 안 가는 데가 어디 있어? 그런데 너야말로 웬일이니?"

"나야······ 그저······."

"어쨌든 집엘 가자. 어머, 눈이 오네."

정말로 눈이 오고 있었다. 오후 내내 무겁고 어둡게 내려앉았던 하늘은 반드시 내 우울한 마음 때문은 아니었다.

그녀의 자취방으로 가면서 나는 오랫동안 잊고 지냈던 그녀에 대한 기억을 더듬어보았다. 촌수는 정확히 모르지만 그녀는 나보다 서너 살 위인 집안 누님이었다. 내 최초의, 그리고 몹시 강렬한 인상으로 남아 있는 그녀에 대한 기억은 어느 가을날의 것이었다. 그 무렵 나는 아직 고향에서 초등학교를 다니고 있었고, 그녀는 중학생으로 가까운 B시에 유학하고 있었다. 아마 토요일이었는데, 늦도록 학교에서 논 나는 우연히 B시에서 돌아오는 그녀와 함께 집으로 돌아가게 되었다.

먼 집안 동생 되는 나를 그녀가 각별히 사랑했는지는 지금도 알 길이 없다. 어쨌든 그날 내 손을 잡고 같이 걷던 그녀는 도중 길가의 코스모스 몇 송이와 들꽃으로 조그만 화환을 만들어 내게 내밀었다. 그런데 다정하게 웃으며 그걸 내미는 그녀가 왜 그리 섬뜩했던지, 나는 펄쩍 놀라 한 발이나 물러섰다가, 그대로 돌아서서 정신없이 달아나버렸다. 상당히 나이가 들어서야 알게 된 것이지만 그때 내 어린 영혼을 섬뜩하게 한 것은 바로 그녀의 아름다움이었다.

그 다음 또 기억나는 것은 내가 중학교를 졸업하고 무슨 일로 일 년 가량 쉴 때의 그녀였다. 당시 대학생이었던 그녀에게 여러 가지 볼 만한 책이 많아 나는 종종 그 책을 빌리러 갔었다. 그러다가 고등학교 상급반 때쯤 그러니까 내가 강진에서 어렵게 열아홉을 넘길 무렵 그녀의 불행한 사랑에 대한 풍문을 마지막으로 나는 거의 그녀를 잊고 지냈다. 그녀가 어떤 처자 있는 남자를 사랑해 인생을 망쳐버렸다는 소문이었는데, 그것을 주고받는 친척들은 한결같이 그녀가 좋은 대학까지 나온 데다 드물게 미인이라는 것 때문에 더욱 분개하는 것 같았다.

"정말 꿈같군요. 도대체 누나가 여긴 웬일이우?"

그녀가 세 들어 살고 있는 구식 한옥 대문께서 나는 다시 한번 감개에 젖어 물었다.

"사범대학을 나왔으니 접장이 됐고, 접장이 됐으니 교육청에서 가라는 데로 왔지, 웬일은 웬일이야."

그녀는 가볍게 응수했지만 목소리에는 어딘가 어두운 여운이 서려 있었다.

"자 들어가 쉬어. 내 저녁상 봐 올게. 아직 방학 중이라 함께 방을 쓰는 친구는 돌아오지 않았어."

방 안은 밖에서 보기보다 넓고 깨끗했다. 그리고 무슨 경계선이 있는 것도 아닌데 완연히 두 부분으로 나뉘어져 있었다. 한쪽은 철제 캐비닛과 앉은뱅이책상, 한쪽은 호마이카 서랍장과 테이블식 책장. 책도 달랐다. 앉은뱅이책상 위에는 전집류와 에세이물이 삼 층 책꽂이 가득 꽂혀 있었고, 테이블 쪽에는 몇 권의 전문서적이 되는 대로 놓여 있었다.

"어느 편이 누님이우?"

대략 짐작은 하면서도 나는 괜히 소심해져 물었다.

"서랍 있는 쪽. 하지만 반대편이 더 따뜻할걸."

그녀가 부엌에서 큰 소리로 대답했다. 불을 때서 밥을 하는지 간간 마른 솔가지 부러뜨리는 소리가 벽 너머로 들려왔다.

나는 굳이 그녀의 서랍장 쪽에 기대앉았다. 거기도 따뜻했다. 하루 종일 얼었던 몸이 녹으면서 견딜 수 없는 피로와 졸음이 엄습했다.

"애, 애, 일어나 저녁 먹구 자."

그새 깜빡 졸았던 듯했다. 어느새 방 안에는 불이 켜져 있고 밥상이 들어와 있었다.

"너 좀 씻어야겠다. 얼굴도 그렇고 몸에서도 고약한 냄새가 나."

상을 물린 후에 다시 그녀가 말했다.

"여긴 공중목욕탕이 없어. 부엌에 물을 좀 데워놨으니까 대강 씻도록 해. 너라고 별 수 있어?"

나는 식곤증으로 다시 나른해 왔지만 그녀의 성화에 못 견뎌 부엌으로 갔다. 내가 건성으로 목욕을 마치자 그녀가 내의를 한 벌 들여보내 주었다.

깨끗했지만 새것은 아니었다. 받아들기는 해도 나는 선뜻 그 옷을 입을 마음이 내키지 않았다. 그런 내 기분을 감지했던지 그녀가 바깥에서 말했다.

"이미 그는 오지 않아. 내겐 필요 없는 옷이야."

그 목소리에 다시 한번 그녀가 지닌 비극의 여운이 실려 있었다. 나는 더 이상 그녀의 슬픈 추억을 일깨우지 않으려고 재빨리 그 내의를 입었다.

"겉옷은 밖에 걸어뒀다. 이가 있는 것 같아. 그런데 정말 웬일이야? 이 꼴로?"

"그냥 방학을 이용한 무전여행이죠."

"거짓말. 이래 저래 건너 들었다만 모두들 네 걱정이 태산이라던데."

그녀도 나에 대한 소문은 듣고 있는 모양이었다.

"왜 그렇게 됐니? 참, 너 술, 대단하다며?"

"사주시겠어요?"

"술은 줄게. 그런데 집엔 안 돌아갈 거야?"

그러면서 서랍장 문을 연 그녀는 반 이상 남은 양주를 꺼냈다. 약간 의아하게 쳐다보자 그녀가 쓸쓸하게 웃으며 말했다.

"역시 그가 남기고 간 것이야, 그러나 나머지는 마실 수 없게 됐지."

"헤어지셨군요."

"아마 영원히."

취기가 오르면서 나는 불쑥 물었다.

"좋은 사람이었어요?"

"아주."

"결혼할 수는 없었나요?"

"남들처럼 비난하지 않으니 오히려 이상하군. 있었지."

"왜 안 하셨어요?"

"그의 아내가 죽었어……."

"그럼 더욱……."

"자살했어."

"……."

"그는 두 딸과 함께 이민 갔어. 미군 장교와 결혼한 그 아이들 큰 이모가 어렵사리 성사시켰다는 무슨 초청 이민이라던가. 바로 지난 가을이야. 한 잔 주겠니?"

그녀는 조금씩 음미하듯 마셨다. 나는 망연한 감동으로 그런 그녀를 향해 물었다.

"이제 어떡하실 거예요?"

"너처럼 터무니없이 방황하진 않는다."

"그럼 여기 온 것은?"

"자원했지. 재작년에. 조용한 곳에서 책이나 좀 보려고. 나는 봄이면 다시 대학으로 돌아가. 대학원에 진학할 거야. 전공도 결정해 됐어."

"……."

"윤리학이야. 중등학교 윤리교사 자격 하나 더 따려는 건 아니고 철학의 일부로……."

"정말 괜찮으세요?"

"학문은 아무것도 주지 않는다, 라고 말하고 싶니?"

그녀는 잠시 나를 그윽하게 바라보았다.

"아니면 내가 그리로 도피한다고 생각하니?"

"그건 아니지만……."

"걱정 마라. 절망이야말로 가장 순수하고 치열한 정열이다. 사람들이 불행해지는 것은 진실하게 절망하지 않기 때문이다. 너도."

"……."

"학교로 돌아가. 네 스물한 살의 나이로 돌아가."

"그럴 작정이에요."

"가서 더 읽고 더 생각해 봐. 나처럼 뼈아픈 대가를 치르지 않고도 진실하게 절망할 수 있을 거야."

띄엄띄엄 얘기를 주고받는 사이 어느새 술병이 비워져 있었다. 그와 함께 그녀의 냉철한 이성도 서서히 허물어지기 시작했다. 내게 말한 대로, 그녀는 나중에는 제법 매서운 교수님으로 강단에 서게 되지만, 적어도 그 밤은 불행하게 끝난 사랑에서 아직 완전히 헤어나지 못하고 있었다.

내가 다시 술 한 병을 사들고 왔을 때 그녀의 눈 그늘에는 울음의 흔적이 어려 있었다. 그걸 발견하자 내 의식 깊은 곳에서 묘한 가학심리가 고개를 들었다.

"누님 우셨군요."

나는 함부로 술을 마셔대며 거침없이 말했다.

"여자의 권리야."

그녀가 약간 원기 없는 목소리로 대답했다. 문득 그녀가 몇 배나 늙어 보였다. 나는 참지 못하고 다시 강요하듯 말했다.

"누님 결혼하세요."

"그럴까."

"아이를 다섯만 낳으세요."

"그럴까."

"그리고 빨리 늙으세요."

"그럴까."

"그래서 때가 되면 죽으세요."

"그럴까."

그 다음은 엉망이었다. 술 마시다 함께 쿨쩍거린 것 같기도 하고, 무슨 처량한 노래를 합창한 기억도 난다. 그리고 이불도 펴지 못한 채 곯아떨어지고 말았다. 내가 무슨 쓸쓸한 얘기를 이렇게 하고 있는가.

이튿날 내가 눈을 뜬 것은 열두 시가 가까워서였다.

"어휴, 대단한 눈이다. 애, 나와 봐라. 쌓인 것만도 이십 센티는 넘겠다."

언제 깼는지 그녀는 방 안을 말끔히 정돈해 놓고 있었다. 그녀 자신도 완전히 정리된 듯 목소리도 표정도 원래의 차분함을 되찾고 있었다.

"오늘 떠나긴 틀렸다, 애. 여긴 사방이 재[嶺]라서 웬만큼 눈이 와도 차가 못 떠. 그런데 — 이건 숫제 폭설이니……"

깔깔한 입 안으로 국물을 떠넣고 있는 내게 그녀는 달래듯 말했다. 열린 문 사이로 굵게 날리는 눈송이가 보였다. 방 안이 갑자기 따스하고 아늑하게 느껴졌다. 그러나 나는 고집스레 떠날 채비를 했다.

"어차피 걸을 거니까 — 이제 그만 가봐야겠어요."

"참 이상한 애로구나. 그렇게 기를 쓰고 떠날 건 뭐니? 바다하고 무슨 시간 약속이라도 했니?"

그런 그녀의 나무람에는 친 누님 같은 애정과 배려가 스며 있었지만 기어이 나는 떠났다.

"그쪽 재까지가 삼십 리, 또 그 재를 넘자면 삼십 리야. 지금 떠나서는 기껏해야 그 재 위에서 밤을 새우게 될걸. 목숨이 걸린 자학이야."

그러면서 나를 말리다가 단념한 그녀는 군소재지 동네가 끝나가는 곳에서야 돌아갔다.

"케케묵은 당내(堂內)란 말도, 삼종 간이라는 촌수도 어중간하지만, 우리가 만나고 헤어지는 것 또한 언제나 느닷없구나. 길을 되짚어 돌아가지는 않을 것이라니 너와의 이번 만남은 여기서 끝인 듯하네. 잘 가라. 몸조심하고. 그야말로 어디서 '무엇이 되어 다시 만나리.' 로구나."

그런 그녀의 작별인사에 갑자기 수사(修辭)가 많아진 게 느껴지며, 돌아서는 내 가슴 속도 왠지 스산해졌다.

주위는 그대로 눈세계였다. 그 지방 특유의 가파른 산이며 날

카롭게 솟은 봉우리, 빈약한 들과 도로 연변의 촌락들, 나이 든 백양나무 가로수와 타르 칠한 목재 전주들 ― 그 모든 것들이 문득 자그마해지고 외로운 모습으로 두터운 눈 속에 묻혀 있었다. 눈은 계속해서 내렸다. 부르튼 발이 몹시 쓰라렸지만 나는 서둘렀다. 어떻게든 그날 안으로 바닷가에 이를 수 있는 재를 넘고 싶었다.

얼마 안 돼서 인가는 멀리 사라지고 나는 아득한 눈세계에 홀로 남았다. 눈은 여전히 내리고…… 그 밤 나는 가지고 있던 수첩에 이렇게 쓰고 있다.

'치인(痴人)의 열정인가, 젊음의 광기인가. 무릎까지 빠지는 눈속의 산과 들을, 언덕을 달렸다. 이곳은 장풍(長風), 오후 내내 내 달리듯 걸었지만 겨우 Y면에서 삼십 리. 창수령의 아랫마을이다. 마음 좋은 이장 집에서 저녁을 얻어먹고, 지금은 마을 회관에 누웠다. 부르튼 발은 쓰라리고 온몸은 욱신거린다.

그러나…… 아무것도 없다. 이 피상적인 육체의 고통이 내 영혼의 성장에 도움이 될 가능성도, 내가 미친 듯 달려가고 있는 바다가 어떤 묵시로 나를 기다리는 조짐도. 그저 심장이 시키는 대로 달려볼 뿐이다. 생각느니, 이 겨울의 뿌리는 얼마나 깊은 것인가.'

하룻밤을 자고 나도 눈은 여전히 내리고 있었다. 억지로 아침을 시켜 먹은 동네 주막의 라디오에서 나는 그 눈이 삼십 년래의 폭설이라는 방송을 들었다.

값은 터무니없이 비싸게 먹혔지만 거의 하루만에 처음으로 밥한 그릇을 제대로 비우고 나니 한결 기운이 돌았다. 간밤에 술을 쉬어 입맛이 제대로 돌아온 덕분이었다. 떠나기 전에 나는 새끼를 구해 그때껏 들고 다니던 가방을 등짐으로 만들어 메고 다리에는 고무줄로 감발을 쳤다.

쌓인 눈은 이미 두 자에 가까웠지만 계속해 내리고 있었다. 도보 외에 교통은 완전히 두절된 상태였다. 마을 사람들은 그런 내 출발을 몹시 무모하게 여기는 눈치였다. 주막집 아낙은 드러내놓고 얼어 죽지 않도록 조심하라고 당부했다. 그러나 나는 개의치 않았다.

다행히 눈은 내가 그 마을을 벗어난 지 얼마 되지 않아 멎어주었다. 나는 무릎을 넘어서는 눈을 헤치며 앞으로 나아갔다. 눈 때문에 길이 분간 안 돼 백양나무 가로수에 의지하는 수밖에 없었다. 이내 신발과 바지가 젖고 상의까지 축축해 왔다. 눈 온 후의 푸근한 날씨 때문에 온몸에서 김이 솟았다.

그렇게 오 리쯤 갔을까, 문득 저만치 눈 덮인 창수령이 굴복시킬 수 없는 무슨 거인처럼 내 앞을 가로막았다.

우리에게 깊은 인상을 남긴 사물은 오래오래 기억 속에 보존된다. 물론 그때의 창수령은 지금도 내 기억에 생생히 남아 있다. 그러나 왜곡되고 과장되기 쉬운 것 또한 우리의 기억이다. 나는 차라리 그 위험한 기억에 의지하기보다는 서투른 대로 그날의 기록에 의지하련다. 문장은 산만하고 결론은 성급하다. 거기다가 그 글은 전체적으로 흥분해 있지만, 그래도 그쪽이 진실에 가까울 것이므로.

'창수령(蒼水嶺), 해발 칠백 미터—.

아아, 나는 아름다움의 실체를 보았다. 창수령을 넘는 동안의
세 시간을 나는 아마도 영원히 잊지 못하리라. 세계의 어떤 지방
어느 봉우리에서도 나는 지금의 감동을 다시 느끼지는 못하리라.
우리가 상정할 수 있는 완성된 아름다움이 있다면 그것을 나는
바로 거기서 보았다. 오, 아름다워서 위대하고 아름다워서 숭고하
고 아름다워서 신성하던 그 모든 것들…….

그 눈 덮인 봉우리의 장려함, 푸르스름하게 그림자 진 골짜기
의 신비를 나는 잊지 못한다. 무겁게 쌓인 눈 때문에 가지가 찢겨
버린 적송, 그 처절한 아름다움을 나는 잊지 못한다. 눈 녹은 물로
햇살에 번쩍이던 참나무 줄기의 억세고 당당한 모습, 섬세한 가지
위에 핀 설화로 면사포를 쓴 신부처럼 서 있던 낙엽송의 우아한
자태도 나는 잊지 못한다. 도전적이고 오만해 보이던 노간주 군락
들조차도 얼마나 자그마하고 겸손하게 서 있던가.

수줍은 물푸레 줄기며 떡갈 등걸을 검은 망사 가리개처럼 덮
고 있던 계곡의 칡넝쿨, 다래넝쿨, 그리고 연약한 줄기 끝만 겨우
눈 밖으로 나와 있던 진달래와 하얀 억새꽃의 가련한 아름다움.
수십 년생의 싸리나무가 덮인 등성이를 지날 때의 감격은 그대로
전율이었다. 희디흰 눈을 바탕으로 밀집한 잎 진 싸리줄기의 굵고
검은 선, 누가 하양과 검정만으로 그 화려하면서도 천박하지 않고

고고하면서도 삭막하지 않은 아름다움을 보여줄 수 있단 말인가.

하늘도 어느새 개어 태양은 그 어느 때보다 현란한 빛으로 그 모든 것을 비추고 있었다. 엷어서 오히려 맑고 깊던 그 겨울 하늘. 멀리 보이는 태백의 준령조차도 일찍이 그들의 눈[雪]으로 유명했던 세계의 그 어떤 영봉(靈峰)보다 장엄하였다.

날으는 산새도 그곳을 꺼리고, 불어오는 바람조차 피해 가는 것 같았다. 오직 저 영원한 우주음(宇宙音)과 완전한 정지 속을 나는 숨소리조차 제대로 내지 못하며 걸었다. 헐고 부르튼 발 때문에 그 재의 태반을 맨발로 넘었지만 나는 거의 고통을 느끼지 못했다. 그만큼 나는 나를 둘러싼 장관에 압도되어 있었다.

고개를 다 내려왔을 때 나는 하마터면 울 뻔하였다. 환희, 이 환희는 아무도 이해할 수 없으리라. 나는 아름다움의 실체를 보았다. 미학자들이 무어라고 말하든 나는 그것을 감지하는 것이 아니라 인식하였다.

그때의 내 기억 속의 아름다움은 모든 가치의 출발이며, 끝이었고, 모든 개념의 집체인 동시에 절대적 공허였다. 아름다워서 진실할 수 있고, 진실하여 아름다울 수 있다. 아름다워 선할 수 있고, 선해서 아름다울 수 있다. 아름다워서 성스러울 수 있고, 성스러워서 아름다울 수 있다……. 그러나 아름다움은 스스로 아무것도 갖고 있지 않다. 그러면서도 모든 가치를 향해 열려 있고, 모든 개념을 부여하고 수용할 수 있는 것, 거기에 아름다움의 위대함이 있다—.

이번의 출발은 오직 이 순간을 위해서 있었다.'

그러나 그 조금은 엉뚱한 감격은 미처 그 재를 벗어나기도 전에 돌연 암담한 절망으로 바뀌었다.

내 모든 외형적인 방황에도 불구하고 언제부터 나를 사로잡고 있는 예감 중의 하나는 내가 어떤 예술적인 것 — 아름다움의 창조와 관련 있는 삶을 갖게 되리라는 것이었다. 입으로야 무어라고 말하든 아름다움은 내가 마지막까지 단안하기를 주저하던 가치였다.

그런데 창수령에서의 감격에 뒤이어 돌연히 나를 사로잡은 느낌은 아름다움이 어떤 초월적인 것, 인간은 본질적으로 도달이 불가능한 하나의 완전성일지도 모른다는 것이었다. 인간은 한 왜소한 피사체 또는 지극히 순간적인 인식주체에 불과하며, 그가 하는 창조란 것도 기껏해야 불완전하기 짝이 없는 모사일 뿐이었다……. 그렇다면 내가 예감하는 삶의 형태는 처음부터 불가능을 향해 출발하는 셈이었다. 그런 삶을 채워가야 한다는 것은 그때의 나에게는 참을 수 없을 만큼 어리석고 무모해 보였다.

그러자 갑작스런 피로가 몰려왔다. 실제 내 몸도 어지간히 지쳐 있었다. 그날 걸은 것은 겨우 삼십 리 남짓했지만, 이미 쌓인 피로에다 두 자 이상 되는 눈이 덮인 고갯길을 세 시간이 넘게 헤쳐 나왔기 때문에 나는 거의 녹초가 되어 있었다. 거기다 그 길의 태반을 맨발로 걸어 두 발은 감각이 없을 만큼 얼어 있었다. 등짐으로 멘 조그만 여행가방도 말 그대로 천근 무게였다.

별수 없이 나는 전진을 단념하고 그 재를 내려가 첫 번째 만난 주막으로 들어갔다. 쉬면서 언 발도 녹이고 점심도 때울 생각이었다. 고맙게도 따뜻한 주막방은 송두리째 비어 있었다.

그런데 내가 막 점심으로 시킨 라면을 비우고 났을 때 방문을 열고 들어선 사람이 있었다. 바로 이틀 전 개울가에서 만났던 칼갈이 노인이었다. 젖은 아랫도리에 묻어 있는 눈이나 질퍽거리는 신발로 보아 그도 눈을 헤치며 재를 넘어온 것이 분명했다.

나는 원인 모를 반가움으로 알은 체를 했다. 노인은 그런 나를 거들떠보지도 않고 소주 한 병과 라면을 시키더니 문지방에 두 발을 걸친 채 방바닥에 벌렁 누워버렸다. 무안을 당한 셈이었지만 이상하게도 화는 나지 않았다. 나는 다시 말을 걸어볼까 하다가 그대로 잠시 그를 관찰해 보았다.

아주 가까이서 다시 확인한 바로, 그를 노인으로 본 것은 나의 잘못이었다. 덥수룩한 수염과 골 깊은 주름에도 불구하고 쉰 살 넘게는 보기 힘든 중년이었다. 내가 그를 노인으로 오인하게 된 것은 벌써 희끗희끗한 머리칼 때문이었던 것 같다. 끝내 그는 내게 눈길 한 번 주지 않았다. 자는 듯 마는 듯 공허한 눈으로 천장을 응시하고 누웠다가 시킨 음식이 나오자 역시 문지방에 앉은 채로 묵묵히 먹었다. 그리고 반 병쯤 남은 소주병 주둥이를 얇은 비닐 뭉치로 꼭 막고는 새로 산 라면 몇 봉과 함께 지고 다니는 상자 속에 넣은 후 처음처럼 말없이 떠나버렸다.

그의 뜻 아니한 출현은 잠시 내 마음을 어지럽게 했지만, 그리오래가지는 않았다. 아름다움의 실체가 준 위압적인 감동과, 그렇지만 그것이 우리에게는 본질적으로 도달이 불가능한 완전성일지도 모른다는 절망이 아울러 나를 다시 무겁게 짓눌러온 까닭이었다. 끝내 단안하기를 미루며 소중하게 품고 왔던 가치마저 그렇게결말이 나자, 나는 마지막 카드를 빼앗긴 도박사처럼 처량해졌다. 이제 무엇이 내 공허한 삶의 잔을 채워줄 것이랴. ─ 조금 과장하면 그런 느낌까지 들었다.

다시 술 생각이 나게 된 것도 그같이 울적한 내 기분 때문이었다. 나는 진작부터 못마땅하게 내 주변을 서성거리는 주인을 불러소주 한 병을 시켰다.

그 지역 특산 45도 소주라 그런지 부실한 속에 마른 노가리를안주 삼아 마시는 술은 쉽게 올랐다. 반 병 정도로 두 발의 통증이 씻은 듯이 사라지고 한 병을 다 비우자 완전히 취해 왔다. 울적한 마음도 어느 정도 가셔 있었다. 나는 소주 한 병을 더 청했다. 지금도 한번 취하면 깨어나는 것을 두려워하는 버릇은 여전하지만, 그때는 훨씬 심했던 듯하다. 나는 조금씩 술 그 자체가 주는도취와 마비에 빠져들고 있었다.

그런데 잘못된 것은 그 다음이었다. 두 번째 병이 다 빌 때쯤나는 돌연 엉뚱한 추측에 빠졌다. 그 칼갈이 사내도 분명 나처럼바다로 가고 있으리라는, 거의 단정에 가까운 추측이었다. 아마취한 탓이었겠지만, 그 추측은 차츰 확신으로 변해 갔다. 그리고 그와 함께 이유 모를 조급함이 나를 사로잡았다. 왠지 그가 바다에 먼저 도착해 버리면 나는 가 봐야 별 소용 없을 것 같은 느낌이 들었다.

그런 느낌에 갑자기 다급해진 나는 서둘러 병을 비우고 주막을 나섰다. 발의 통증과 피로는 깨끗이 사라진 후였다. 짧은 겨울해는 벌써 서편으로 기울고 있었다. 길가 초가집의 처마에 달린 고드름이 엷은 햇살에 비껴 무슨 영롱한 수정장식처럼 보였다.

나는 무엇에 쫓기는 사람마냥 바닷가로 가는 길을 재촉했다. 그러나 결국 그리 멀리는 못 갈 길이었다. 주막으로부터 두 번째 마을에서 나는 한 떼의 유쾌한 동네청년들을 만났다. 대부분 내 또래인 그들 대여섯은 토끼몰이에서 돌아오는 길이었다. 눈 덮인 산등성이 위쪽에서 아래쪽 비탈로 산토끼를 몰면 앞다리가 짧고 뒷다리가 긴 산토끼는 잘 뛸 수가 없다. 그래서 그들에게 잡힌 산토끼 두 마리 중 한 마리는 아직도 살아 버둥거리고 있었다.

두 병이나 비운 45도 소주 탓인지, 이미 기우는 햇살 탓이었는지는 잘 알 수 없지만, 나는 대뜸 그들의 일행에 끼어들었다. 곧 벌어질 그들의 술판에 술을 내기로 한 것 같은데 그들도 기꺼이 그런 나를 받아들여 주었다.

술판은 그날 밤 마을의 4H 회관에서 벌어졌다. 그러나 생각보다 산토끼 고기는 맛이 없었고, 내가 산 됫병들이 소주 두 병은 이미 취한 내가 끝을 보기에는 너무 양이 많았다. 술잔이 몇 순배를 돌고 겨우 통성명이 끝날 때쯤 해서 나는 그만 곯아떨어지고 말았다.

그 새벽 내가 깊은 잠에서 깨어난 것은 순전히 그 지독한 추위 탓이었다. 전날 초저녁 몇 아름이나 되는 장작으로 뜨겁게 달구어졌던 방은 어느새 얼음장처럼 서늘하게 식어 있었다. 거기다 외풍은 또 왜 그리 세던지. 찢어진 문틈으로 찬바람이 사정없이 새어들었다.

어지러운 술판의 흔적뿐 함께 마시던 마을 청년들은 아무도 남아 있지 않았다. 시간은 새벽 네 시가 조금 지나 있었다.

나는 그 무자비한 추위로부터 나를 보호해 줄 물건을 찾아 호롱불 희미한 방 안을 열심히 뒤졌지만 헌 가마니 한 장이 보이지 않았다. 민가로 찾아들려고 해 보아도 그 시각 불빛이 새어나오는 집은 아무 데도 없었다. 눈빛 때문에 다소 보인다 하더라도 길을 떠나기에는 너무 어둡고 이른 겨울 새벽이었다. 목이 말라 함부로 뭉쳐 먹은 눈 때문에 한층 더 얼어오는 몸으로 방 안에 돌아온 나는 거의 무방비한 상태로 그 지독한 추위와 싸워야 했다.

그때 내가 피부로 오싹오싹 느낀 것은 추위라기보다는 바로 죽음의 공포였다. 나는 거의 실제적인 필요를 느끼며 언 손으로 유서를 썼다. 지금 그 우스꽝스런 글은 남아 있지 않지만, 제법 비장기 어린 몇 구절은 아직도 생생히 기억하고 있다.

어릴 적부터의 오랜 친구에게 쓴 그 편지는 '만약의 경우에'라는 단서로 시작하고 있었다. 나는 썼다. 지난 몇 개월 죽음은 항상 내 가까이 있었다, 라고. 그러나 그것은 하나의 대안이었으며 더군다나 이런 형태는 아니었다고. 내가 비록 그릇되이, 함부로 관념을 유희한 것은 사실이지만, 그래도 내가 헤맨 그 어둠은 새벽이 오기 직전의 어둠이었고, 이제 나는 새로운 날의 으스름 속에 서 있다고. 그리고 갑작스러운 열기와 확신에 차 지난날 내가 얼마나 세계와 인생을 사랑하였던가를 상기시켰다.

그것으로 보아 나는 주로 그 편지에서 내 죽음은 자살이 아니라는 것을 밝히려고 애쓴 것 같다. 세상 사람들은 언제나 그 불행한 형태의 죽음에 편견을 가지고 있다. 설혹 누가 그럴싸한 이유로 그런 죽음을 택했더라도 사람들은 그의 지루한 해명보다는 자기들의 엉뚱한 추측이나 속물적인 해석을 더 믿으려 든다. 또 죽은 자는 말이 없으므로 대부분의 경우 그들의 억측은 적절하게 바로잡히지도 않는다. 나라고 예외는 아니며, 또한 그들이 기특하게도 내 죽음에 대단한 의미를 부여한다고 해서 하등 신통해 할 이유도 없다 — 군이 자살이 아니라고 우기며 그때 내가 쓴 편지의 내용은 대강 그랬을 것이다.

나는 또 썼다. 지난 한 해 동안 내가 함부로 썼던 모든 글은 없애줄 것이며 술과 객기로 여러 친구들에게 끼친 경제적인 피해는 대신하여 갚아달라고, 그리고 그 자세한 내력과 함께 그와 그의 데레사가 나를 위해 기도해 줄 것도 덧붙였다.

방문이 희끄무레 밝아오기 시작한 것은 내가 언 손을 입김으로 녹여가며 그 장황하기만 하고 알맹이도 없는 편지를 거의 다 마쳤을 때였다. 나는 그 편지를 가방 속 깊이 간직하고 용기를 내어 그

방을 나왔다. 밖은 아직도 길을 떠나기에 충분할 만큼 밝지는 않았지만, 그런데도 사방을 구별할 수는 있었다. 그러나 눈이 다시 내리기 시작했다. 전날처럼 푸근히 내려 쌓이는 함박눈이 아니라 찬바람을 동반한 눈보라였다. 그저 바람을 안고 걷게 되지 않은 게 다행이라면 다행이었다.

나는 처음 어떻게든 그 마을에서 몸을 좀 녹이고 빈속을 채운 후에 떠나려고 했었다. 하지만 마을은 여전히 깊은 잠에서 깨어날 줄 몰랐다. 별수 없이 나는 다음 마을을 기대하며 그 마을을 나섰다.

가로수 가지를 스쳐가는 바람 소리뿐 바깥은 전혀 생명의 기척이 없는 이상한 세계였다. 다시 내린 눈으로 한층 깊게 파묻힌 들판은 그대로 허옇게 펼쳐진 바다였고, 도로는 그저 가로수만으로 물길을 짐작할 수 있는 한줄기 흰 강 같았다.

그런데 한 가지 이상한 일은 그 강줄기 한복판으로 누군가 나보다 먼저 헤쳐간 사람의 흔적이 남아 있는 것이었다. 하지만 그 발자취가 내 주의를 끈 것은 아주 짧았다. 그때 나는 그 끔찍하고 저주스러운 한기 때문에 거의 제정신이 아니었다.

마을을 벗어나면서부터 나는 줄곧 달렸다. 우선 그 몸서리쳐지는 추위로부터 벗어나고 싶다는 것이 내 간절한 바람이었다. 여느 때 같으면 마른 나뭇가지로 모닥불이라도 지필 수 있지만 모든 것이 두 자가 넘는 눈 속에 묻혀버린 그때로서는 그저 달리는 수밖에 다른 방도가 없었다. 또한 다음 마을에 빨리 도착하기 위해서도 달리는 것은 필요했다.

다행히 눈은 밤사이에 얼고 다져져 전날처럼 무릎까지 빠지지는 않았다. 그런 길을 한동안 달리자 차츰 추위로 굳어 있던 몸이 풀리고 허연 입김이 새어 나왔다.

그러나 추위가 어느 정도 가시자 이번에는 못 견디게 배가 고파왔다. 위로만 느껴지는 것이 아니라 몸 전체를 죄어오는 배고픔이었다. 지난 사흘 동안 술로 끼니를 게을리해 온 것이 문득 후회스럽게 떠올랐다. 더구나 그 전날의 경우 아침밥 이후로는 거의 술밖에 마신 것이 없었다. 견디다 못한 나는 걸음을 멈추고 숨을 헉헉거리며 눈 한 덩이를 뭉쳐 씹어 먹었다. 잠시 동안의 짜르르한 자극뿐 그것은 오히려 내가 애써 벗어난 추위를 일깨우고 말았다.

나는 다시 달리기 시작했다. 추위와 배고픔으로 위기를 느낀 내 육체가 짜낼 수 있는 최대의 힘으로 속도를 더했다. 길가의 가로수가 질주하는 차창에서 내다볼 때처럼 퍼뜩퍼뜩 내 곁을 스쳐갔다. 날고 있는 기분이었다. 그러나 실제로 내 걸음은 차차 느려지고 발길은 끌리고 있었다. 나중에 알게 된 일이지만, 그 새벽에 내가 영원처럼 달렸던 길은 실제로는 십 리도 못 되었다.

추위와 배고픔이 차차 사라졌다. 대신 간간 의식이 흐려오면서 알지 못할 졸음이 오기 시작했다. 두꺼운 눈이 푸근한 솜이불처럼 나를 유혹했다. 나는 몇 번이고 그대로 누워 영원히 잠들고 싶은 충동을 느꼈다. 길도 잘 분간되지 않았다. 보이느니 망망한 눈바다였다. 나는 오직 본능에 의지하여 앞으로 나아갔다.

그렇게 얼마를 갔을까. 내 귓가에 갑자기 누군가의 고함치는 소리가 아련히 들려왔다.

"어이, 어이, 그쪽은 길이 아니야. 이쪽으로 와."

나는 퍼뜩 정신을 차려 주위를 돌아보았다. 나는 어느새 도로를 벗어나 논바닥으로 접어들고 있었다.

"이쪽이야, 이쪽."

다시 사람의 목소리가 들렸다. 나는 희미한 시력을 모아 소리 나는 쪽을 살폈다. 첫눈에 가물거리는 모닥불이 들어오고 이어 지난해 원두막으로 썼던 것 같은 움막, 그리고 마지막으로 어른어른 사람의 형체가 비쳤다. 그러자 차차 의식이 회복되기 시작했다. 나는 마지막 힘을 짜내 그리로 달려갔다. 뜻밖에도 거기에는 칼갈이 사내가 앉아 있었다.

"이런 날씨에 무리했군."

그가 때고 있던 수숫대로 자리를 마련해 주며 삭막한 목소리로 말했다. 나는 허물어지듯 주저앉으며 모닥불을 감싸 안았다.

"조심해, 머리칼이 그을잖나."

이번에는 조금 억양이 든 목소리로 그가 나를 부축하며 주의를 주었다. 그러나 그 말의 의미는 전혀 내 의식에 닿지 않았다. 나는 갑자기 격렬하게 되살아나는 한기로 목마른 자가 물을 마시듯 모닥불의 열기를 받아들였다.

"다리를 끌어들여, 옷이 타."

그가 이제는 완연하게 감정이 든 목소리로 말하면서 내 바짓가

랑이를 잡아당겨 방금 붙은 불을 비벼 껐다.

"우선 무얼 좀 먹어야겠군."

내 자세가 좀 안정되자 그는 지고 다니던 그 상자에서 그을음 낀 냄비 하나를 꺼냈다. 그리고 모닥불 곁에 돌맹이 몇 개로 간단한 화덕을 만들더니 눈을 꼭꼭 눌러 담은 냄비를 얹고 불을 지폈다. 몇 번인가 눈을 더 떠 넣어 냄비에 물이 반쯤 차자 이번에는 예의 그 상자에서 라면 한 봉지를 꺼냈다.

내가 다시 정상으로 돌아온 것은 그 라면 냄비를 국물 한 방울 남기지 않고 다 비운 후였다. 그동안 그는 묵묵히 그런 나를 보고만 있었다.

"정말 감사합니다."

그제야 약간 무안해진 나는 때늦은 인사를 했다.

"라면 값은 내야 해."

다시 삭막하게 돌아간 목소리로 그가 말했다. 나는 황급히 주머니를 털어 남은 오백 원짜리 몇 장을 있는 대로 내밀었다.

"이것도 너무 많아."

그는 그중 한 장을 집더니 다시 자기 주머니를 뒤져 백 원짜리 동전 네 개를 거슬러 주었다. 어찌 보면 좀스럽게 느껴질 셈을 하고 있는 것인데도 그런 그의 동작에는 어딘가 내가 거역할 수 없는 위엄 같은 것이 서려 있었다.

"그래 뭣 때문에 첫새벽에 이 눈 속을 떠났는가."

뜨거운 것을 급히 먹느라고 익어버린 입천장의 살 껍질을 뜯어

내고 있는 내게 그가 지나가는 말로 물었다. 나는 한동안 당황했다. 내가 바다로 가는 이유를 말할 수 있다 한들 이 칼갈이 사내가 잘 이해할 수 있을까. 그러나 왠지 모르게 거짓말을 해서는 안될 것 같은 기분이 들었다. 나는 될 수 있는 대로 솔직하고 간단하게 내가 향해 가고 있는 곳과 그 목적을 밝혔다.

"짐작은 했지. 엉뚱한 이유가 아니면 엉뚱한 일은 일어나지 않으니까. 자네가 바닷가로 생선을 떼러가는 어물상이라면 절대로 이런 날 이런 시각에 길을 떠날 리가 없어."

그리고 비웃음 같기도 하고 미소 같기도 한 애매한 표정으로 덧붙였다.

"어쩌면 거기서 자네와 나는 정반대의 일을 할 것 같군."

뜻밖에도 그는 몇 마디 안 되는 내 설명으로 나를 거의 정확하게 이해한 것 같았다. 하지만 묘하게 마음에 걸리는 말이 있었다.

"그럼 아저씨도 대진엘 가십니까?"

"여기서 가장 가까운 바다는 거기지."

"우리가 정반대의 일을 하게 될 거란 말은 무슨 뜻입니까?"

"나는 죽이러 가고 자넨 죽으러 가는 것 같으니까."

그는 별로 서슴없이 말했다. 오히려 돌연한 전율에 휩싸인 것은 나였다. 나는 바보처럼 멍청하게 물었다.

"누구를……?"

그러자 그는 잠시 나를 쏘아보았다.

탐색하듯 날카로운 눈초리였다. 입가에는 좀 전보다 더욱 짙은,

자조인지 경멸인지 모를 야릇한 미소가 떠올라 있었다.

"신뢰는 배반당하기 때문에 오히려 우리가 곧잘 빠져드는 미망이지. 어쨌든 자넨 내게 — 생명까지는 몰라도 — 큰 빚을 졌어."

"예?"

"자넬 믿고 싶어졌단 말이야. 내 얘기를 들려주고 싶어."

그가 들고 있던 귀찮은 물건을 내팽개치듯 그렇게 말했다. 그리고 아직도 그의 말이 얼른 이해되지 않아 어리둥절해 있는 나에게 불쑥 물었다.

"내 나이가 얼마쯤으로 보이나?"

"글쎄요 — 오십 안팎……."

"꼭 십 년을 더 보는군. 그놈의 십구 년 때문이다."

"네?"

"그 십구 년을 얘기해 주지."

거기서 그는 다시 잠깐 무엇을 망설이는 눈치더니 이내 마음을 정한 듯 얘기를 시작했다. 오래 마음속에 억눌러온 탓인지 목소리는 차분해도 그 내용은 잘 다듬어진 대사 같은 데가 있었다.

"그때 우리는 꿈을 꾸었다. 자유 또는 평등, 혹은 인민 또는 조국의 이름으로 위험하고 거창한 꿈을. 그 시대가 원래 그랬지만 우리는 더 심했다. 우리는 누군가의 암시 또는 지령에 따라 초산과 글리세린을 사들이고, 삐라를 등사하고, 횃불을 준비하고 칼을 갈았다. 한 분 얼굴을 아는 지도자를 제외하고는 우리 모두가 스물 안팎의 젊은 나이였다."

"……."

"그런데 우리들 중 영리한 하나가 먼저 그 무모한 꿈에서 깨어났다. 그는 아직도 몽롱한 꿈속에 있는 우리를 그들에게 고발했다. 체포 직전에 자살한 친구가 오히려 행복했다. 그들은 곧 우리를 체포했고, 고문했고, 재판에 넘겼다. 우리 지도자는 죽음을 선고받았고, 나와 또 다른 하나는 무기(無期), 그리고 나머지 둘은 각각 십 년과 십오 년을 선고받았다."

"……."

"동란 전야의 일이었다. 살벌한 그때를 우리가 살아남을 수 있던 것은 우리가 도회 한 가운데서 체포되었고 동란 직전에 심급(審級)을 다 거친 확정판결을 받았다는 것, 그리고 무엇보다도 북로당(北勞黨)과 직접으로는 아무런 관련이 없다는 이유 때문이었다."

얼른 실감이 안 나는 대로 서늘한 감동을 주는 이야기였다.

"감옥에서 길고 고통스러운 세월을 우리는 모두 배신자에 대한 증오로 버티었다. 우리는 깨어진 꿈이나 좌절당한 이념보다 배반당한 믿음을 더 괴로워했다. 우리는 복수를 맹세했다. 그 표지가 이 칼이다. 이 칼을 만든 사람은 감옥에서 선반(旋盤)일을 배운 우리의 동지였다."

그는 상자에서 칼 한 자루를 꺼냈다.

나와 처음 만나던 날 개울가에서 갈고 있던 바로 그 칼이었다.

"첫 번째 출옥자가 감형으로 칠 년 만에 이 칼을 품고 나갔다. 배신자는 쉽게 찾을 수가 없었다. 첫 번째는 그래도 처음 얼마간은 성실하게 배신자를 추적했다. 그러나 그의 형기는 비교적 짧아 쉽게 사회복귀가 이루어졌다. 그는 곧 일자리를 구하고, 재산을 모으고, 아내와 자식을 거느리게 되었다."

"……."

"두 번째 출옥자가 역시 감형으로 십일 년 만에 나갔을 때 첫째는 이미 자기의 생활에 안주하고 있었다. 첫째는 매우 부끄러워하면서 이 칼을 둘째에게 넘겼다."

"……."

"두 번째도 별수 없었다. 채 이 년도 못 돼 어느 날 면회를 온 그는 칼을 넘기고 싶다고 말했다. 남은 우리는 그에게 침을 뱉었다."

"……."

"드디어 세 번째가 나갔다. 그러나 그는 이 칼을 전해 받지 못했다. 나와 같은 무기수에서 병으로 나간 그는 출옥하고 얼마 안 돼 죽어버렸기 때문이다."

"……."

"결국 이 칼은 거듭된 감형으로 십구 년 만에 풀려난 내게로 넘어왔다. 바로 작년 삼월의 일이었다. 나는 앞서의 그들과는 달랐다. 감옥에서 십구 년이나 썩고 나온 마흔 살 정치범에게 사회복귀란 쉬운 일이 아니었다. 나는 가장 충실하게 배신자를 쫓았다. 칼갈이란 직업은 내가 합법적으로 이 칼을 소지할 수 있도록 해주었을 뿐 아니라 최저생계를 유지하는 데도 도움이 되었다. 그리고 — 마침내 나는 이제 놈에게 가까이 왔다."

"그럼 그가 대진에……?"

"그렇다. 내가 조사한 바로는 놈도 뒤가 잘 풀리지는 못했다. 우리를 판 덕분으로 경찰과 인연을 맺었지만 얼마 되지 않아 수회(收賄)로 쫓겨났다. 그 후 영락을 거듭하던 놈은 고향 갯가로 돌아가 몇 달 전부터 거기서 머구리배(잠수기선, 잠수배)를 타고 있다고 한다."

거기서 말을 중단한 그는 잠시 나를 지그시 쓸어보았다.

"어때, 혹 신고하고 싶은 마음은 없나?"

그런 그의 입가에는 다시 야릇한 미소가 떠올랐다. 그러고는 그뿐이었다. 가슴 깊이 묻어두었던 옛일을 아무렇게나 말해 버린 것이 갑자기 후회스럽기라도 한지 이내 깊은 침묵에 빠져들던 그는 헤어질 때까지 다시는 입을 열지 않았다.

우리가 그 원두막을 나선 것은 눈이 멎고 날이 완전히 밝은 후였다. 이십 리 정도를 침묵 속에 동행한 우리는 멀리 읍이 보이는 갈림길에서 헤어졌다.

"뒤처져서 와, 나와 함께 있는 것을 사람들에게 보이지 않는 게 이로울 거야. 나중에 귀찮은 일에 휘말리게 될지도 모르니까."

처음의 무감동한 말씨로 돌아간 그는 그렇게 말하고는 성큼성큼 내게서 멀어져 갔다. 나는 작별인사도 잊은 채 그런 그의 뒷모습을 망연히 바라보았다.

이제 그 겨울은 종장이 가까워져 온다.

내가 대진에 도착한 것은 그날 오후 두 시경 다시 내리기 시작한 진눈깨비 속이었다. 비산비야(非山非野) 국도길을 삼십 리나 더 걸어 이른 읍거리 시외버스 정류장 근처의 장국밥집에서 늦은 아침을 먹은 뒤, 쉴 겸 젖은 몸을 말리느라 몇 시간 지체한 탓이었다.

지금은 경상북도에서 몇 안 되는 해수욕장 중의 하나로 상당히 발전했다고 들었지만, 그때만 해도 대진은 여름 한철을 제하면 볼품없는 포구에 지나지 않았다. 더구나 한겨울의 인적 없는 그 포구는 마치 서부영화에 나오는 유령의 마을과 같았다.

읍내에서 포구에 이르는 마지막 십 리 길도 그리 순탄했던 것 같지는 않다. 진눈깨비로 얼룩진 그날의 수첩에는 이렇게 적혀 있었다.

'바다, 나는 결국 네게로 왔다. 돌연한 네 부름은 어찌 그렇게도 강렬했던지.

지난 여러 날 여러 밤, 너는 갖가지 모습으로 나를 손짓하고 수많은 목소리로 나를 불렀다. 찌푸린 하늘과 날리는 눈발 속에서도 나는 네 자태를 보았고, 휘몰아가는 북풍과 처량한 가로수의 울음 속에서도 네 목소리를 들었다. 잠자리에서, 꿈길에서, 몽롱한 취중에도 네 부름은 끊임없이 내 주위를 떠돌고 있었다.

그래서 이렇게 나는 왔다. 삼십 년래의 폭설도, 길조차 뚫리지 않은 높은 영마루도 나를 막지 못했고, 추위와 눈보라 속을 달려온 이 백 리 길도 전혀 고통스럽지 않았다. 나의 발은 동상과 물집으로 부어오르고 얼굴은 전체가 불에 덴 듯 화끈거린다.

특히 너를 위한 마지막 십 리 길은 가열(苛烈)하였다. 검게 내려앉은 하늘과 맞닿은 은회색 수평선을 배경으로 펼쳐져 있던 그 황량한 바닷가 길, 진눈깨비 섞인 해풍은 또 왜 그다지도 차고 거세던지. 뺨과 목덜미에 떨어진 눈은 어느새 찬물로 변해 몸 안으로 기어들고, 그대로 얼음구두가 된 정글화는 눈 녹은 도로에서 스며든 물로 질퍽거렸다. 젖은 머리털은 얼어 뻣뻣이 서고 바람에 부대낀 뿌리 부근의 두피 전체가 욱신거렸다. 그러나 왔다. 나는 주인의 휘파람에 충실한 개처럼 이렇게 달려와 여기 서 있다.

이제 말하라, 바다여. 나를 부른 까닭을. 무슨 일로 그렇게도 흥흥하게 또는 은근하게 내 불면의 밤과 엷은 꿈속을 출렁이며 휘저었는지를. 이제 나는 온몸으로 귀 기울이고 있다……'

나는 그 바닷가에 오랫동안 말없이 서 있었다. 거센 해풍은 끊임없이 파도를 휘몰아 바닷가의 바위를 때리고 모래사장을 할퀴었다. 허옇게 피어오르는 물보라와 깜깜한 하늘 끝에서 실려온 눈송이가 무슨 안개처럼 나를 휩쌌다.

아아, 지금도 떠오른다. 광란하던 그 바다, 어둡게 맞닿은 하늘, 외롭게 날리던 갈매기, 사위어가던 그 구성진 울음, 그리고 그 속에서 문득 초라하고 왜소해지던 내 존재여, 의식이여.

그때 내가 빠져 있던 침묵은 어쩌면 또 다른 종류의 몽롱한 도취나 아니었던지. 그리고 나는 그 도취 속에서 바다와의 어떤 교감을 기다렸던 것이나 아닌지. 이미 오래전에 던져졌으나, 끝내 홀로 결단할 수 없었던, 지금으로 봐서는 터무니없지만 당시로 봐서는 절실했던 내 의문의 대답을 듣게 되기를. 힘겨운 이 잔을 던져 버릴 것이냐, 참고 마저 비워야 할 것인가를 결단해 주기를.

그러나 바다는 여전히 내가 이해 못할 포효에만 열중하고 있었다. 대답하라, 대답하라. 나는 채근하듯 물가로 다가갔다. 밀려오는 파도가 내 언 발등에 미지근한 온기를 씌워주었다. 그리고 곧 무릎까지 이른 온기와 함께 거센 물결이 나를 휘청거리게 했다.

나는 잠시 걸음을 멈추고 휘청거리는 몸을 바로 잡은 뒤 점점 어두워 오는 하늘과 맹렬해지는 바다의 몸부림을 응시하며 귀를 기울였다. 멀지 않은 곳에서 몇 마리의 회색 갈매기가 거센 물결 위에 내려앉아 피로한 나래를 쉬고 있는 것이 보였다. 나는 눈을 감았다. 무슨 희미한 빛과도 같은 것이 내 의식 깊은 곳으로부터 서서히 번져 나오고 있는 듯한 느낌이 들었다. 바다의 오의(奧義)가 내 방황에 흔연한 종말을 가져올 목소리로 내게 와 닿을 것 같았다. 나는 그것들이 보다 밝고 뚜렷해지기를 기다렸다.

그렇게 꽤 긴 시간이 흘렀다. 내가 다시 눈을 뜬 것은 허벅지 근처를 후려오는 맹렬한 타격과 근처 바위를 때리는 엄청난 파도 소리 때문이었다. 그런데 그때 흔들리는 내 시야에서 작지만 매섭고 날카로운 인상으로 의식을 찔러오는 사건이 일어났다. 착각이었을까. 멀지 않은 곳에 떠 있던 회색 갈매기 한 마리가 갑작스레 덮쳐 온 산더미 같은 파도에 잠겨버린 일이 그랬다.

한 번 나래를 퍼덕이고 물에 잠긴 그 갈매기는 연이은 파도에 쓸려버린 것인지 다시는 모습을 드러내지 않았다. 나는 몽롱한 의식 속에서도 그 작은 갈매기가 다시 떠오르기를 간절히 빌었다. 하지만 그 갈매기는 끝내 떠오르지 않고, 그걸 삼킨 물결의 거센 여파가 두 번 세 번 내 허리를 후려치는 바람에 나는 쓰러지고 말았다.

그 다음 내 몸은 온전히 본능에 맡겨진 듯하다. 이상하리만치 따뜻하게 느껴지는 바닷물의 유혹에도 불구하고 내 모든 근육은 있는 힘을 다해 나를 사장으로 끌어내었다. 그리고 한순간의 위기에 자극된 생명력은 갑작스런 불꽃으로 내 의식을 타오르게 하였다.

참으로 치열하였지만 또한 그만큼 처연하고 음울한 리비도의 불꽃이었다. 그것은 방금 파도에 잠겨버린 갈매기같이 조그마하고 지친 내 존재를 아무런 꾸밈없이 비추었다. 거대한 허무와 절망의 파도에 부대끼며 떠 있는 내 가엾은 존재를.

그러자 갑자기 바다의 포효는 무의미해지고 그 몸부림 또한 무기물의 공허한 움직임에 불과해졌다.

'돌아가자. 이제 이 심각한 유희는 끝나도 좋을 때다. 바다 역시도 지금껏 우리를 현혹해 온 다른 모든 것들처럼 한 사기사(詐欺師)에 지나지 않는다. 신도 구원하기를 단념하고 떠나버린 우리를 그 어떤 것이 구원할 수 있단 말인가.

그러나 갈매기는 날아야 하고 삶은 유지돼야 한다. 갈매기가 날기를 포기했을 때 그것은 이미 갈매기가 아니고, 존재가 그 지속의 의지를 버렸을 때 그것은 이미 존재가 아니다. 받은 잔은 마

땅히 참고 비워야 한다. 절망은 존재의 끝이 아니라 그 진정한 출발이다……'

역시 눈비로 얼룩진 그날의 수첩은 그렇게 결론짓고 있다. 그러나 그 갑작스럽고 당돌한 결론에도 불구하고, 내가 그에 따른 원인 모를 허탈과 슬픔까지 극복해 낸 것 같지는 않다. 절망의 확인이란 아무리 냉철한 이성이라도 그 이성만으로 견뎌낼 수 있는 것이 아니다. 실제로 나는 그 바닷가의 바위에 기대 한동안 울었던 기억이 난다.

사실 나는 아직도 절망을 내 존재의 출발로 삼을 만큼 그것에 철저하지는 못하다. 그러나 적어도 한 가지 그 바닷가에서 확인한 절망은 내게 귀중한 자유를 주었다.

객관적이고 절대적인 가치가 우리를 인도할 수 없다면 우리의 구원은 우리 자신의 손으로 넘어온 것이며, 우리의 삶도 외재적인 대상에 바쳐진 것이 아니라 스스로 시인하고 채워가야 할 어떤 것이었다.

그런 점에서 Y면에서 만난 그 누님의 말은 한 과장된 비유나 상징 이상으로 옳았다. 절망이야말로 가장 순수하고 치열한 정열이었으며 구원이었다. 그리고 그것은 그 뒤 내가 택한 삶의 형태와도 관련을 맺는다. 그 뒤 나는 아름다움을 내가 추구할 가치로 선택했는데, 그 선택에는 저 창수령에서의 경험도 한몫을 했다.

나는 생각한다. 진실로 예술적인 영혼은 아름다움에 대한 철저한 절망 위에 기초한다고. 그가 위대한 것은 그가 아름다움을 창조하였기 때문이 아니라, 그것이 불가능한 줄 알면서도 도전하고 피 흘린 정신 때문이라고. 이 글도 마찬가지 — 만약 이 글에 가치를 부여할 수 있다면 그것은 그 겨울의 진실과 아름다움에 대한 불완전한 모사 때문이 아니라, 필경은 불가능한 줄 알면서도 그걸 위해 내가 지새운 피로와 골몰의 밤 때문일 거라고.

그런데 그 칼갈이 사내가 다시 나타난 것은 내 원인 모를 슬픔과 허탈이 어느 정도 수습된 후였다. 거친 파도 소리와 바람 소리 속에서도 인기척을 느낀 나는 언뜻 주위를 둘러보았다. 언제 왔는지 내가 기대선 바위 저쪽 편에 그가 와 있었다.

그는 헤어질 때와는 달리 몹시 초라하고 지친 모습이었다. 그가 메고 다니던 상자는 해체당한 패잔병의 무장처럼 그의 젖은 발 곁에 내려져 있었다. 그는 무엇인가 자기만의 골똘한 생각에 잠겨 멍하니 바다를 바라보고 있었다. 내 존재를 알아채지 못하고 있는지, 알고도 무시하고 있는지는 짐작할 길이 없었다.

나는 왠지 새삼 서러워진 마음으로 그에게 다가갔다. 내가 그의 서너 발 앞에 이를 때까지도 그는 표정과 시선을 바꾸지 않았다. 갑자기 그를 방해하는 것이 두려워진 나는 잠시 거기서 발을 멈추었다. 그래도 여전히 나를 무시한 채 자기만의 생각에 잠겨 있던 그는 한참 후에야 몸을 돌렸다. 나를 향해서가 아니라 벗어놓은 상자 쪽이었다.

그는 몸을 굽혀 그 상자 안에서 무엇인가를 찾았다. 잠시 후 그가 꺼내든 것은 그 새벽 내게 보여준 바로 그 칼이었다. 그는 잠시 알 수 없는 집착의 눈길로 그 칼을 바라보았다. 그러다가 이내 결단을 내린 듯 바다를 향해 힘껏 던졌다. 칼은 거센 바람을 가르고 길게 포물선을 그리며 떨어져 바다 속으로 잠겨버렸다.

"무얼 하시는 겁니까."

나는 이상한 실망과 전율을 동시에 느끼며 외치듯 물었다. 그제야 그는 내게 알은체를 했다. 잠시 나를 우울하게 바라보더니 탄식하듯 말했다.

"내 오랜 망집(妄執)을 던졌다."

그 말을 듣고서야 비로소 나는 그가 왜 그렇게 초라하고 지친 모습으로 보였는지를 알았다. 그의 가장 중요한 힘 — 그 끈질긴 증오와 복수심을 잃어버렸기 때문임에 틀림없었다.

"놈은 다 쓰러져가는 오두막에서 병든 아내와 부스럼투성이 남매를 데리고 살고 있었다. 아이들은 배고파 울고, 아내는 죽어가고 있었어. 그대로 살려두는 쪽이 — 더 효과적인 처형이었지……."

그는 쓸쓸히 웃었다. 거짓말을 하고 있구나. 적어도 맨 뒤의 말은. 나는 그 쓸쓸한 웃음을 보며 직감적으로 느낄 수 있었다.

"놈은 오히려 죽여달라고 빌었어. 나는 거절했다."

그가 다시 변명 비슷이 덧붙였다. 나는 문득 그가 용서한 진정한 이유를 묻고 싶었다. 그러나 그전에 그보다 더 강하게 나를 사로잡는 충동이 있었다. 나는 그를 놓아두고 바위 저편에 놓아둔 내 가방께로 달려갔다. 그리고 간밤에 쓴 편지와 지난 육 개월 내

내 가방 밑바닥을 굴러다니던 약병을 꺼냈다. 그가 그랬듯 나는 잠시 그것들을 바라보았다.

이번에는 그가 천천히 내 곁으로 다가와 그런 나를 말없이 바라보았다. 정말 때가 온 것이었을까. 나는 곧 그 약병을 편지에 싸서 힘껏 바다로 던졌다. 하얀 곡선으로 날아간 그것은 이내 파도에 휩쓸려 사라져버렸다.

"무얼 던졌나?"

그가 이상한 억양으로 내게 물었다. 나는 약간 쓸쓸하였다. 그러나 애써 미소를 지으며 대답했다.

"감상과 허영을요. 익기도 전에 병든 내 지식을요."

제법 여러 해 뒤에 나는 그를 B시에서 우연히 만났는데 그는 달군 쇠로 목판에 그림을 그려 살아가고 있었다. 재소(在所) 중에 배운 기술인 모양으로, 별로 크지 않은 점포였지만 연신 손님이 들락거리는 것으로 보아 꽤 재미를 보는 눈치였다. 그의 젊고 아름답던 아내와 돌 지난 아들도 덧붙여 얘기해 두고 싶다.

그런데 이상하게도 그날 그 바닷가에서 우리가 어떻게 헤어졌는지는 전혀 기억에 없다.

이튿날 나는 중앙선의 상행열차를 타고 있었다. 활짝 갠 늦겨울의 오후였다. 열차는 어느 복숭아 과수원을 지나고 있었는데, 그때 그 줄기 끝마다 바알갛게 맺혀 있던 것은 분명 그 어느 때보다 화려하게 필 봄이었다.

1948년	서울에서 출생
1950년	고향인 경북 영양군 석보면으로 돌아감
1953년	안동으로 이사함
1955년	안동중앙국민학교 입학
1957년	서울로 이사, 서울 종암국민학교로 전학
1959년	밀양으로 이사, 밀양국민학교로 전학
1961년	밀양중학교 입학 6개월 만에 그만둠
1964년	안동고등학교 진학
1965년	안동고등학교를 그만두고 부산으로 이사함
1968년	서울대학교 사범대학교에 진학
1969년	사대(師大) 문학회에 들면서 작가 지망생이 됨
1977년	매일신문 신춘문예 입선
1978년	매일신문사 입사
1979년	동아일보 신춘문예 당선 『사람의 아들』로 제3회 오늘의작가상 수상 『사람의 아들』 출간

1980년	『그해 겨울』,『그대 다시는 고향에 가지 못하리』 출간
1981년	『어둠의 그늘』,『젊은 날의 초상』 출간
1982년	「금시조」로 제15회 동인문학상 수상
1983년	『황제를 위하여』로 대한민국문학상 수상
1984년	『영웅시대』로 중앙문화대상 수상
1987년	『우리들의 일그러진 영웅』으로 제11회 이상문학상 수상
1988년	『삼국지』(전 10권) 출간
1989년	대하소설『변경』 제1부 3권 출간
1991년	『시인』,『변경』 제2부 2권 출간
1992년	「시인과 도둑」으로 제37회 현대문학상 수상 제24회 대한민국 문화예술상 수상 프랑스 문화예술공로훈장 수훈상 수상
1993년	『오디세이아 서울』(전 2권) 출간
1994년	『수호지』(전 10권),『이문열 중단편전집』(전 5권) 출간
1995년	세종대학교 국문과 교수 취임
1998년	부악문원 대표, 제2회 21세기문학상 수상 『선택』 출간, 대하소설『변경』(전 12권) 완간
1999년	호암상 예술상 수상
2000년	『아가』 출간
2004년	출간 25주년 기념 개정판『사람의 아들』 산문집『신들메를 고쳐매며』 출간
2005년	개정판『우리들의 일그러진 영웅』 출간

2006년	장편소설『호모 엑세쿠탄스』출간
2008년	대하 역사 장편『초한지』출간
2009년	대한민국예술원상 수상
2010년	장편소설『불멸』출간
2011년	장편소설『리투아니아 여인』출간
2012년	『리투아니아 여인』으로 동리문학상 수상
2014년	『변경』개정판 출간
2015년	은관문화훈장 수상
2016년	『이문열 중단편전집』(전 6권) 출간,『이문열 중단편전집 출간 기념 수상작 모음집』출간
2020년	『삼국지』(개정 신판 전 10권),『사람의 아들』(개정 신판) 출간

젊은 날의 초상

개정 신판 1쇄 발행 2020년 6월 17일
개정 신판 4쇄 발행 2024년 4월 20일

지은이 이문열

발행인 양원석
펴낸 곳 ㈜알에이치코리아
주소 서울시 금천구 가산디지털2로 53, 20층 (가산동, 한라시그마밸리)
편집문의 02-6443-8842   **도서문의** 02-6443-8800
홈페이지 http://rhk.co.kr
등록 2004년 1월 15일 제2-3726호

ISBN 978-89-255-3682-8 (03810)